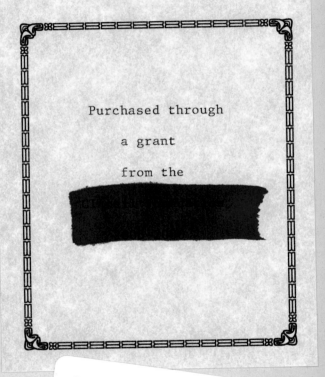

D1316009

BESTSELLER

[!]

Biblioteca

ROBIN COOK

Shock

Traducción de
Marcelo Covián

⎍ DeBOLS!LLO

Título original: *Shock*
Diseño de la portada: Departamento de diseño de Random
    House Mondadori
Fotografía de la portada: © Crouther & Carter/Stone

Primera edición en U.S.A.: enero, 2006

© 2001, Robin Cook
    Todos los derechos reservados
© 2002 de la pre████████████████████████████
    Random Hou█████████████████████████████
    Travessera de █████████████████████████
© 2002, Marcelo ████████████████████████████

Printed in Spain – Impreso en España

ISBN: 0-307-34810-5

Distributed by Random House, Inc.

En memoria de mi buen amigo
Bruno d'Agostino.
Te echamos de menos

A mi familia nuclear, ahora fisionada,
Jean y Cameron, con cariño y aprecio

La célula sexual femenina, u oocito, que fue atrapada por la ligerísima succión ejercida a través de la punta de la pipeta, no se diferenciaba en nada de sus aproximadamente cinco docenas de hermanas. No era más que la última de la serie al final de la diminuta varilla de cristal cuando esta quedó expuesta a la vista del especialista. El grupo de oocitos estaba en suspensión en una gota de cultivo líquido bajo una delgada lámina de aceite mineral en el objetivo de un poderoso microscopio de disección. El aceite evitaba la evaporación. Era de vital importancia que el medio de estas células vivas permaneciera en un apropiado estado de estabilidad.

Al igual que los demás, el oocito parecía saludable y su citoplasma mostraba una adecuada granulación. Asimismo y al igual que sus semejantes, su cromatina, o ADN, brilló con resplandores fluorescentes bajo la luz ultravioleta, como luciérnagas diminutas en una niebla espesa. La única prueba visible de la anterior y abrupta succión de su folículo germinante la ofrecían los restos desgarrados de la corona radicata de células granulares adheridas a la bolsa, comparativamente densa, llamada zona pellucida. Todos los oocitos habían sido sacados del nido ovárico de forma prematura para desarrollarlos *in vitro*. Ya estaban preparados para la penetración espermática, pero su destino era otro. Estos gametos femeninos no serían fertilizados.

En el campo visual apareció otra pipeta. Se trataba de un

instrumento de aspecto más siniestro, en especial bajo la fuerte ampliación del microscopio. Aunque de diámetro solo tenía veinticinco millonésimas partes de un metro, parecía una espada con una punta biselada y afilada como una aguja. De modo inexorable, se acercó al inmóvil y desafortunado gameto. Entonces, con un hábil y leve movimiento hecho por el experimentado técnico sobre el micrómetro de control de la pipeta, la punta de la misma se hundió en la célula. Al avanzar hacia el ADN fluorescente, la pipeta aplicó una ligera succión y el ADN desapareció en la varilla de cristal.

Más tarde, después de haber comprobado que el gameto y sus hermanos habían tolerado la dura prueba de la enucleación tal como se esperaba, la célula volvió a ser inmovilizada. Se le introdujo otra pipeta biselada. Esta vez, la penetración se limitó a la zona pellucida y teniendo cuidado de no dañar la membrana celular. En vez de succión, se le inyectó un volumen diminuto de fluido en lo que se conoce como espacio perivitelino. Junto con fluido, entró una célula adulta, comparativamente pequeña y con forma de huso obtenida de un raspado bucal en un humano adulto.

El paso siguiente implicó dejar los gametos en suspensión con sus parejas de células adultas epiteloides en cuatro milímetros de caldo de cultivo y colocar entre ellos los electrodos de una cámara de fusión. Cuando los gametos estuvieron en el lugar apropiado, se les envió una descarga de noventa voltios a través del caldo de cultivo durante quince millonésimas partes de segundo. El resultado fue el mismo para todos los gametos. El shock hizo que las membranas entre los gametos enuclearizados y sus parejas de células adultas se disociaran fugazmente fusionando las dos células.

Tras el proceso de fusión, se colocaron las células en un caldo de cultivo de activación. Con estimulación química, cada gameto que había estado listo para fertilización antes de que le extirparan el ADN, ahora hacía maravillas con su complemento completo y adoptado de cromosomas. Siguiendo un misterioso mecanismo molecular, los núcleos adultos abandonaron sus anteriores obligaciones epiteliales y volvieron a sus papeles embriónicos. Al poco tiempo, cada gameto empezó a dividirse hasta formar embriones individuales que pronto estarían listos para la implantación. El donante de las células adultas había sido clonado. De hecho, había sido clonado aproximadamente unas sesenta veces...

Prólogo

6 de abril de 1999

—¿Está cómoda? —preguntó el doctor Paul Saunders a su paciente Kristin Overmeyer, que estaba tendida sobre la vieja mesa de operaciones con solo una bata de hospital y la espalda al aire.

—Supongo que sí —contestó Kristin aunque no se sentía nada cómoda. Los ambientes médicos le producían una desagradable ansiedad, y esta habitación era particularmente ingrata.

Se trataba de una antigua sala de operaciones cuyo decorado era todo lo contrario del esterilizado utilitarismo de una instalación médica moderna. Sus paredes exhibían un verde bilioso y azulejos partidos con oscuros manchones, presumiblemente de vieja sangre reseca. Parecía más un escenario de una película gótica ambientada en el siglo XIX que una habitación en uso. También había gradas de asientos que se extendían hacia lo alto desapareciendo en la penumbra más allá del alcance de los focos de luz quirúrgicos. Gracias a Dios las sillas estaban vacías.

—Ese «supongo que sí» no suena muy convincente —dijo la doctora Sheila Donaldson desde el otro lado de la mesa de operaciones, frente al doctor Saunders. Sonrió a la paciente aunque el único efecto visible fue un leve arrugamiento en el rabillo del ojo. El resto de la cara estaba cubierto por la máscara y la gorra quirúrgicas.

—Ojalá ya hubiésemos acabado —se las arregló para decir Kristin. En ese instante, se arrepintió de haberse ofrecido como voluntaria para la donación. El dinero le daría cierta holgura económica de la que gozaban pocos estudiantes compañeros suyos de Harvard, pero ahora eso le parecía poco importante. Su único consuelo era saber que pronto estaría dormida; la pequeña intervención no le causaría ningún dolor. Cuando le ofrecieron la opción entre anestesia general o local, sin vacilar eligió la primera. Lo último que deseaba era estar despierta mientras le introducían en el estómago una aguja de veinte centímetros.

—Confío en que podamos terminar esto hoy mismo —le dijo Paul sarcásticamente al doctor Carl Smith, el anestesista. Paul tenía mucho que hacer ese día y solo disponía de cuarenta minutos para la intervención. Entre su experiencia en este tipo de intervenciones y su habilidad con el instrumental, sabía que le sobraría tiempo. El único posible retraso era de Carl; no podía empezar hasta que la paciente estuviera bajo el efecto de la anestesia y los minutos transcurrían inexorablemente.

Carl no le contestó. Paul siempre tenía prisa. Carl se concentró en fijar el estetoscopio cardial en el pecho de Kristin. Ya había inyectado la aguja intravenosa y puesto en posición el medidor de presión arterial, el electro y el oxímetro del pulso. Satisfecho con la auscultación, empujó el aparato de anestesia más cerca de la cabeza de Kristin. Todo estaba listo.

—Muy bien, Kristin —dijo Carl para tranquilizarla—, como te expliqué antes, te voy a poner un poquitín de leche de amnesia. ¿Estás preparada?

—Sí —replicó Kristin. En lo que a ella concernía, cuanto antes mejor.

—Que duermas bien. La próxima vez hablaremos en la sala de recuperación.

Ese era el comentario habitual de Carl a su paciente antes de dar la anestesia y, por cierto, así sucedía normalmente. Pero en esta ocasión no sería así. Absolutamente ajeno al inminente desastre, Carl cogió el tubo de la inyección intravenosa con la anestesia. Con calma profesional, procedió a inyectar una cantidad basada en el peso corporal, pero en la franja mínima de la dosis recomendada. La política de anestesia de la clínica de Wingate era usar la cantidad mínima apropiada de cualquier droga. El objetivo era asegurar el alta del paciente en el mismo día, ya que las camas disponibles escaseaban.

A medida que la dosis penetraba en el cuerpo de Kristin, Carl vigiló y escuchó los monitores. Todo parecía en orden.

Sheila sonrió debajo de la mascarilla. «Leche de amnesia» era el sobrenombre para esta clase de anestesia que se inyectaba como un líquido blanco; a Sheila, el término siempre lograba arrancarle una sonrisa.

—¿Podemos empezar? —preguntó Paul. Se movió intranquilo. Sabía que todavía no podía empezar, pero quiso comunicar su impaciencia y disgusto. Tendrían que haberlo llamado cuando todo estuviese listo. Su tiempo era demasiado valioso para estar allí holgazaneando mientras Carl se entretenía con sus juguetes.

Carl, sin prestar atención a la irritación de Paul, se concentró en verificar el nivel de conciencia de Kristin. Satisfecho de que ella hubiese llegado al estado idóneo, inyectó el relajante muscular Mivacurium, al que prefería sobre varios otros debido a su tiempo espontáneo y rápido de recuperación. Cuando hubo surtido efecto, hábilmente insertó el tubo endotraqueal para asegurar el control de la vía respiratoria de Kristin. Entonces tomó asiento, conectó el aparato de anestesia e hizo un gesto a Paul para comunicarle que todo estaba listo.

—Ya era hora —murmuró Paul. Él y Sheila rápidamente prepararon la paciente para una laparotomía. El objetivo era el ovario derecho.

Carl se puso a escribir las entradas correspondientes en el registro de anestesia. Su papel en ese momento era vigilar los monitores mientras mantenía una inyección continua del líquido anestésico y controlaba el estado de conciencia de la paciente.

Paul puso manos a la obra de inmediato mientras Sheila le anticipaba cada movimiento. Junto con Constance Bartolo y Marjorie Hickam, las dos enfermeras de reserva, el equipo funcionaba con eficiencia de cronómetro. En este momento todos guardaban silencio.

El primer objetivo de Paul fue introducir el trocar de la unidad de insuflación para llenar de gas la cavidad abdominal de la paciente. Se trataba de la creación de un espacio lleno de gas que hacía posible la cirugía de laparoscopia. Sheila ayudó fijando dos zonas de piel a lo largo del ombligo de Kristin con clips y tirando hacia arriba la relajada pared abdominal. Mientras, Paul practicó una pequeña incisión en el ombligo y luego procedió a introducir allí una aguja Veress de insuflación de casi tres centímetros. Sus experimentadas manos pudieron sentir dos sonidos distintos mientras la aguja entraba en la cavidad abdominal. Al tiempo que aseguraba firmemente la aguja, Paul activó la unidad de insuflación. Al instante, dióxido de carbono empezó a fluir en la cavidad abdominal de Kristin a un ritmo de un litro de gas por minuto.

Mientras esperaban que penetrara la cantidad apropiada de gas, se produjo el desastre. Carl se afanaba vigilando los monitores cardiovascular y respiratorio buscando señales de la creciente presión abdominal y no vio dos detalles aparentemente inocuos: el leve movimiento de los párpados de Kristin y una ligera flexión de la pierna izquierda. Si Carl o cualquier otro hubiese notado esos movimientos, habrían sabido que el nivel de anestesia de Kristin era insuficiente. Aún estaba inconsciente, pero próxima a volver en sí y la molestia del aumento de presión en su estómago servía para despertarla.

De repente, Kristin gimió y medio se incorporó. Carl reaccionó por reflejo, cogiéndola por los hombros y obligándola a acostarse otra vez. Pero demasiado tarde. Su movimiento hacia arriba hizo que la aguja Veness en manos de Paul se hundiera más profundamente en el estómago donde penetró una gran vena abdominal. Antes de que Paul pudiera parar la unidad de insuflación, una gran cantidad de gas entró en el sistema vascular de Kristin.

—¡Oh, Dios mío! —exclamó Carl mientras oía en el audífono el inicio del siniestro martilleo del gas llegando al corazón, un sonido como el estrépito del secado en una lavadora—. ¡Tenemos una embolia gaseosa! —gritó—. ¡Ponedla del lado izquierdo!

Paul sacó la aguja ensangrentada y la arrojó al suelo de baldosas, donde resonó. Ayudó a Carl volver a Kristin hacia la izquierda en un vano intento de mantener el gas aislado en el lado derecho del corazón. Paul se apoyó en ella para que mantuviera la posición. Aunque todavía inconsciente, ella seguía luchando.

Mientras tanto, Carl se apresuró a insertar de la forma más aséptica posible un catéter en la yugular de Kristin. Ella se resistía. Intentaba quitarse el peso que tenía encima. Insertar el catéter fue como tratar de disparar contra un blanco en movimiento. Carl pensó en aumentar la anestesia o darle más Mivacurium, pero no se animó a perder ese tiempo. Por último, logró ponerle el catéter, pero cuando aspiró con la jeringa lo único que consiguió fue una espuma sanguinolenta. Lo repitió con el mismo resultado. Sacudió la cabeza ante lo funesto de la situación, pero antes de que pudiera hablar Kristin se puso rígida y luego se convulsionó. Su cuerpo se sacudió con violencia.

Frenéticamente, Carl afrontó el nuevo problema mientras batallaba con su propia sensación de fracaso. Sabía perfectamente que la anestesiología era una carrera marcada por una rutina repetitiva y adormecedora a veces sacudida por episodios de puro terror. Y este era tremendo: una complicación imprevista con una persona sana y joven en medio de una operación sencilla y a la que se había sometido voluntariamente.

Tanto Paul como Sheila habían dado un paso atrás con las manos esterilizadas y enguantadas delante del pecho. Junto con las otras dos enfermeras, observaban cómo Carl intentaba resolver la crisis de Kristin. Cuando terminó y Kristin estuvo otra vez de espaldas e inmóvil, nadie pronunció palabra. El único sonido, aparte el ruido apagado de una radio en el pasillo, provenía del aparato de anestesia que respiraba por la paciente.

—¿Cuál es el pronóstico? —preguntó Paul. Su voz, que resonó en el recinto de azulejos y baldosas, no denotó la menor emoción.

Carl exhaló aire como un globo desinflándose. Con reticencia, puso los dedos índices sobre los párpados de Kristin y los abrió. Ambas pupilas estaban muy dilatadas y no reaccionaron al brillo intenso del foco. Carl sacó su linterna del bolsillo y enfocó los ojos de Kristin. No se produjo ninguna reacción.

—No tiene buen aspecto —murmuró Carl. Tenía la garganta reseca. Jamás había pasado por semejante complicación.

—¿Qué quieres decir? —exigió saber Paul.

Carl tragó saliva.

—Quiero decir que creo que la ha palmado. Quiero decir que hace un minuto se movía, pero ahora está inerte. Ni siquiera respira.

Paul asentía con la cabeza considerando la información. Entonces se quitó los guantes, que arrojó al suelo, y se desanudó la mascarilla, que dejó caer sobre el pecho. Miró a Sheila.

—¿Por qué no continúas con el procedimiento? Al menos, ganarás un poco de práctica. Y haz ambos lados.

—¿De verdad? —cuestionó Sheila.

—No tiene sentido perder la oportunidad —sentenció Paul.

—¿Qué vas a hacer? —preguntó Sheila.

—Voy a encontrar a Kurt Hermann y tener una charla con él —dijo Paul mientras se quitaba la bata—. Por más desgraciado que haya sido este incidente, nosotros no lo programamos.

—¿Vas a informar a Spencer Wingate? —preguntó Sheila. El doctor Wingate era el fundador y director de la clínica.

—No lo sé —contestó Paul—. Eso depende. Prefiero esperar y ver el desarrollo de los acontecimientos. ¿Qué sabes de la llegada hoy de Kristin Overmeyer?

—Vino en su propio coche —dijo Sheila—. Está en el aparcamiento.

—¿Vino sola?

—No, tal como le aconsejamos, trajo una amiga —dijo Sheila—. Se llama Rebecca Corey. Está en la sala de espera principal.

Cuando Paul ya se dirigía a la puerta, miró a los ojos de Carl.

—Lo siento —dijo Carl.

Paul titubeó un momento. Tenía ganas de decirle al anestesista lo que pensaba de él, pero cambió de opinión. Quería conservar la cabeza fría y ponerse a hablar en ese momento con Carl le habría sacado de sus casillas. Ya era suficiente con que Carl le hubiera hecho esperar tanto.

Sin molestarse en quitarse las pantuflas de cirugía, Paul cogió una larga bata blanca y de médico en la antesala. Se la puso mientras bajaba las escaleras. Al pasar por la planta baja, salió al jardín, que mostraba las primeras señales de la primavera. Con la bata protegiéndole del viento borrascoso de inicios de abril en Nueva Inglaterra, se apresuró en dirección a la pétrea casa de vigilancia de la clínica. Allí encontró al jefe de seguridad detrás del viejo y gastado escritorio agachado sobre el programa de su departamento para el mes de mayo.

Si Kurt Hermann se sorprendió por la llegada repentina del director de cirugía, no lo demostró. En vez de levantar la mirada, su único reconocimiento de la presencia de Paul fue un leve arqueo de su ceja derecha.

Paul cogió una silla de respaldo recto de la hilera que había en la habitación y se sentó delante del jefe de seguridad.

—Tenemos un problema —anunció

—Escucho —dijo Kurt. Su silla crujió cuando se reclinó contra el respaldo.

—Tuvimos una importante complicación anestésica. Un verdadero desastre.

—¿Dónde está el paciente?

—Aún en la sala de operaciones, pero saldrá muy pronto.

—¿Nombre?

—Kristin Overmeyer.

—¿Vino sola? —preguntó Kurt mientras anotaba el nombre.

—No, vino en coche con una amiga, Rebecca Corey. La doctora Donaldson dice que está en la sala de espera principal.

—¿Marca del coche?

—Ni idea.

—Lo averiguaremos. —Kurt levantó sus ojos azules y fríos para encontrar la mirada de Paul.

—Para eso los contratamos a ustedes —dijo cortante Paul—. Quiero que usted se haga cargo y yo no quiero saber nada.

—Ningún problema —dijo Kurt, y dejó el lápiz cuidadosamente sobre la mesa como si fuera frágil.

Por un momento los dos hombres se miraron. Entonces Paul se puso de pie y desapareció en aquella tormentosa mañana de abril.

1

8 de octubre de 1999, 23.15 h

—Por tanto, dejemos esto bien en claro —dijo Joanna Meissner a Carlton Williams. Los dos amigos estaban sentados en la penumbra del jeep Cherokee de Carlton en una zona de aparcamiento prohibido de la calle Craigie, delante del edificio de apartamentos Craigie Arms en Cambridge, Massachusetts—. Tú decidiste que sería mejor para los dos que esperásemos a casarnos hasta que terminaras tu carrera de cirugía dentro de tres o cuatro años.

—Yo no he decidido nada —replicó Carlton a la defensiva—. Lo estamos discutiendo aquí y ahora.

Joanna y Carlton habían salido a cenar juntos ese viernes por la noche en Harvard Square y lo habían pasado bien hasta que Joanna sacó el espinoso tema de sus planes a largo plazo. Como de costumbre, a partir de ese instante la conversación se agrió. Lo habían hablado varias veces desde el día de su compromiso. La suya era una relación esencialmente de larga duración; se habían conocido en el parvulario y eran novios desde el noveno curso.

—Escucha —dijo Carlton con suavidad—, trato de pensar en lo mejor para los dos.

—Chorradas —replicó Joanna. Pese a su intención de no perder la calma, sintió que le hervía la sangre como si fuera un reactor nuclear a punto de estallar.

—Lo digo en serio —dijo Carlton—. Joanna, voy a tope. Tú sabes con qué frecuencia tengo guardias. Ser un residente del hospital es mucho más exigente de lo que había imaginado.

—¿Qué diferencia hay? —replicó Joanna, incapaz de que su irritación no resultara tan dolorosamente evidente. No podía dejar de sentirse traicionada y rechazada.

—Una gran diferencia —persistió Carlton—. Estoy exhausto. Mi compañía no es nada divertida. No puedo mantener una conversación normal fuera de lo que sucede en el hospital. Es patético. Ni siquiera sé lo que pasa en Boston y mucho menos en el mundo.

—Ese tipo de comentario tendría cierta validez si tú y yo saliéramos de vez en cuando, pero el hecho es que salimos desde hace once años. Y hasta que yo saqué este «difícil» asunto esta noche, tú estabas animado y era divertido estar contigo.

—Ciertamente estoy encantado de verte... —dijo Carlton.

—Eso está muy bien —comentó sarcásticamente Joanna—. Lo que encuentro especialmente irónico es que tú eres quien pidió casarse conmigo y no al revés. El problema es que eso sucedió hace siete años. Yo diría que tus ardores amorosos han menguado considerablemente.

—No es así —protestó Carlton—. Quiero casarme contigo.

—Lo siento pero no me convences. No después de todo este tiempo. Primero quisiste terminar el colegio. Era normal. Bien. Luego pensaste en hacer dos años de medicina. Hasta eso me pareció bien porque entonces yo podía acabar casi toda mi preparación para el doctorado. Pero entonces pensaste que lo mejor era posponerlo hasta terminar la carrera de medicina. ¿Detectas un modelo de comportamiento en todo esto o se trata de imaginaciones mías? Luego se te ocurrió que debías acabar el primer año de interno. Estúpida de mí que lo acepté, pero ahora se trata de terminar todo el programa de interno. ¿Y la beca de la que hablaste el mes pasado? No me extrañaría que se te ocurra que debemos esperar hasta que ya ejerzas de médico.

—Intento ser racional —dijo él—. Es una decisión difícil y debemos considerar los pros y los contras...

Joanna ya no escuchaba. En cambio, sus grandes ojos verde esmeralda se apartaron de la cara de su novio que, según ella vio, ni siquiera la miraba mientras hablaba. De hecho, él había evitado mirarla durante toda la conversación; por lo que ella había podido ver, él solo le sostuvo un instante la mirada culposamente durante su monólogo. Sin ver, dirigió los ojos a media distancia. De repente fue como si una mano invisible le hubiera cruzado la cara de una bofetada. La propuesta de Carlton de retrasar otra vez la fecha de la boda había reverberado como una epifanía y ella se encontró riéndose; no porque le pareciese cómico, sino porque no podía creerlo.

Carlton se detuvo en mitad de una frase cuando empezaba a enumerar los pros y los contras de casarse sin esperar a que él acabara toda su carrera.

—¿De que te ríes? —preguntó. Levantó la mirada y dejó de juguetear con las llaves del coche. Miró a Joanna en la semipenumbra. Se le veía la silueta de la cara contra el lado oscuro de la ventanilla iluminada por una lejana farola. Su perfil elegante y delicado estaba enmarcado por su lustroso pelo rubísimo que parecía brillar. Destellos diamantinos salían de sus dientes blanquísimos que se veían a través de unos labios plenos y ligeramente abiertos. Para Carlton, ella era la mujer más hermosa del mundo incluso cuando lo reñía.

Joanna, haciendo caso omiso de la pregunta, siguió riéndose a medida que tomaba conciencia de aquello. Precipitadamente, había admitido lo que su compañera de habitación Deborah Cochrane y las otras amigas le decían desde hacía tiempo: básicamente, que el matrimonio no debía ser el objetivo de su vida. Después de todo, ellas tenían razón. Ella había sido programada por su educación y su medio en Houston. Joanna no podía creer haber sido tan estúpida y haberse resistido tanto a cuestionar un sistema de valores que había aceptado ciegamente. Por fortuna, durante la larga espera a Carlton, había sido lo bastante despierta como para sentar las bases de su propia carrera profesional. Solo le faltaba presentar la tesis para un doctorado en ciencias económicas en Harvard y se había capacitado lo suficiente en informática.

—¿De qué te ríes? —insistió Carlton—. ¡Vamos! ¡Dime algo!

—Me río de mí misma —dijo finalmente Joanna. Volvió la cabeza para mirar a su novio. Él, ceñudo, parecía perplejo.

—No comprendo —dijo.

—Es curioso —dijo ella—, porque yo lo veo todo muy claro.

Echó una mirada a su anillo de compromiso en la mano izquierda. El solitario absorbía la débil luz disponible y la rebotaba con sorprendente intensidad. La piedra había pertenecido a la abuela de Carlton; a Joanna le había fascinado en gran parte por el valor emocional. Pero ahora parecía un neón vulgar que le recordó su propia ingenuidad.

A Joanna le dio un súbito acceso de claustrofobia. Sin previo aviso, abrió la puerta, se apeó y quedó de pie en la acera.

—¡Joanna! —llamó Carlton. Se estiró a lo largo del asiento y la miró. La expresión de ella era de firme resolución. Sus labios normalmente suaves estaban rígidos de determinación.

Carlton empezó a preguntarle qué pasaba, aunque lo sabía perfectamente. Antes de que pudiera acabar, la puerta del coche se le cerró en la cara. Cuando abrió la ventanilla, Joanna se agachó. Su expresión no había cambiado.

—No me insultes preguntándome qué pasa —dijo ella.

—No estás siendo nada razonable ni adulta en este asunto —afirmó Carlton.

—Gracias por tu ecuánime comentario —replicó Joanna—. También quiero agradecerte por aclararme tan bien las cosas. Desde luego me has ayudado a tomar una decisión.

—¿Tomar una decisión de qué? —preguntó Carlton con voz vacilante. Comenzó a temblar. Tenía una premonición sobre lo que se les venía encima, acompañada por una sensación de presión en el fondo de su estómago.

—De mi futuro —dijo Joanna—. ¡Aquí tienes! —Extendió un brazo con el puño cerrado con la intención de darle algo.

Carlton sacó una mano temblorosa con la palma hacia arriba. Sintió algo frío. Era el anillo de su abuela.

—¿Qué es esto? —balbuceó Carlton.

—Creo que está bastante claro —dijo Joanna—. Considérate libre para terminar tu residencia hospitalaria y todo lo que desee tu pequeño corazón. No quiero ser una carga para nadie.

—¿Hablas en serio? —gimió Carlton. Cogido con la guardia baja y de sorpresa por este súbito cambio de circunstancias, se sentía aturdido.

—Por supuesto —dijo ella—. Considera nuestro compromiso oficialmente roto. Buenas noches, Carlton.

Joanna giró sobre los tacones y caminó por la calle Craigie hacia la avenida Concord y la entrada a Craigie Arms. Allí tenía su apartamento en un tercer piso.

Tras una breve pugna con el tirador de la puerta, Carlton salió del Cherokee y corrió detrás de Joanna, que ya llegaba a la esquina. Una alfombra de hojas rojas de arce caídas del árbol ese mismo día se estremeció ante su paso. Alcanzó a Joanna cuando ella estaba a punto de entrar en el edificio. A él le faltaba el aliento. Apretaba en su puño el anillo de compromiso.

—Pues muy bien —consiguió decir Carlton—. Ya has dicho lo que querías decir. Aquí tienes tu anillo.

Ella sacudió la cabeza con una tenue sonrisa.

—No te devolví el anillo como un mero gesto o como una maquinación. Tampoco estoy enfadada. Obviamente tú no quieres casarte ahora, y de repente yo tampoco. Dejemos que el tiempo hable. Aún somos amigos.

—Pero yo te amo —espetó Carlton.

—Me halagas —contestó Joanna—. Y supongo que yo todavía te amo. Pero al menos por un tiempo, vayamos cada cual por su camino.

—Pero...

—Buenas noches, Carlton. —Se puso de puntillas y le dio un leve beso en la mejilla. Un momento después entraba en el ascensor, sin mirar atrás.

Al poner la llave en la cerradura, notó que estaba temblando. Pese a su serena despedida de Carlton, sintió que por debajo de la superficie le empezaban a bullir las emociones.

—¡Guau! —exclamó Deborah Cochrane, su compañera de piso. Miró la barra inferior de su ordenador para constatar la hora—. Demasiado temprano para un viernes por la noche. ¿Qué pasa? —Deborah tenía puesta una sudadera enorme con el emblema de Harvard. En comparación con la suave delicadeza de porcelana de Joanna, ella no era tan femenina. Tenía cabello corto y negro, tez morena y mediterránea y cuerpo atlético. Sus facciones contribuían por ser más fuertes y redondeadas que las indudablemente femeninas de Joanna. En general, las dos se complementaban y acentuaban los mutuos atractivos.

Joanna no contestó mientras colgaba el abrigo en el armario del pasillo. Deborah la observó con suma atención cuando entró en la sala de escasos muebles y se tumbó en el sofá. Se sentó sobre sus pies solo después de mirar a los ojos llenos de curiosidad de Deborah.

—No me digas que tuvisteis una pelea —dijo Deborah.

—No exactamente una pelea —dijo Joanna—, sino una despedida.

Deborah se quedó boquiabierta. Durante los seis años que conocía a Joanna, desde el primer curso, Carlton había sido una presencia permanente en la vida de su amiga. Por lo que ella sabía, no había habido la menor discordia en la relación.

—¿Qué ha pasado? —preguntó atónita.

—De repente vi la luz —explicó Joanna. Había un ligero temblor en su voz del que Deborah se percató—. El compromiso se ha roto y, aún más importante, no volveré a pensar en casarme. Punto y aparte. Si sucede, bien; y si no, también.

—¡Dios santo! —exclamó Deborah—. Eso no suena a la novia fiel y de blanco inmaculado que he llegado a querer tanto. ¿Por qué este cambio tan radical? —Deborah consideraba la marcha de Joanna hacia el matrimonio como algo casi religioso por la inquebrantable intensidad que Joanna le ponía.

—Carlton quiso posponer la boda hasta después de terminar su residencia en el hospital. —Y resumió los últimos quince minutos pasados con Carlton. Deborah la escuchó con atención.

—¿Te sientes bien? —preguntó cuando Joanna guardó silencio. Se agachó para mirarla directamente a los ojos.

—Mejor de lo que me había imaginado —admitió Joanna—. Me siento un poco tocada, supongo, pero considerando todo lo sucedido, pienso que estoy bien.

—¡Pues esto merece una celebración! —exclamó Deborah. Se puso de pie y se precipitó a la cocina—. Hace meses que guardo esta botella de champán para una ocasión como esta. Es hora de abrirla.

—Supongo —se las arregló para decir Joanna. No tenía nada que celebrar, pero resistirse al entusiasmo de Deborah le habría supuesto un esfuerzo demasiado grande.

—¡Aquí está! —exclamó Deborah volviendo con la botella en una mano y dos copas en la otra. Se arrodilló ante la mesa de centro y abrió la botella. El corcho saltó con estrépito y rebotó en el techo. Deborah lanzó una carcajada pero notó que Joanna seguía seria.

—¿Estás segura de estar bien? —preguntó.

—Debo admitir que se trata de un cambio completo.

—Te quedas corta —aseguró Deborah—. Conociéndote como te conozco, es el equivalente de san Pablo en el camino a Damasco. Como buena niña bien, has sido programada por tu ambiente social de Houston para casarte pues allí, en el fondo, no eras más que un proyecto matrimonial.

Joanna se rió a su pesar.

Deborah sirvió las copas demasiado rápido. Ambas se llenaron de espuma que las rebosó derramándose sobre la mesa. Imperturbable, Deborah cogió las copas y le pasó una a Joanna. Luego entrechocó su copa con la de Joanna.

—Bienvenida al siglo veintiuno —dijo.

Ambas levantaron las copas e intentaron beber. Las dos tosieron por la espuma y rieron. Deborah, queriendo que no se arruinara la ocasión, cogió ambas copas y en un santiamén fue a la cocina, les pasó un poco de agua y volvió. Esta vez sirvió con más cuidado, inclinando las copas. Cuando bebieron, ya todo era líquido.

—No es de la mejor burbuja —admitió Deborah—. No me sorprende. David me la regaló hace un siglo. Era un tacaño de mucho cuidado. —Deborah había roto la semana anterior una relación de cuatro meses con su novio más reciente, David Curtis. En claro contraste con Joanna, su relación más prolongada había durado menos de dos años y había sido en tiempos de la secundaria. Las dos mujeres no podrían haber sido más diferentes. En vez del ambiente sureño de rica burguesía petrolera y fiestas de presentación en sociedad en que había vivido Joanna, Deborah creció en Manhattan con una madre soltera y bohemia inmersa en el mundillo intelectual. Nunca había conocido a su padre ya que su nacimiento dio al traste con la relación de sus progenitores. Su madre no se había casado hasta relativamente tarde en la vida, después de que Deborah empezara la universidad.

—De cualquier manera, hoy no estoy atenta al champán —dijo Joanna—. En realidad, no me habría dado cuenta si era bueno o no. —Hizo girar la copa con una mano, subyugada por la efervescencia.

—¿Y tu anillo? —preguntó Deborah cuando notó por primera vez que la piedra había desaparecido.

—Lo devolví —dijo Joanna con parsimonia.

Deborah sacudió la cabeza, atónita. Joanna había adorado ese diamante y todo lo que representaba. Pocas veces se lo quitaba del dedo.

—Ya veo —dijo Joanna.

—Me lo está pareciendo —dijo Deborah. Por un momento, se quedó sin habla.

El teléfono interrumpió el breve silencio. Deborah se puso de pie para ir a contestar.

—Probablemente sea Carlton, pero no quiero hablar con él —dijo Joanna.

Del otro lado del escritorio, Deborah miró el visor.

—Tienes razón. Es él.

—Deja el contestador automático —dijo Joanna.

Deborah regresó a la mesita, a cuyo lado volvió a dejarse caer. Las dos mujeres intercambiaron miradas mientras el teléfono seguía sonando con insistencia. Tras la sexta llamada, el contestador se disparó. Las dos guardaron silencio mientras sonaba el mensaje de salida. Luego se oyó la voz ansiosa de Carlton, que con un poco de estática llenó la habitación ascéticamente decorada.

«¡Tienes razón, Joanna! Esperar a que termine la residencia es una idea estúpida.»

—Nunca dije que fuera una idea estúpida —precisó Joanna con un susurro como si el otro pudiera escucharla.

«¿Y sabes algo? —prosiguió Carlton—. ¿Por qué no lo decidimos ya y lo planeamos para este junio? Que yo recuerde, siempre dijiste que querías la boda en junio. Yo no tengo el menor problema. De cualquier manera podemos hablarlo. ¿De acuerdo?»

El contestador hizo unos cuantos ruidos metálicos antes de que la pequeña luz roja de la consola se pusiera a parpadear.

—Eso te demuestra lo poco que entiende —dijo Joanna—. Sería imposible que mi madre pudiera organizar una buena boda en Houston en solo ocho meses.

—Suena bastante desesperado —dijo Deborah—. Si quieres llamarlo y tener un poco de intimidad, yo puedo esfumarme.

—No quiero hablar con él —repuso Joanna—. Ahora no.

Deborah movió la cabeza a un lado y estudió el rostro de su amiga. Quería apoyarla, pero de momento no sabía muy bien qué papel debía hacer.

—Él y yo no estamos en medio de una pelea. No quiero manipular la situación y, si te soy franca, me sentiría mal si nos casásemos ahora.

—Es un cambio total.

—De eso se trata. Él ahora propondrá adelantar la fecha y yo ahora propondré posponerla. Necesito tiempo y espacio.

—Te comprendo muy bien —dijo Deborah—. ¿Y sabes algo? Pienso que es inteligente por tu parte no dejar que esta situación se transforme en una discusión sin fin.

—El problema es que lo amo —dijo Joanna con una sonrisa forzada—. Si hay una discusión, es posible que yo la pierda.

Su amiga lanzó una carcajada.

—De acuerdo. Como buena y reciente conversa a una actitud más moderna y sensata respecto al matrimonio, eres vulnerable a una recaída. Pero, ¿sabes una cosa? Creo que tengo la solución.

—¿Solución a qué?

—Deja que te muestre algo —dijo Deborah. Se puso de pie y recogió el último número del Harvard Crimson que estaba sobre el escritorio, doblado a lo largo en la sección de avisos clasificados. Se lo pasó a Joanna.

Esta miró la página y leyó el aviso marcado con rojo. Levantó la mirada hacia Deborah de modo inquisitivo.

—¿Lo que quieres que lea es este anuncio de la clínica Wingate?

—Exacto.

—Es un anuncio para donantes de óvulos —dijo Joanna.

—Precisamente.

—¿Y cómo puede ser esto la solución?

Deborah rodeó la mesa de centro y se sentó al lado de Joanna. Con el índice señaló la compensación que ofrecían.

—El dinero es la solución —dijo—. ¡Cuarenta y cinco mil dólares por un óvulo!

—Este anuncio estaba en el número de la primavera pasada y causó sensación —dijo Joanna—. No ha vuelto a ser publicado hasta ahora. ¿Crees que es legal o que se trata de una mera broma de estudiantes?

—Creo que es legal. Wingate es una clínica de fertilidad en Bookford, pasado Concord. Me enteré por su página web.

—¿Por qué están dispuestos a pagar semejante suma de dinero? —preguntó Joanna.

—La web dice que tienen clientes millonarios dispuestos a pagar lo que consideran lo mejor. Al parecer, quieren estudiantes de Harvard. Debe de ser algo como ese banco de esperma en California donde todos los donantes son premios Nobel. Es una locura desde el punto de vista genético, pero ¿quiénes somos nosotras para cuestionarlo?

—Pues desde luego que no somos premios Nobel —dijo Joanna—. Técnicamente ni siquiera somos estudiantes de Harvard ya que estamos haciendo el doctorado. ¿Qué te hace pensar que estarían interesados en ti y en mí?

—¿Por qué no? El hecho de ser estudiantes de posgrado nos cualifica como miembros de Harvard. No puedo imaginarme que solo busquen estudiantes de los primeros cursos. De hecho, la web especifica que están interesados en mujeres de veinticinco años y menos. Nosotras pasamos raspando.

—Pero aquí dice que deben ser emocionalmente estables, atractivas, sin sobrepeso y atléticas. ¿No estamos forzando un poco la realidad?

—Bah, yo creo que somos perfectas.

—¿Atléticas? —cuestionó Joanna con una sonrisa—. Quizá tú, pero yo no. ¿Y emocionalmente estable? Sería estirar demasiado las cosas, especialmente en mi actual situación.

—Bueno, podemos probarlo. Quizá no seas la fémina más atlética del campus, pero les diremos que solo consideraremos la donación si la hacemos las dos. Tienen que aceptar a ambas. Todo o nada.

—¿Hablas en serio? —preguntó Joanna. Observó a su amiga, a quien a veces le gustaba tomarle el pelo.

—Al principio no —admitió Deborah—, pero me lo volví a pensar esta tarde. Quiero decir, ese dinero es una tentación. ¿Te lo imaginas? ¡Cuarenta y cinco de los grandes para cada una! Ese dinero podría darnos cierta libertad por primera vez en nuestras vidas mientras redactamos las tesis. Y ahora que tú has renunciado a la seguridad económica de tu objetivo matrimonial, la oferta te puede resultar muy tentadora. Necesitas algún peculio, aparte de tu carrera, para mantenerte y como mujer soltera. Este dinero puede representar el punto de arranque.

Joanna lanzó el periódico sobre la mesa de centro.

—A veces no sé si me estás tomando el pelo.

—No bromeo. Tú misma dijiste que necesitabas tiempo y espacio. Ese dinero te los puede proporcionar, y más. Te propongo lo siguiente. Vamos a la clínica Wingate, les damos un par de óvulos y nos pagan noventa de los grandes. Yo me llevo cincuenta y compro un apartamento de dos dormitorios en Boston; luego lo alquilamos para pagar la hipoteca.

—¿Comprar un apartamento para alquilarlo?

—Déjame terminar —dijo Deborah.

—¿No sería mejor invertir sabiamente los cincuenta mil? Recuerda que yo soy la economista y tú la bióloga.

—Podrás estar haciendo el doctorado en económicas, pero eres una inocente en cuanto a ser una mujer soltera del siglo XXI. De modo que cállate la boca y escucha. Compramos el piso para establecer sólidas raíces. En la generación anterior, las mujeres buscaban esto en el casamiento, pero ahora lo tenemos que encontrar solas. Un apartamento puede representar un buen inicio y una inversión rentable.

—¡Santo cielo! —exclamó Joanna—. Vas muy por delante de mí.

—No te quepa duda —dijo Deborah—. Y hay más. Aquí viene lo mejor. Cogemos los otros cuarenta mil y nos vamos a Venecia a terminar las tesis.

—¡Venecia! —exclamó Joanna—. ¿Estás loca?

—¿Ah, sí? —dijo Deborah—. Piénsalo. Cuando hablas de tener tiempo y espacio, ¿qué podría ser mejor? Las dos estaríamos en Venecia en un piso encantador y Carlton estaría aquí haciendo su residencia. Terminamos las tesis y vivimos un poco sin que el buen doctor te esté acechando día y noche.

Joanna miró al frente con los ojos en blanco mientras su mente conjuraba la imagen de Venecia. Había visitado esa ciudad mágica en una oportunidad con sus padres y hermanos, pero solo unos pocos días y cuando estudiaba en la secundaria. Se imaginó el brillo de las aguas del Gran Canal reflejadas en las fachadas góticas. Con igual y sorprendente claridad, recordó el ajetreo de la plaza de San Marcos con los cuartetos rivales de músicos en las dos famosas cafeterías. En aquella ocasión se juró a sí misma que volvería algún día a la romántica ciudad. Por supuesto, esa fantasía había incluido a Carlton, que no viajó con ellos pero que ya salía con ella.

—Y hay algo más —dijo Deborah interrumpiendo el breve ensueño de Joanna—. Donar unos pocos óvulos (de los que dicho sea de paso, ambas tenemos varios cientos de miles y no los echaremos en falta) nos brindará un poquitín de satisfacción en lo que se refiere a nuestras necesidades procreativas.

—Ahora sé que me estás tomando el pelo —repuso Joanna. Se imaginó a una niñita parecida a ella. Fue una imagen agradable hasta que la vio junto a dos perfectos desconocidos.

—Por supuesto que es verdad —dijo Deborah—. Y lo bueno de ello es que no tendrás que cambiar pañales ni morirte de insomnio. ¿Qué me dices? ¿Hacemos el intento?

—¡Espera un momento! —dijo Joanna. Levantó ambas manos como para protegerse—. Calma. Suponiendo que nos acepten, lo cual no es nada seguro según lo que dice el aviso, yo aún tengo unas preguntas que hacer.

—¿Cuáles?

—Por ejemplo, ¿cómo se donan en realidad los óvulos? Me refiero al procedimiento. Ya sabes que no me gustan mucho los hospitales ni los médicos.

—Eso está muy bien en boca de alguien que ha estado saliendo con un candidato a médico durante el último medio siglo.

—Mi problema empieza cuando soy una paciente —replicó Joanna.

—El aviso dice que hay una estimulación mínima —dijo Deborah.

—¿Y eso es bueno?

—Por supuesto. Por lo general, deben realizar una hiperestimulación en los ovarios para que liberen una cantidad de óvulos, lo que puede causar efectos secundarios en alguna gente como la que presenta síndrome premenstrual. La hiperestimulación se hace con fuertes hormonas. Créase o no, algunas de esas hormonas provienen de monjas italianas menopáusicas.

—Venga ya —dijo Joanna—. No soy tan inocente.

—Te lo juro por Dios —dijo Deborah—. Las pituitarias de esas monjas están llenas de hormonas con gónadas muy estimulantes. Se las extraen de la orina. Créeme.

—Lo creo —dijo Joanna con expresión de escepticismo—. Pero volviendo al asunto, ¿por qué crees que esta gente de Wingate no usa la hiperestimulación?

—Supongo que su objetivo es la calidad y no la cantidad. Pero es una mera suposición de mi parte. Lo más razonable es preguntárselo a ellos.

—¿Cómo sacan los óvulos de hecho?

—Vuelvo a suponerlo, pero creo que con una jeringa de aspiración. Imagino que usan ultrasonido como guía.

—¡Agh! —exclamó Joanna con un temblor—. Detesto las inyecciones y ahora hablamos nada menos que de una inmensa aguja. ¿Dónde la inyectan?

—Supongo que en la vagina.

Joanna volvió a temblar visiblemente.

—¡Oh, vamos! —dijo Deborah—. Supongo que no será un paseo por el parque, pero no puede ser tan malo. Muchas mujeres lo hacen como parte de la fecundación in vitro. Y recuerda que estamos hablando de cuarenta y cinco mil pavos. Vale la pena un poco de incomodidad.

—¿Me pondrán anestesia general?

—Ni idea —dijo Deborah—. Esa es otra pregunta que debemos hacer.

—No puedo creer que hables en serio.

—Pues se trata de una situación óptima. Nosotras tendremos dinero en serio y un par de parejas podrán tener hijos. Es como si te pagaran por ser altruista.

—Ojalá pudiéramos hablar con alguien que haya pasado por esto —dijo Joanna.

—Eh, quizá sea posible. La donación de óvulos salió a relucir en el grupo de discusión de biología 101 que moderé el semestre pasado. Fue cuando salió el primer aviso en el Crimson. Una de primer año dijo que la habían entrevistado, aceptado y que lo iba a hacer.

—¿Cómo se llamaba?

—No me acuerdo, pero sé cómo encontrarla. Ella y su compañera de apartamento estaban en la misma sección de laboratorio y ambas eran estupendas estudiantes. Debe de estar en mi cuaderno de notas. Deja que lo busque.

Cuando Deborah desapareció en su dormitorio, Joanna trató de digerir lo que le había sucedido en los últimos treinta minutos. Tuvo la sensación de estar en plena vorágine y se sintió un poco aturdida. Los acontecimientos parecían dispararse.

—*Voilà!* —gritó Deborah desde su habitación. Un segundo después apareció con un cuaderno de notas en la mano y fue al escritorio—. ¿Dónde está la guía telefónica del campus?

—Segundo cajón a la derecha —dijo Joanna—. ¿Cómo se llama?

—Kristin Overmeyer. Y su compañera era Jessica Detrick. Estaban juntas en el laboratorio y les di a ambas las máximas calificaciones. —Cogió la guía y buscó la página correspondiente—. ¡Qué extraño! Aquí no figura. ¿Cómo puede ser?

—Tal vez abandonó los estudios —sugirió Joanna.

—No me lo puedo imaginar. Como te dije, era una lumbrera.

—Quizá la donación fue una experiencia demasiado dura para ella.

—¿Bromeas?

—Por supuesto que bromeo —dijo Joanna—. Pero es extraño.

—Ahora tendré que averiguarlo todo; de otro modo, tendrás una excusa para dar marcha atrás. —Volvió a mirar la guía, encontró un número y marcó.

—¿Y ahora a quién llamas?

—A Jessica Detrick —dijo Deborah—. Quizá ella nos

pueda decir cómo ponernos en contacto con Kristin, siempre y cuando esté en casa estudiando un viernes por la noche.

Joanna prestó atención cuando Deborah le hizo el signo de la victoria anunciando que Jessica había contestado. Aumentó su interés cuando a Deborah se le nubló la expresión y empezó a decir cosas como «Oh, es terrible» y «Lo siento mucho» y «Qué tragedia».

Después de una conversación bastante larga, Deborah colgó lentamente y miró a Joanna. Concentrada en algo, se mordió el labio con aire ausente.

—¿Y bien? —preguntó Joanna—. ¿No me lo vas a contar? ¿De qué tragedia hablabas?

—Kristin Overmeyer ha desaparecido. Ella y otra estudiante llamada Rebecca Corey fueron vistas por última vez por un empleado de la clínica Wingate cuando recogían a un autostopista justo después de abandonar la clínica.

—La primavera pasada oí hablar de la desaparición de dos estudiantes —dijo Joanna—. Pero no sabía cómo se llamaban.

—¿Por qué demonios se les habrá ocurrido recoger a un autostopista?

—¿Quizá lo conocían?

—Es posible —dijo Deborah. Ahora le llegó a ella la hora de estremecerse—. Historias como esta me sobrecogen.

—¿No fueron encontradas? ¿Y sus cuerpos?

—Solo el coche de Rebecca Corey. Lo hallaron en una parada de camioneros en la autopista de Nueva Jersey. A ellas no se las volvió a ver. Tampoco ninguna de sus posesiones, como las carteras o la ropa.

—¿Donó Kristin los óvulos?

—Media docena que su familia reclamó, pero que la clínica devolvió de forma voluntaria. Al parecer, la familia quiso decidir a qué manos iban a parar. Una historia muy triste.

—Bien, aquí acaba nuestro intento de preguntarle a alguien sobre el procedimiento de la donación.

—Siempre podemos llamar a la clínica y pedir el nombre de una donante —dijo Deborah.

—Si llamamos a la clínica, tenemos que hacerles a ellos nuestras preguntas directamente —dijo Joanna—. Si eso va bien, acaso podríamos pedir la opinión a un especialista.

—Entonces ¿estás dispuesta a intentarlo?

—Supongo que no nos hará ningún daño conseguir más información —dijo Joanna—. Pero, oye, no me comprometo a nada salvo a una visita a la clínica.

—¡Muy bien! —exclamó Deborah. Se puso de pie y levantó una mano—. ¡Allá vamos, Venecia!

2

15 de octubre de 1999, 7.05 h

Era un hermoso día de otoño con los árboles llenos de brillantes hojas a ambos lados de la Ruta 2 cuando Joanna y Deborah viajaban al noroeste de Cambridge rumbo a Bookford. El sol estaba convenientemente a sus espaldas, aunque había ocasionales reflejos en los parabrisas de los coches que iban en dirección opuesta hacia Boston. Las dos mujeres llevaban gafas de sol y gorros de béisbol.

No hubo conversación desde que pasaron Fresh Pond. Cada una iba concentrada en sus propios pensamientos. Deborah se maravillaba de cómo encajaban todas las piezas desde que empezara el asunto de la clínica Wingate. Los pensamientos de Joanna eran más íntimos. No podía creer cuánto le había cambiado la vida en una semana y, al mismo tiempo, lo tranquila que se sentía. El domingo, cuando por último se sintió emocionalmente preparada para hablar con Carlton y manejar lo que ella esperaba que fuera su insistencia en casarse en junio, él tenía tal enfado que se negó a hablar con ella. Lo llamó varios días y le dejó mensajes, pero todo fue en vano. En consecuencia, no habían hablado en toda la semana, un hecho que convenció aún más a Joanna de que había sido correcto su súbito cambio radical con respecto al matrimonio en general y a Carlton en particular. Después de todos los episodios que había tenido que soportar y que ella había considerado como un rechazo, no parecía apropiado que ahora Carlton se comportara de este modo. En lo que a ella concernía, no se trataba de una buena señal. La comunicación siempre había sido una importante prioridad en el sistema de valores de Joanna.

—¿Te has acordado de traer la lista de preguntas que anotamos? —preguntó Deborah.

—Por supuesto.

Principalmente versaban sobre los efectos secundarios de la extirpación de óvulos, si había limitaciones en hacer ejercicios físicos y cosas por el estilo.

Deborah había quedado impresionada por lo receptivos que se mostraron en la clínica Wingate. El lunes por la mañana, las dos llamaron al número que aparecía en el aviso del *Harvard Crimson* y cuando describieron y mencionaron su posible interés en donar óvulos, de inmediato les pusieron al habla con una tal doctora Sheila Donaldson, quien se ofreció a visitarlas de inmediato. Menos de una hora después, la doctora llegó al apartamento de Craigie Arms y las impresionó por su profesionalidad. Con pocas palabras, les describió el programa al detalle y contestó claramente todas las preguntas que le formularon.

—No creemos que debemos hiperestimular —había dicho al principio de la conversación la doctora Donaldson—. De hecho, ni tan siquiera estimulamos para nada. Nuestra práctica se denomina enfoque «orgánico». Lo último que queremos es causar algún problema como los que pueden provocar las reservas de hormonas o las sintéticas.

—Pero entonces, ¿cómo pueden estar seguros de conseguir algún óvulo? —preguntó Deborah.

—De tanto en tanto no lo logramos.

—Y aun así pagan, ¿verdad?

—Puntual y estrictamente —dijo la doctora Donaldson.

—¿Qué clase de anestesia utilizan? —preguntó Joanna. Esa era su mayor preocupación.

—A elección de la donante, pero el doctor Paul Saunders, el anestesista, prefiere una anestesia general suave.

En ese punto, Joanna le había hecho un gesto de aprobación a Deborah.

A primera hora del día siguiente, la doctora había llamado para comunicarles que las dos habían sido aceptadas y que la clínica quería llevar a cabo los procedimientos lo antes posible, preferiblemente esa misma semana y que, en cualquier caso, les gustaría tener una respuesta definitiva en el transcurso del día. Durante las siguientes horas, las dos debatieron los pros y los contras. Deborah se mostró muy entusiasmada. Y contagió a Joanna. La llamada a la clínica acabó con la concertación de una cita para el viernes por la mañana.

—¿No tienes ningún resquemor sobre esto? —preguntó Joanna, rompiendo un cuarto de hora de silencio.

—Ni el más mínimo, en especial teniendo en cuenta el apartamento de la plaza Louisburg que hemos visto. Espero que nadie nos lo arrebate antes de que tengamos ese dinero en el bolso.

—También depende de que la inmobiliaria nos acepte una segunda hipoteca. De otra manera, no estará a nuestro alcance.

Las dos se habían puesto en contacto con agentes inmobiliarios de Cambridge y Boston y visto una serie de apartamentos a la venta. El de la plaza Louisburg en Beacon Hill las había impresionado muy favorablemente. Era uno de los mejores sitios de Boston, en pleno centro y próximo al metro de la Línea Roja, que las dejaba en Harvard Square en un abrir y cerrar de ojos.

—La verdad, me sorprende que el precio sea tan razonable.

—Creo que se debe a los cuatro pisos sin ascensor —dijo Joanna—. Y a que es tan pequeño, sobre todo el segundo dormitorio.

—Sí, pero esa habitación tiene la mejor vista del piso, además del armario empotrado.

—¿No crees que tener que pasar por la cocina para ir al segundo lavabo es un problema?

—Yo pasaría por el piso de un desconocido para ir al lavabo con tal de vivir en Louisburg.

—¿Cómo decidiremos quién se queda con qué dormitorio? —preguntó Joanna.

—Yo me quedaría muy contenta con el pequeño si eso es lo que te preocupa.

—¿Hablas en serio?

—Totalmente.

—Tal vez podamos rotar de algún modo.

—No será necesario —dijo Deborah—. Estaré encantada con el dormitorio pequeño. Confía en mí.

Joanna miró por la ventanilla. Cuanto más al norte avanzaban, más intensos eran los colores del otoño. El rojo de los arces era tan brillante que casi parecía irreal, sobre todo cuando contrastaba con el verde oscuro de los pinos y los abetos de Canadá.

—No piensas echarte atrás, ¿verdad? —preguntó Deborah.

—Descuida —contestó Joanna—, pero es asombrosa la velocidad con que se están desarrollando los acontecimientos. Quiero decir que si todo va según lo previsto, para esta hora de la semana que viene no solo seremos propietarias del piso, sino que también estaremos en Venecia. Es como un sueño.

Deborah había buscado billetes por internet y los había encontrado sorprendentemente baratos hasta Milán con escala en Bruselas. De Milán, tomarían el tren a Venecia, donde llegarían a media tarde. También había encontrado habitación con desayuno en el *sestiere* San Polo, cerca del puente de Rialto, donde se quedarían hasta alquilar un apartamento.

—¡No puedo esperar! —exclamó Deborah—. ¡Estoy como loca! *Benvenuta a Italia, signorina!* —Estiró una mano y le palmeó el peinado a Joanna, que lanzó una carcajada.

—*Mille grazie, cara* —dijo alegre y sarcástica. Entonces echó la cabeza hacia atrás y se pasó los dedos por el cabello, largo hasta los hombros, con la esperanza de arreglarlo un poco—. Supongo que me desconcierta lo rápido que esta clínica lo hace todo —dijo mientras se inspeccionaba el peinado en el retrovisor. Joanna era moderadamente obsesiva con el pelo, pero más que Deborah, quien a menudo se reía de ella por ese motivo.

—Probablemente tienen dos clientes que los están presionando —dijo Deborah. Ajustó el espejo.

—¿Te lo mencionó la doctora Donaldson?

—No, pero me lo supongo. Lo que sí dijo es que la clínica solo estaba interesada en dos donantes, de modo que ha sido una suerte haber llamado en el momento justo.

—Esa señal indica que Bookford es la próxima salida —dijo Joanna señalando al frente. La señal era pequeña y estaba colocada delante de una pequeña arboleda de arces que brillaban con un lustroso tono naranja.

—La he visto —dijo Deborah mientras ponía el intermitente.

Tras otros veinte minutos de coche por una estrecha carretera de dos direcciones bordeada por arces y muros de piedra que cruzaba un campo de colinas y rojizas plantaciones de maíz, las amigas entraron en un típico pueblo de Nueva Inglaterra. En las afueras había un gran cartel que rezaba BIENVENIDOS A BOOKFORD, MASSACHUSETTS, HOGAR DE LOS WILDCATS DEL COLEGIO DE BOOKFORD, II DIVISIÓN ESTATAL DE FÚTBOL, CAMPEONES DE 1993. La carretera rural que salía de la autopista se convirtió en la arteria principal, la calle Mayor, que dividía el pueblo en dirección norte y sur. A los lados había la acostumbrada hilera de tiendas de principios del siglo XX con fachadas de ladrillo. Hacia la mitad, se elevaba una gran iglesia blanca con campanario delante de un jardín y frente a un edificio municipal de granito. Un bullicioso grupo de niños con sus libros escolares avanzaba al norte por las aceras como migratorios pájaros sin alas.

—Bonito pueblo —comentó Deborah mientras se inclinaba para tener una mejor vista a través del parabrisas. Aminoró a menos de treinta kilómetros por hora—. Parece demasiado bonito para ser real, como si formara parte de un parque temático.

—No he visto ninguna señal de la clínica —dijo Joanna.

—Eh, ¿has oído el de por qué se necesitan cien millones de espermatozoides para fertilizar un óvulo?

—No.

—Porque ninguno está dispuesto a pararse y preguntar la dirección.

Joanna sonrió.

—Supongo que eso significa que pararemos.

—Has acertado —dijo Deborah mientras giraba para estacionar frente al drugstore RiteSmart. Había plazas de aparcamiento en batería a todo lo largo del bordillo y a ambos lados de la calle—. ¿Vienes o esperas aquí?

—No permitiré que te diviertas sola —dijo Joanna apeándose del coche.

Tuvieron que esquivar unos niños que pasaban armando alboroto. Sus gritos y alaridos solo estaban a escasos decibelios de causar dolor de oídos y fue un alivio para ambas cuando la puerta del drugstore se cerró tras ellas. En cambio, el interior de la tienda gozaba de un relativo silencio. Como factor añadido a la calma, estaba el hecho de que no había clientes. Ni siquiera había dependientes a la vista.

Después de intercambiar encogimientos de hombros cuando no apareció nadie, las dos mujeres fueron por el pasillo central hacia el mostrador del fondo. Sobre el mismo había una campanilla que Deborah hizo sonar con decisión. El ruido fue considerable en el silencio del local. Al cabo de pocos segundos, un hombre gordo y casi calvo hizo acto de presencia a través de una doble puerta de vaivén como en las películas del Oeste. Aunque en la tienda hacía una temperatura relativamente fresca, en la frente se le veían algunas gotas de sudor.

—¿En qué puedo ayudarlas, señoras? —preguntó jovialmente el propietario.

—Buscamos la clínica Wingate —respondió Deborah.

—Muy bien —dijo el hombre—. Eso está en el hospital psiquiátrico Cabot.

—¿Perdone? —dijo sorprendida Deborah—. ¿Se trata de una institución mental?

—Así es. El viejo doctor Wingate compró o alquiló todo el lugar. No sé si uno o los otros. En realidad nadie lo sabe. Y tampoco importa mucho.

—Oh, comprendo —dijo Deborah—. Antes era un psiquiátrico.

—Así es —repitió el hombre—. Durante unos cien años. También era un sanatorio de tuberculosos. Parece que alguna gente de Boston quería quitarse de encima a los locos y los tuberculosos. Los encerraban en esa fortaleza. De ese modo, nadie pensaba en ellos. Hace cien años, se consideraba que Bookford estaba en la Cochinchina. Ah, cómo han cambiado los tiempos; ahora somos una ciudad dormitorio de Boston.

—¿Los encerraban? —preguntó Joanna—. ¿No les hacían ningún tratamiento?

—Supongo que sí. Pero en aquellos días no había muchos tratamientos. Bueno, eso no es del todo verdad. Hacían mucha cirugía. Ya sabe, cosas experimentales como colapsar los pulmones de los tuberculosos y hacer la lobotomía a los desequilibrados.

—Eso suena espantoso —dijo Joanna estremeciéndose.

—Imagino que así fue —coincidió el hombre.

—Bueno, ahora no hay locos ni tísicos —comentó Deborah.

—Por supuesto que no—afirmó el hombre—. Hace veinte o treinta años que cerraron el Cabot, que aquí aún le llamamos así. Creo que en los años setenta se llevaron a los últimos pacientes. Ustedes lo saben. Fue entonces cuando los políticos empezaron a tomarse en serio la cuestión de la sanidad pública. Fue una especie de tragedia. Yo creo que transportaron a los pacientes hasta Boston y allí los soltaron en las calles.

—Supongo que todo eso ocurrió antes de nuestra época —dijo Deborah.

—Supongo que tiene razón.

—¿Nos puede indicar cómo llegar al Cabot? —pidió Deborah.

—Claro. ¿En qué dirección van?

—Norte.

—Perfecto —dijo el hombre—. Sigan hasta el próximo semáforo y giren a la derecha. Es la calle Pierce, con la biblioteca municipal en la esquina. Desde esa esquina se puede ver la torre de ladrillo del Cabot. Está a unos tres kilómetros por la calle Pierce. No tiene pérdida.

Las dos le dieron las gracias al hombre y volvieron al vehículo.

—Suena como un ambiente encantador para una clínica de fertilidad —dijo Joanna mientras se abrochaba el cinturón de seguridad.

—Al menos ya no es un psiquiátrico ni un hospital de tísicos —dijo Deborah poniendo la primera—. Por un momento he estado a punto de regresar a Cambridge.

—Quizá sería lo mejor.

—No hablas en serio, ¿o sí?

—No, no realmente —dijo Joanna—. Pero un sitio con semejantes antecedentes me pone los pelos de punta. ¿Puedes imaginarte los horrores que allí sucedieron?

—No —contestó Deborah.

Paul Saunders posó los codos sobre el memorando que le había dejado Sheila Donaldson en el escritorio. Se frotó los ojos con ambas manos. Se había retirado a su despacho en el cuarto piso de la torre después de pasar varias horas en el laboratorio controlando los cultivos de embriones. En su mayoría iban bastante bien aunque no de un modo perfecto. Temía que se debiera a la edad y calidad de los óvulos, un problema que esperaba remediar a corto plazo.

Paul era madrugador. Su horario habitual era saltar de la cama a las cinco y estar en el laboratorio antes de las seis. De ese modo, podía avanzar bastante antes de la llegada, normalmente a las nueve, de las pacientes. Esa mañana empezaba temprano su turno en la clínica porque se harían dos extirpaciones de óvulos. Le gustaba hacerlos a primera hora para que las donantes tuviesen tiempo suficiente de recuperarse de la anestesia y ser dadas de alta en el mismo día. Las camas disponibles solo eran para casos de urgencia e incluso entonces Paul prefería transferirlas al hospital con cuidados intensivos más próximo.

Paul recogió el memorando, se levantó y caminó hasta el ventanal. Se trataba de tres arcadas horribles bastante más altas que la diminuta estatura de metro sesenta de Paul. La vista era de un gran jardín delante de la clínica que se extendía hasta las rejas de hierro fundido y puntas afiladas que rodeaban toda la propiedad. Ligeramente a la izquierda, se veía la casa de piedra de los guardianes, hasta donde llegaba el camino asfaltado, que luego describía una amplia curva hasta desaparecer de la vista a la izquierda, donde estaba el aparcamiento del edificio. A media distancia, Paul divisaba el campanario de la iglesia presbiteriana de Bookford así como las chimeneas de las pocas fábricas del pueblo que se erguían entre los colores del otoño. En la lejanía, las estribaciones de las montañas Berkshire ondulaban en el horizonte como burbujas azules.

Paul releyó el memorando, reflexionó y volvió a contemplar el paisaje. Tenía todas las razones del mundo para estar contento. Las cosas no podían ir mejor. Esa certeza trajo una sonrisa a su pálido semblante. Parecía increíble que hacía solo seis años hubiera sido prácticamente echado de un hospital de Illinois y estado a punto de perder su licencia médica. En ese momento su abogado le dijo que lo tenía crudo, de modo que emigró al este, todo debido a un estúpido episodio de recetas y cobros de Medicare y Medicaid. Él, por supuesto, se había aprovechado y ganado dinero, pero lo mismo hacían sus respetables colegas. De hecho, él solo los había imitado y mejorado y luego elaborado una práctica que utilizaba otro grupo de colegas en el mismo hospital. Por qué el gobierno había ido a por él todavía era un misterio. Solo pensarlo le ponía como una furia. Pero ya lo había superado porque ahora el mundo le sonreía.

Cuando llegó por primera vez a Massachusetts, temiendo dificultades para obtener la licencia estatal si el Colegio de Médicos se hubiera enterado de sus problemas en Illinois, Paul decidió inscribirse en un curso sobre fecundación. Fue la mejor decisión de su vida. No solo evitó el problema de la licencia, sino que le abrió las puertas a una especialidad que no estaba realmente controlada ni profesional ni comercialmente. Y encima era sorprendentemente lucrativa.

El campo de la fecundación era ideal para él, sobre todo porque por mero azar y por estar en el lugar apropiado en el momento apropiado, entró en contacto con Spencer Wingate, un conocido especialista en fecundación que deseaba retirarse a medias, llevar una buena vida, dormirse en los laureles, organizar actos de beneficencia y dictar conferencias. Paul ya dirigía el tinglado en materia de investigación y procedimientos clínicos.

Siempre que Paul pensaba en la ironía de ser investigador, nunca dejaba de asomar una sonrisa a sus labios, ya que jamás se había imaginado en semejante papel. Había sido el último de la clase en la facultad de medicina y jamás había estudiado técnicas de investigación. Se las arregló para no seguir nunca un curso de estadística. Pero no le importaba. En el mundo de la fertilidad, las pacientes estaban lo bastante desesperadas como para intentarlo todo. De hecho, querían probar cosas nuevas. Lo que a Paul le faltaba en experiencia de investigación, pensaba suplirlo con la imaginación. Sabía que hacía progresos en un buen número de frentes, algo que con el paso del tiempo lo podría hacer rico y famoso.

Al darse la vuelta para mirar lo que ya consideraba sus dominios, divisó una imagen de sí mismo en el marco ornamentado de un espejo colocado entre los dos enormes ventanales. Al centrar la mirada en su reflejo, se pasó las manos por ambas mejillas. Le sorprendió y preocupó la palidez de las facciones, quizá resaltada por el pelo casi negro hasta que se dio cuenta de que podía deberse a la descamada luz fluorescente que salía de las monturas de las altas paredes. Se rió de su fugaz desasosiego. Sabía que era pálido, su piel rara vez veía la luz del sol, pero sabía también que su aspecto no era tan calamitoso como el sugerido por el espejo. En el reflejo, su tez casi hacía juego con el blanco mechón de pelo que le caía sobre la frente.

Al volver al escritorio, Paul se prometió hacer un viaje a Florida ese invierno o acaso asistir a un seminario de tocoginecología en algún sitio con sol donde podría presentar parte de sus trabajos. Asimismo pensó que tal vez podía hacer algo de ejercicio, ya que había ganado peso, en especial en el cuello. Hacía años que no practicaba ningún deporte. No era nada deportista, lo que le había causado serios disgustos en el instituto del South Side de Chicago, donde el deporte era una prioridad. Había intentado meterse en algún equipo, pero sus esfuerzos solo le convirtieron en el hazmerreír de la escuela.

—Me gustaría verlos ahora —dijo en voz alta mientras pensaba en los que se habían reído de él—. Lo más probable es que hoy sean dependientes de tiendas.

Sabía que en junio sería la vigésima reunión anual y se preguntó si no debía proclamar allí sus triunfos y restregárselos en la cara a aquellos mal nacidos que tanto le habían despreciado.

Cogió el teléfono y llamó al laboratorio. Pidió por la doctora Donaldson.

—¿Qué pasa, Paul? —preguntó Sheila sin preámbulos.

—Me ha llegado tu memorando. Estas dos mujeres que vienen, ¿piensas que son buenas candidatas?

—Perfectas —contestó Sheila—. Ambas son sanas y con hábitos normales; sin el menor problema ginecológico; no están embarazadas; ambas niegan el uso de drogas, no usan medicación de ninguna clase y las dos están en el ciclo medio de menstruación.

—¿Son de verdad estudiantes de posgrado?

—Sí.

—Por tanto, deben de ser inteligentes.

—No hay duda.

—Pero ¿qué es esto de que una quiere anestesia local? —preguntó Paul.

—Hace un doctorado en biología —explicó Sheila—. Algo sabe de anestesia. Le hice algunas recomendaciones, pero no mordió el anzuelo. Supongo que Carl tendrá que intentarlo.

—¿De verdad lo intentaste?

—Por supuesto que sí —repuso irritada Sheila.

—Muy bien, entonces que Carl hable con ella —dijo Paul. Colgó sin despedirse. A veces Sheila lo molestaba debido a sus celos incorregibles.

—Esa ha de ser la torre que nos comentó el tendero —dijo Deborah señalando al frente. Acababan de girar en la calle Pierce y a la distancia, apenas visible, se la divisaba alzándose en el paisaje circundante.

—Si está a cuatro o cinco kilómetros, debe de ser una torre muy alta.

—Desde aquí se parece bastante a la torre de la galería de los Uffizi en Florencia —dijo Deborah—. Vaya.

Una vez salieron del pueblo, los árboles a los lados del camino bloquearon la vista de la torre de Cabot hasta que pasaron por un derruido granero rojo a la derecha. En la siguiente curva vieron una señal de la clínica Wingate a la izquierda con una flecha que señalaba un camino de grava. Tan pronto enfilaron el camino divisaron la casa de los guardias, de dos pisos y granito gris situada en medio de una arboleda. Se trataba de una estructura pesada y achaparrada, de pequeñas ventanas con postigos y un tejado gris oscuro de pizarra con elaborados acabados en ambas puntas de la cumbrera. Las molduras estaban pintadas de negro. Gárgolas de piedra surgían de las esquinas.

Mientras se acercaban, pudieron ver que el camino pasaba por delante de la casa y llegaba a una arcada cerrada por un pesado portal con cadenas. Más allá de la entrada, vieron el césped recién cortado, la única prueba de que había alguna actividad en aquel lugar. Una impresionante cerca de hierro forjado coronada por alambre de espino se extendía más allá de la casa de vigilancia y seguía junto a los árboles.

Deborah aminoró la velocidad hasta frenar del todo.

—Dios santo —dijo—. El tendero no bromeaba cuando dijo que a los pacientes del Cabot se los encerraba en una fortaleza. Esto casi parece una prisión.

—No tiene nada de amable bienvenida —añadió Joanna—.

¿Cómo crees que entraremos? ¿Ves algún timbre o piensas que debemos llamar por el móvil?

—Tiene que haber una cámara de seguridad o algo así. Seguiré hasta el portón.

Deborah hizo avanzar unos metros el coche y se detuvo ante el portal. En ese momento se abrió la puerta de la casa y apareció un guardia uniformado con una tablilla en las manos. Se acercó a la ventanilla y Deborah bajó el cristal.

—¿En qué puedo servirla, señora? —dijo el guardia con tono agradable pero autoritario. Llevaba un sombrero de alas negras brillantes parecido al de un policía.

—Queremos ver a la doctora Donaldson.

—Sus nombres, por favor.

—Deborah Cochrane y Joanna Meissner.

El guardia consultó la lista en la tablilla, verificó los dos nombres, y luego señaló con el bolígrafo el portal.

—Sigan el camino a la derecha. Verán el aparcamiento. Allí les esperará alguien.

—Gracias —dijo Deborah.

El hombre no respondió, sino que apenas se tocó con una mano el ala del sombrero. Con un ruido chirriante, el pesado portal de hierro empezó a abrirse lentamente.

—¿Has visto la pistola que tiene el guardia? —preguntó Deborah con un susurro tras subir la ventanilla. El guardia aún estaba vigilante a la izquierda.

—Sería difícil no verla.

—He visto guardias armados en hospitales de la ciudad, pero nunca en un hospital rural. ¿Por qué demonios necesitan tanta seguridad aquí y en especial en una clínica de fertilización?

—Te hace pensar si no estarán más interesados en encerrar a la gente que en dejarla salir.

—No lo digas ni en broma —dijo Deborah. Traspuso el portal—. ¿Piensas que quizá también practican abortos? En este estado he visto guardias en clínicas de abortos.

—No se me ocurre nada más inadecuado para una clínica de fecundación.

—Supongo que tienes razón.

Al rodear un bosquecillo de árboles de hoja perenne, las dos tuvieron finalmente una vista completa del Cabot. Era una inmensa estructura de ladrillo rojo de cuatro pisos de altura con tejados de pizarra muy inclinados detrás de una cornisa almenada y pequeñas ventanas con rejas y un alto campanario central. La torre tenía ventanas más pequeñas de cristal y sin rejas.

Deborah aminoró la velocidad.

—Qué sorpresa, semejante edificio en medio de un bosque. Un diseño curioso también. La torre parece una imitación deliberada de los Uffizi. Es tan parecida que no puede ser casualidad. Si mi memoria no falla, incluso tiene el reloj del mismo estilo, aunque el de los Uffizi funciona.

—He visto edificios como este en Massachusetts —dijo Joanna—. En Worcester hay uno de piedra, y casi igual de grande. La diferencia es que está abandonado. Este al menos se usa.

—La clínica Wingate debe tener mucho trabajo para usar todos estos metros cuadrados —acotó Deborah.

Joanna asintió con la cabeza.

Después de pasar por la derecha del edificio, llegaron al aparcamiento donde había una cantidad pasmosa de coches. Ambas notaron que no se trataba de los habituales utilitarios como Honda Civic o Chevy Caprice. Uno destacaba especialmente entre los Mercedes, Porsches y Lexus. Era un Bentley descapotable de color burdeos.

—Santo cielo —exclamó Joanna—. ¿Has visto ese Bentley?

—Como la pistola del guardia, es difícil que pase inadvertido. —Su pintura metálica refulgía en la luz temprana de la mañana.

—¿Tienes idea de cuánto cuesta ese coche? —preguntó Joanna.

—Ni la más remota.

—Más de trescientos mil dólares.

—¡Por Dios! Es algo obsceno, en especial en una institución médica.

Deborah aparcó en un sitio marcado especialmente para visitantes. Mientras las dos se apeaban del coche, se abrió una puerta con pórtico a unos cincuenta metros del aparcamiento. Apareció una mujer alta y de cabellos castaños y bata blanca.

—Esta bienvenida será exactamente lo contrario a la que se nos dio en la entrada —dijo Deborah. Hizo un gesto de saludo mientras avanzaban hacia la puerta.

—Parece la doctora Donaldson.

—Creo que tienes razón.

—Espero que no nos arrepintamos —dijo de repente Joanna. Caminaba con la cabeza gacha—. Tengo la desagradable sensación de que estamos a punto de cometer un grave error.

Deborah cogió a su amiga por un brazo y la detuvo.

—¿Qué estás diciendo? ¿No quieres seguir adelante? Si es así, debemos dar media vuelta y regresar a Boston. No quiero que pienses que te estoy presionando.

Joanna observó a la delgada doctora en la puerta de la clínica. Ahora estaban lo bastante cerca como para ver que se trataba de la doctora Donaldson y que parecía contenta de verlas. Tenía una amplia y rígida sonrisa en su rostro chupado.

—Háblame, muchacha —exigió Deborah dándole un apretón extra en el brazo.

Joanna la miró a los ojos.

—¿De veras tienes confianza en que todo saldrá bien?

—Sin duda —dijo Deborah—. Te lo he dicho diez veces. Para nosotras se trata de la situación perfecta.

—Me refiero a los procedimientos —dijo Joanna.

—Oh, por Dios. Estas extirpaciones no tienen la menor trascendencia. Las mujeres en tratamiento de fertilidad la pasan cientos de veces además de aguantar toneladas de hormonas.

Joanna vaciló. Sus ojos verdes pasaron varias veces de Deborah a la doctora Donaldson mientras se tragaba sus pequeños temores. Ni siquiera le gustaba que le pusieran una inyección para la gripe. Después de un suspiro, se aclaró la garganta y se las arregló para sonreír.

—Muy bien, adelante pues.

—¿Estás segura? Quiero decir, no te sientes forzada a hacerlo, ¿verdad?

Joanna meneó la cabeza.

—Me siento bien. Acabemos de una vez.

Las dos reanudaron la marcha.

—Por un momento me has asustado —dijo Deborah.

—A veces, me asusto a mí misma —comentó Joanna.

3

15 de octubre de 1999, 7.45 h

—Espero que el viaje desde Boston haya ido bien —dijo la doctora Donaldson mientras cerraba la puerta de la clínica tras el paso de las dos mujeres.

—Todo bien —dijo Deborah mirando una gran sala de espera vacía. Los muebles parecían de caro estilo escandinavo moderno, lo que contrastaba con los góticos detalles arquitectónicos. No había nadie tras el gran escritorio de recepción en forma de U en medio de la sala. Sillas y sofás tapizados en piel se alineaban contra las paredes. Una generosa muestra de revistas de actualidad casi cubría las distintas mesitas de centro.

—Esta mañana me di cuenta que no les había indicado cómo llegar —dijo la doctora Donaldson—. Lo siento.

—Descuide —dijo Deborah—. Tendría que habérselo preguntado. Pero no tuvimos problemas. Paramos un momento en el drugstore local y preguntamos.

—Me alegro —dijo Donaldson. Se agarró las manos—. Bien, primero lo primero. Confío en que han ayunado desde la medianoche.

Deborah y Joanna asintieron.

—Excelente. Llamemos ahora al doctor Smith, el anestesista. Le gustaría hablar con ustedes. Entretanto, si quieren quitarse los abrigos y ponerse cómodas...

Mientras la doctora usaba el teléfono de recepción, Deborah y Joanna se quitaron los abrigos y los colgaron en el guardarropa.

—¿Te sientes bien? —le susurró Deborah a Joanna. En el fondo se oía a Donaldson al teléfono.

—Sí, estoy bien. ¿Por qué lo preguntas?

—Estás muy callada. No has cambiado de idea, ¿verdad?

—¡No! Solo que me enerva este lugar con tantas sorpresas como guardias armados. Hasta los muebles de esta sala me ponen los pelos de punta.

—Sé lo que quieres decir —coincidió Deborah—. Parece que costaron una fortuna, pero son horribles.

—Es extraño. Objetos como esos no me desagradan normalmente. Lamento ser tan negativa.

—Relájate y piensa en un café en la piazza San Marco.

Al volver a la sala de espera, la doctora las acompañó hasta un sofá. Una vez sentadas, les informó que el doctor Carl Smith ya estaba en camino. Luego quiso saber si tenían más preguntas.

—¿Cuánto tardará todo? —preguntó Joanna.

—La intervención solo dura unos cuarenta minutos. Luego tendrán que reposar unas horas, hasta que el efecto de la anestesia se diluya por completo. Estarán de regreso hoy mismo.

—¿Nos intervendrán a las dos al mismo tiempo? —preguntó Deborah.

—Primero será la señorita Meissner, ya que recibirá anestesia general. Por supuesto, si usted, señorita Cochrane, quiere cambiarse a anestesia general, entonces podrían decidir cuál de las dos se interviene primero.

—Prefiero la anestesia local —dijo Deborah.

—Como quiera —dijo la doctora. Las miró sucesivamente—. ¿Alguna otra pregunta?

—¿La clínica ocupa todo el edificio? —preguntó Deborah.

—Oh, no. Este edificio es inmenso. Antes era una institución psiquiátrica y un hospital para tuberculosos.

—Eso nos dijeron.

—La clínica de fecundación solo ocupa dos pisos de esta ala. También tenemos algunas oficinas en la torre. El resto está vacío salvo por unas camas y todo el viejo equipo. Es casi como un museo.

—¿Cuánta gente trabaja aquí?—preguntó Joanna.

—Por el momento, unos cuarenta empleados, pero el número va creciendo. Para decirle el número exacto tendría que consultar con Helen Masterson, la jefa de personal.

—Cuarenta empleados son muchos —dijo Joanna—. Debe de ser una bendición para una pequeña comunidad rural como esta.

—Se podría creer que es así —dijo Donaldson—, pero en realidad encontrar personal aquí es un problema crónico. Siempre tenemos que poner anuncios en la prensa de Boston, sobre todo para técnicos y administrativos con experiencia. ¿Están interesadas en un trabajo? —preguntó con una pícara sonrisa.

—Creo que no —contestó Deborah con una breve risita.

—El único departamento que no tiene problemas de personal es la granja —añadió la doctora—. Nunca hemos tenido el menor problema.

—¿La granja? —preguntó Joanna—. ¿Qué granja?

—La clínica Wingate tiene una gran granja de animales —explicó la doctora—. Forma parte de nuestros esfuerzos de investigación. Nos interesa la investigación reproductiva en otras especies, aparte de la humana.

—¿De veras? —se asombró Joanna—. ¿Qué otras especies estudian?

—Cualquier especie económicamente significativa —dijo la doctora Donaldson—. Vacas, cerdos, aves de corral, caballos. Y por supuesto somos muy activos en el campo de la reproducción de animales de compañía como perros y gatos.

—¿Dónde está la granja? —preguntó Joanna.

—Detrás del edificio principal, al que afectuosamente llamamos «la monstruosidad», y pasada una densa hilera de pinos blancos. El sitio es bastante bucólico. Hay un lago, un dique y hasta un antiguo molino, además de graneros, campos de maíz, de alfalfa y corrales para las reses. La Fundación Cabot ocupa más de ochenta hectáreas con viviendas para los

trabajadores y su propia granja con el objeto de ser autosufi-
ciente en materia de alimentación. El hecho de tener la granja en la misma propiedad fue una de las razones principales
para alquilarla. Con la granja al lado del laboratorio, nuestra
investigación es mucho más eficiente.

—¿Tienen aquí un laboratorio? —preguntó Deborah.

—Por supuesto. Un laboratorio importante. Yo me siento especialmente orgullosa porque en gran parte fui la responsable de organizarlo.

—¿Podríamos visitarlo? —pidió Deborah.

—Se puede arreglar —contestó la doctora—. Ah, aquí llega el doctor Smith.

Las mujeres se dieron la vuelta y vieron a un hombre cor-
pulento y grandullón que se acercaba con ropa de cirugía y
llevando una tablilla. Justo entonces se abrió la puerta de
enfrente y entró un grupo de empleados enzarzados en una
conversación. Una mujer se encaminó hacia el escritorio de
recepción mientras el resto se dirigió a la sala que acababa
de abandonar el doctor Smith.

Joanna se puso tensa. Cuando vio la vestimenta quirúrgi-
ca del anestesista, se le hizo más difícil ignorar la inminente
intervención a que iba a ser sometida.

Después de presentarse y estrechar las manos de las dos
mujeres, el doctor Smith tomó asiento, cruzó las piernas y
colocó la tablilla sobre el regazo.

—Bien —dijo mientras sacaba uno de los bolígrafos que
llevaba en el bolsillo delantero—, señorita Cochrane, tengo
entendido que usted prefiere anestesia local.

—En efecto.

—¿Podría preguntar por qué?

—Me siento más cómoda —contestó Deborah.

—Supongo que le han informado que nosotros preferimos
una anestesia general suave para este tipo de intervención.

—La doctora Donaldson me informó al respecto. También dijo que la decisión sería mía.

—Eso es verdad —dijo el doctor Smith—. Sin embargo,
me gustaría explicarle por qué preferiríamos dormirla. Con

anestesia general, realizamos la intervención bajo observación directamente laparotómica. Con anestesia local y paracervical se utiliza una aguja guiada por ultrasonidos. Comparativamente, es como trabajar en la oscuridad. —Hizo una pausa y esbozó una sonrisa—. ¿Alguna pregunta?

—No —dijo simplemente Deborah.

—Una cosa más —dijo el médico—. Con anestesia local, no tenemos control absoluto sobre el dolor producido por la manipulación intraabdominal. En otras palabras, si se nos presenta algún problema para llegar al ovario y tenemos que realizar algunas maniobras, usted puede experimentar ciertas incomodidades.

—Correré el riesgo.

—¿Incluso considerando un dolor agudo?

—Pienso que puedo soportarlo —dijo Deborah—. Prefiero estar despierta.

El doctor echó una mirada a la doctora Donaldson quien se encogió de hombros. Luego Smith repasó un breve historial médico de ambas mujeres. Cuando acabó, se puso de pie.

—Esto es todo lo que necesitamos por el momento. Haré que las cambien a las dos y nos veremos arriba.

—¿Me darán un sedante? —preguntó Joanna.

—Por supuesto —contestó Smith—. Yo se lo daré en cuanto le inyecten la intravenosa. ¿Alguna otra pregunta?

Como ninguna de las dos dijo nada, el médico sonrió y se fue. La doctora Donaldson las escoltó por el vestíbulo principal hasta una sala de espera más pequeña y apartada. A un lado había varios vestidores con puertas de persiana y del otro una hilera de armarios. A un costado, se veían gorros de goma, pantuflas de papel y batas de baño. Una enfermera pequeña y de rostro simpático estaba reponiendo los artículos para las pacientes. A un lado de la puerta había un par de camillas. En medio de la sala, vieron un círculo de sillas, un sofá y una mesa de centro llena de revistas.

La doctora les presentó a la enfermera Cynthia Carson. Ella les hizo entrega de ropa hospitalaria para ingresadas, una llave a cada una, les aconsejó prenderlas con un alfiler en los gorros y les abrió las puertas de dos vestidores adyacentes. En ese momento la doctora Donaldson se retiró. Poco después, también se marchó Cynthia a buscar el instrumental de las intravenosas.

—Te han presionado por la cuestión de la anestesia —dijo Joanna desde su compartimiento.

—Ya lo creo.

Las dos mujeres salieron de sus respectivos vestidores, cada una con la fina bata en una mano y en la otra llevando su ropa de calle. Prorrumpieron en risas cuando se vieron.

—Espero no tener un aspecto tan patético como tú —dijo Joanna.

—Detesto tener que decírtelo, pero así es.

Fueron a los armarios a guardar sus pertenencias.

—¿Por qué no cediste en lo de la anestesia general? —preguntó Joanna.

—No vas a empezar a ponerme nerviosa, ¿o sí?

—Lo que dijo el anestesista tenía sentido; al menos para mí. En especial cuando habló del dolor provocado por la manipulación intraabdominal. Fue suficiente para ponerme nerviosa. ¿No crees que debieras reconsiderarlo?

—Escucha —dijo Deborah mientras cerraba el armario con llave. Miró a su amiga. Se le habían encendido súbitamente las mejillas—. Tú y yo ya hemos tenido esta discusión. No me gusta que me duerman. Llámalo fobia si quieres. A ti no te gustan las agujas y a mí no me gusta la anestesia, ¿de acuerdo?

—De acuerdo —acordó Joanna—. Ahora cálmate. Se supone que yo soy la que se pone nerviosa en esta situación, no tú.

Deborah suspiró. Cerró un instante los ojos y sacudió la cabeza.

—Lo siento, no tenía intención de gritarte. Supongo que yo también estoy con los nervios de punta.

—Está bien —dijo Joanna.

En ese momento volvió Cynthia con un montón de cosas en una mano. Las echó sobre una camilla. En la otra, portaba una botella para intravenosa que procedió a colgar de un gancho.

—¿Cuál de las dos es la señorita Meissner? —preguntó.
Joanna levantó una mano.

Cynthia palmeó la acolchada superficie de la camilla con sábanas nuevas.

—¿Qué le parece si se echa aquí para poder inyectarla? Luego voy a darle un combinado que la hará sentir como en la fiesta de Año Nuevo.

Deborah le dio un apretón a su amiga en el brazo e intercambiaron miradas cariñosas. Joanna hizo lo que le habían pedido. Deborah se acercó a un lado de la camilla.

Cynthia hizo las preparaciones con experta economía de movimientos. Al mismo tiempo, inició una cháchara imparable que distrajo a Joanna, quien antes de tener tiempo de ponerse nerviosa, ya tenía un torniquete en el brazo izquierdo debajo del codo.

Joanna no la miró a la cara e hizo una mueca cuando la aguja le penetró. Al punto desapareció el torniquete y Cynthia le puso cinta adhesiva.

—Ya está —dijo.

Joanna giró la cabeza. Su rostro denotaba sorpresa.

—¿Ya está la intravenosa?

—Sí —contestó alegremente Cynthia mientras ponía la medicación en dos jeringas—. Ahora viene lo divertido. Usted no tiene alergia a ninguna medicación, ¿verdad?

—No. —contestó Joanna.

Cynthia se agachó sobre la bandeja de las jeringas y le sacó el émbolo a una.

—¿Qué me pone? —preguntó Joanna.

—¿Realmente quiere saberlo? —replicó Cynthia. Terminó con la primera y empezó con la segunda.

—¡Sí!

—Diazepam y Fentanil.

—¿Y si me lo dice en mi idioma?

—Valium y un analgésico opiáceo.

—He oído hablar del Valium. ¿Qué es lo otro?

—Un componente de la familia de la morfina —dijo Cynthia. Quitó los envoltorios y los demás restos y los arrojó en un receptáculo especial. Mientras anotaba algo en el historial que sacó de debajo de la cabecera de la camilla, se abrió la puerta que daba al pasillo y entró otra paciente. Sonrió a las dos amigas, fue hasta el guardarropa de donde sacó una bata y luego desapareció en una de las salitas para cambiarse.

—¿Otra donante? —preguntó Joanna.

—Ni idea —contestó Deborah.

—Es la señora Dorothy Washburn —explicó Cynthia en voz baja mientras daba media vuelta hasta la cabecera de la camilla y destrababa las ruedas—. Es una clienta de Wingate que está aquí por otra transferencia de embriones. La pobre ha pasado por varias desilusiones.

—¿Ya voy? —preguntó Joanna cuando la camilla empezó a moverse.

—Así es —dijo Cynthia—. Me dijeron que ya la esperaban cuando fui a buscar la intravenosa.

—¿Puedo acompañarla? —preguntó Deborah. Había cogido a Joanna de una mano.

—Lo siento pero no —contestó Cynthia—. Quédese aquí y relájese. Irá antes de lo que piensa.

—Estaré bien —dijo Joanna a Deborah—. Ya me hace efecto ese opiáceo. Y no es una sensación nada desagradable.

Deborah le dio un último apretón en la mano. Antes de que se cerraran las puertas, Joanna se despidió alegremente con una mano desde la camilla.

Deborah volvió a la sala. Se dirigió al sofá y se sentó pesadamente. Sentía hambre por no haber comido nada desde la noche anterior. Cogió varias revistas, pero con el estómago famélico no pudo concentrarse. Trató de imaginarse adónde llevaban a Joanna en aquel enorme y antiguo edificio. Dejando las revistas a un lado, miró la habitación. Observó el mismo contraste entre las molduras barrocas y el mobiliario moderno que había en la sala de espera principal. Joanna tenía razón: Wingate era un sitio lleno de contrastes que resultaban vagamente inquietantes. Al igual que Joanna, Deborah no veía la hora de dejar atrás todo eso.

Se abrió una de las puertas de los vestidores y salió Dorothy Washburn con su ropa de calle en una mano. Le sonrió a Deborah antes de encaminarse a los armarios. Deborah la miró y se preguntó cómo sería tener que lidiar con continuos tratamientos de fecundación y con continuas desilusiones.

Dorothy cerró su armario y se acercó al sitio de espera mientras guardaba la llave. Recogió una revista, tomó asiento y empezó a hojearla. Le pareció notar la mirada de Deborah, levantó unos ojos sorprendentemente cerúleos. Esta vez fue Deborah quien le devolvió la sonrisa. Acto seguido se presentó y Dorothy hizo lo mismo. Durante unos minutos se enfrascaron en una conversación superficial. Después de una pausa, Deborah le preguntó si hacía tiempo que era paciente de la clínica.

—Por desgracia, así es.

—¿Ha sido una experiencia agradable?

—No creo que agradable sea la palabra adecuada —dijo Dorothy—. No ha sido nada fácil desde ningún punto de vista. Pero para mérito de Wingate, debo decir que me lo advirtieron. De cualquier manera, mi marido y yo no pensamos rendirnos, al menos no todavía y hasta que hayamos probado todos los medios a nuestro alcance.

—¿Le hacen hoy una implantación de embriones? —preguntó Deborah. No quería que se diera cuenta de que ella ya lo sabía.

—Por novena vez —dijo Dorothy. Lanzó un suspiro y entrelazó los dedos.

—Buena suerte —le deseó Deborah sinceramente.

—Me vendría muy bien.

Deborah imitó el gesto de entrelazar los dedos.

—¿Es la primera vez que viene a la Wingate? —preguntó Dorothy.

—Lo es. Para mí y para mi compañera de piso.

—Estoy segura que saldrán satisfechas con la elección —dijo Dorothy—. ¿Se lo harán in vitro?

—No —contestó Deborah—, somos donantes de óvulos. Vimos un aviso en el *Harvard Crimson*.

—Qué maravilla —exclamó Dorothy con admiración—. Qué gesto de solidaridad. Van a dar esperanzas a algunas parejas desesperadas. Aplaudo su generosidad.

Deborah se sintió incómodamente venal. Esperaba cambiar de conversación antes de que la otra cayera en la cuenta del verdadero motivo de la donación. Por suerte, la salvó el imprevisto retorno de Cynthia. La enfermera entró en la sala.

—¡Muy bien, Dorothy! —dijo Cynthia con entusiasmo—. ¡Su turno! Ya están todos listos.

La mujer se puso de pie, respiró hondo y se encaminó a la puerta.

—Es una valiente —dijo Cynthia mientras se cerraba la puerta—. Espero que esta vez sea un éxito. Si alguien se lo merece, es ella.

—¿Cuánto cuesta una implantación? —preguntó Deborah. Su preocupación por el aspecto monetario le había puesto en la palestra las realidades económicas.

—Varía dependiendo de los procedimientos —contestó Cynthia—. Pero se puede decir que entre ocho y diez mil dólares.

—Vaya por Dios —suspiró Deborah—, entonces eso significa que Dorothy y su marido ya han pagado casi noventa mil dólares.

—Probablemente más —dijo Cynthia—, porque eso no incluye el estudio inicial de esterilidad ni cualquier tratamiento complementario que les hayan indicado. La esterilidad es un asunto caro para cualquier pareja, en especial porque generalmente el seguro no la cubre. Las parejas tienen que procurarse el dinero en efectivo.

Entraron dos pacientes más y Cynthia pasó a ocuparse de ellas. Comprobó los papeles que traían, les hizo entrega de la ropa y les indicó dónde estaban los cuartos para cambiarse. A Deborah le sorprendió la aparente edad avanzada de una de ellas. La mujer tenía aspecto de estar entre los cincuenta y cinco y los sesenta años.

Impaciente, Deborah se puso de pie.

—Perdone, Cynthia —dijo. La enfermera leía con mayor

atención los papeles—. La doctora Donaldson me dijo que podía visitar el laboratorio. ¿A quién debo ver para eso?

—Es la primera vez que alguien lo pide —dijo Cynthia y se lo pensó un momento—. Supongo que debería ver a Claire Harlow, de relaciones públicas. Ella organiza las visitas de las posibles pacientes, aunque desconozco si eso incluye el laboratorio. Si no le importa andar en bata, puede acercarse a la mesa de recepción en la sala de espera principal y preguntar por la señorita Harlow. Ya no queda mucho tiempo; por tanto, no se entretenga demasiado. Pienso que la llamarán dentro de quince minutos o así.

Pese al aviso sobre la falta de tiempo, Deborah necesitaba hacer algo para tranquilizarse. Siguiendo la indicación de Cynthia, volvió a la sala de espera principal y preguntó por la persona de relaciones públicas. Mientras esperaba, vio que habían llegado bastantes pacientes. No hablaban mucho. La mayoría leía las revistas. Unas pocas tenían la mirada perdida en la lejanía.

Claire Harlow resultó ser una mujer amable y complaciente de voz suave que pareció de acuerdo en llevar a Deborah al piso de arriba y mostrarle el laboratorio. Tal como había dicho la doctora Donaldson, era enorme y ocupaba casi toda el ala ocupada por la clínica.

Deborah quedó impresionada. Después de haberse pasado muchas horas en laboratorios de biología, conocía muy bien lo que estaba viendo. El equipo era de ultimísima generación y lo mejor del mercado e incluía aparatos tan sorprendentes como secuenciadores automáticos de ADN. La otra sorpresa fue ver la poca gente que había en aquel espacio mastodóntico.

—¿Dónde están los demás? —preguntó Deborah.

—Todos los médicos están realizando intervenciones clínicas en este momento —contestó Claire.

Deborah avanzó a lo largo de una encimera con más microscopios de disección de los que jamás había visto reunidos. Asimismo eran mucho más potentes que los que Deborah sabía usar.

—Aquí podría trabajar todo un ejército —señaló.

—Siempre estamos a la busca de personal cualificado —comentó Claire.

Deborah llegó al fondo del laboratorio y miró por una ventana. Daba a la parte de atrás del edificio y ofrecía una vista impresionante. Era muy extenso porque el edificio se posaba en lo alto de la colina y había cuestas de césped por delante y detrás. Hacia el norte se veía un bosquecillo de robles naranjas y arces rojos entre los que Deborah divisó casas de piedra similares a la de la entrada, pero con archivoltas blancas.

—¿Esos edificios forman parte de la granja? —preguntó.

—No, son parte de las residencias —explicó Claire. Señalando a la derecha, donde el terreno caía pronunciadamente, mostró a Deborah un resplandor solo visible a través de unos viejos pinos—. Ese resplandor es luz del sol que se refleja en la superficie del agua del molino. Los edificios de la granja se agrupan alrededor.

—¿Y qué hay de la chimenea de ladrillo que echa humo? —preguntó Deborah señalando una columna de humo que se elevaba más a la derecha por encima de los árboles—. ¿Eso también es parte de la propiedad? —El humo era blanco al salir de la chimenea, pero adquiría una tonalidad gris púrpura mientras se alejaba hacia el este.

—Sí —dijo Claire—. Es la vieja planta del generador para la calefacción y el agua caliente. Es una estructura bastante interesante. También era el crematorio en tiempos de la Institución Cabot.

—¿Crematorio? —exclamó Deborah—. ¿Y para qué diablos necesitaban un crematorio?

—Supongo que por necesidad. En los viejos tiempos, muchos pacientes eran abandonados por sus familias.

La mera idea de un hospital psiquiátrico aislado y con su propio crematorio le puso los nervios de punta a Deborah, pero antes de poder hacer más preguntas se le acabó el tiempo. Claire verificó la pantalla de un ordenador.

—La llaman, señorita Cochrane. Ya la esperan.

Deborah se sintió satisfecha. Tenía ganas de acabar de una vez y regresar con Joanna a Boston.

4

No hubo ni un instante de transición. En un momento, Joanna estaba profundamente dormida; en el siguiente, despierta por completo. Se encontró mirando un techo de latón, alto y con relieves.

—Bueno, bueno, nuestra bella durmiente ya ha despertado —oyó decir a una voz.

Volvió la cabeza en dirección de la voz y vio un rostro desconocido. Justo cuando iba a preguntar donde estaba, su momentánea confusión fue reemplazada por una toma de conciencia de la situación.

—Permítame que le tome la presión —dijo el enfermero mientras sacaba un estetoscopio. Era un individuo impecablemente acicalado, casi de la misma edad de Joanna y con vestimenta de quirófano. En la tarjeta de identificación ponía MYRON HANNA. Empezó a inflar el aparato de presión que Joanna ya tenía en el brazo izquierdo.

Joanna observó el rostro del hombre. Tenía los ojos fijos en el indicador de presión mientras apretaba la placa del estetoscopio contra su brazo. Cuando se desinfló, ella sintió que la presión pasaba por su brazo. El hombre sonrió y quitó el aparato.

—Su presión arterial está muy bien —dijo, y le cogió la muñeca para tomarle el pulso.

Joanna esperó a que terminara.

—¿Y la intervención? —preguntó.

—La intervención ha acabado —dijo Myron mientras anotaba algo en una tablilla.

—Está bromeando —dijo Joanna. Había perdido la noción del tiempo.

—No; se ha acabado —repitió Myron—. Y fue todo un éxito, supongo. El doctor Saunders ha de estar satisfecho.

—No puedo creerlo. Mi amiga me dijo que cuando una se despierta de la anestesia, siente el estómago revuelto.

—Rara vez hoy en día —dijo él—. Casi nunca con la que usamos aquí. ¿No le ha parecido excelente?

—Muy buena.

—Así es.

—¿Qué hora es?

—Poco más de las nueve.

—¿Sabe usted si mi amiga, Deborah Cochrane, también ha terminado?

—La están interviniendo en este momento. ¿Por qué no se sienta de este lado de la cama?

Joanna lo hizo. Su movilidad solo estaba limitada por la aguja que aún llevaba en el brazo.

—¿Cómo se siente? —preguntó él—. ¿Nota algún mareo? ¿Algún malestar?

—Me siento bien —contestó Joanna—. Perfectamente. —Estaba sorprendida, sobre todo por la ausencia de dolor.

—Entonces quédese aquí un momento. Luego, si sigue sintiéndose bien, le quitamos la aguja y la enviamos abajo para que ya se cambie de ropa.

—De acuerdo —dijo Joanna.

Mientras Myron tomaba nota de la presión y el pulso, ella echó una mirada a la habitación. Había otras camas. Vacías. El cuarto era anticuado; estaba claro que no había sido remodelado como el resto del edificio. Viejos azulejos revestían las paredes, las ventanas tenían un aspecto vetusto y los lavamanos eran de esteatita.

La sala de recuperación la hizo recordar el arcaico quirófano donde la habían operado y se estremeció. Era la clase de sala de operaciones donde resultaba fácil imaginarse las lobotomías practicadas contra la voluntad de pacientes indefensos. Cuando la llevaron allí en silla de ruedas, recordó el antiguo y terrible cuadro de *La lección de anatomía*, pintado hacía varios cientos de años, que había visto en una ocasión. En la pintura, las hileras de asientos de la galería que desaparecían en la penumbra estaban ocupadas por hombres contemplando un fantasmal cadáver pálido y despellejado.

Se abrió la puerta de la sala de recuperación. Joanna se dio la vuelta y vio a un hombre de baja estatura con un mechón de pelo blanco. Su pálida tez la hizo pensar una vez más en *La lección de anatomía*. Vio que se detenía y su expresión de sorpresa cambiaba rápidamente a otra de irritación. Tenía puesta una larga bata blanca sobre el uniforme verde de cirujano.

—Hola, doctor Saunders —dijo Myron levantando la mirada desde el escritorio.

—Señor Hanna, pensé que me había dicho que la paciente aún estaba dormida —dijo el doctor Saunders. Sus ojos azules miraban fijamente a Joanna.

—Lo estaba, señor, cuando hablamos —dijo el enfermero—. Acaba de despertar y todo marcha sobre ruedas.

Joanna se sintió incómoda debido a la mirada impasible del médico. Reaccionaba con nerviosismo ante las figuras de autoridad en parte por culpa de su padre, presidente de una compañía de petróleo, un hombre emocionalmente distante y acérrimamente disciplinario.

—El pulso y la presión sanguínea, normales —dijo Myron. Se puso de pie y empezó a avanzar, pero Saunders lo detuvo en seco con un gesto de la mano.

Saunders se dirigió hacia Joanna con el entrecejo fruncido. La nariz tenía una ancha base que daba la falsa impresión de ojos poco separados. De lejos, la característica más distinguida de sus facciones eran los iris de colores ligeramente diferentes y un mechón de pelo blanco que rápidamente se perdía en el resto de los cabellos un tanto despeinados.

—¿Cómo se siente, señorita Meissner?

Joanna notó que sus palabras carecían de toda emoción; iguales que las de su propio padre cuando al término del día le preguntaba cómo estaba.

—Bien —contestó, dudando que al hombre le importara. Reuniendo coraje, le preguntó si era el médico que la había operado. La habían dormido antes de la llegada de Paul a la sala de operaciones.

—Sí —contestó Paul con un tono que desanimaba de hacer más preguntas—. ¿Le importaría que le eche un vistazo a su abdomen?

—Claro que no. —Joanna le echó una mirada a Myron que de inmediato se acercó a la cama y la hizo poner en posición supina; luego tiró de la sábana hasta cubrirle las piernas.

Paul levantó con cuidado la sábana para que la siguiera cubriendo de cintura para abajo y le inspeccionó el estómago. Joanna levantó la cabeza para mirarse. Había tres cintas adhesivas. La primera estaba directamente encima del ombligo y las otras dos por debajo a ambos lados formando un triángulo.

—Ninguna señal de hemorragia —dijo el enfermero—, y el gas ha sido absorbido.

Paul asintió. Volvió a cubrir el estómago de Joanna y se dispuso a partir.

—Doctor Saunders —le llamó impulsivamente Joanna. Paul se volvió.

—¿Cuántos óvulos me ha sacado?

—No lo recuerdo exactamente. Cinco o seis.

—¿Eso es normal?

—Perfectamente adecuado —dijo Paul. Una ligera sonrisa agració su hasta entonces sombría expresión. Y se fue.

—No es un gran conversador —comentó Joanna.

—Es un hombre muy atareado —dijo Myron. Volvió a quitar la sábana dejando las piernas al aire—. ¿Por qué no se pone de pie y vemos cómo se siente? Creo que está lista para retirarle la aguja.

—¿El doctor Saunders hace todas las intervenciones de óvulos? —preguntó Joanna mientras se sentaba y bajaba con cuidado los pies a un lado de la cama. Los apoyó en el suelo mientras se agarraba al costado de la cama.

—Forma equipo con la doctora Donaldson.

—¿Piensa que su presencia aquí significa que ya ha terminado con mi amiga?

—Yo diría que sí. ¿Cómo se siente? ¿Alguna señal de mareo?

Joanna negó con la cabeza.

—Entonces le quito la aguja y ya podrá ponerse en marcha.

Quince minutos más tarde, Joanna ya estaba ante su armario retirando la ropa, los zapatos y el bolso. Había otras cuatro pacientes sentadas en los sofás y hojeando las revistas. Nadie le prestó atención. El armario de Deborah aún estaba cerrado.

Cuando Joanna entraba en la habitación que había usado antes, llegó Cynthia seguida por Deborah. A esta se le iluminó la cara cuando vio a Joanna. De inmediato se le acercó y entró en la pieza y cerró la puerta.

—¿Cómo te fue? —preguntó Deborah con un susurro.

—Ningún problema —replicó Joanna sin saber muy bien por qué susurraban—. El anestesista me dijo que podía sentir algo de ardor en el brazo cuando me dio su «leche de amnesia», pero no sentí nada. Ni siquiera recuerdo haberme dormido.

—¿Leche de amnesia? —repitió Deborah—. ¿Qué es eso?

—Así llamaba ese médico a la anestesia que me inyectó —dijo Joanna—. Todo fue muy rápido. Un santiamén, como si alguien apagase las luces. No sentí nada durante la operación. Y encima, me alegra informarte que no tuve náuseas cuando desperté.

—¿Ni siquiera un poco de malestar?

—Nada de nada. Y me desperté del mismo modo que me dormí. En realidad, todo fue muy súbito. —Joanna chasqueó los dedos para subrayar sus palabras—. La experiencia fue absolutamente tranquila. ¿Y tú?

—Bah —dijo Deborah—. No peor que una citología de rutina.

—¿Nada de dolor?

—Un poquitín cuando me inyectaron la local, pero eso fue todo. Lo peor fue la humillación de que me estuvieran mirando ya sabes qué.

—¿Cuántos óvulos te sacaron?

—Qué sé yo. Supongo que uno. Es lo que producimos mensualmente las mujeres sin hormonas de hiperestimulación.

—Pues a mí me quitaron cinco o seis.

—Mujer, me has impresionado —bromeó Deborah—. ¿Y cómo lo sabes?

—Pregunté —dijo Joanna—. Vino a verme el cirujano cuando estaba en la sala de recuperación. Se llama Saunders. Debes de haberlo visto porque es quien realiza estas intervenciones junto a la doctora Donaldson.

—¿Un tipejo bajo y de ojos raros?

—El mismo. Pienso que es algo rarito y nada conversador. Se enfadó cuando vio que ya estaba despierta.

—¿De veras? —dijo Deborah.

—En serio.

—Me sorprende porque también conmigo se comportó como un tío raro.

—¿Sí? —dijo Joanna—. Entonces es que tiene un problema, lo que me tranquiliza porque ya me preguntaba si no me lo había inventado. Ya conoces el conflicto que tengo con las figuras de autoridad.

—Demasiado bien —dijo Deborah—. ¿Y dices que se irritó porque estabas despierta?

—Sí, estoy segura. Se enfadó con el enfermero porque este, minutos antes, le había dicho por teléfono que yo aún dormía. Supongo que esperaba entrar y salir sin dirigirme la palabra. En cambio, tuvo que darme explicaciones.

—Eso es absurdo.

—El enfermero lo disculpó diciéndome que era un tipo muy atareado.

—Estuvo igual de grosero conmigo. Como todos los demás, insistió en que me aplicasen anestesia general. Dijo que sería mucho mejor. Pero me negué. Entonces se enfadó. En ese momento me di cuenta de por qué me habían tenido en ayunas desde la medianoche. Pensaba que me convencería.

—Pero no lo logró, ¿verdad?

—¡Por supuesto! —dijo Deborah—. Les dije que me iría, y estuve a punto de hacerlo. De no haber sido por la doctora Donaldson, que suavizó las cosas, pienso que lo habría hecho. Pero al final todo ha salido bien.

—Marchémonos de aquí —dijo Joanna.

—En un momento —respondió Deborah. Abrió la puerta del vestidor, le hizo un guiño a Joanna y desapareció.

Joanna oyó cómo Deborah reunía sus cosas mientras se quitaba la ropa de hospital y la echaba en una cesta. Por un momento se miró en el espejo de cuerpo entero que allí había. La imagen de las tres pequeñas incisiones con cinta adhesiva en el abdomen la hicieron temblar. Eran como diminutos recordatorios de que alguien acababa de meter las narices en sus entrañas.

El ruido de la puerta que se cerraba en el vestidor de al lado la hizo volver a la realidad. No queriendo hacer esperar a Deborah, pese a que esta era famosa por lo rápido que se cambiaba, Joanna se concentró en vestirse. Una vez vestida, empezó a cepillarse el pelo y se hizo una cola de caballo porque lo tenía hecho un lío. Antes de terminar, oyó a Deborah salir a la sala de espera.

—¿Te falta mucho? —preguntó Deborah a través de la puerta.

—Casi lista —respondió Joanna. El pelo le daba más problemas que de costumbre, con esos mechones en la cara. Cuando iba al instituto tenía flequillo, que se había dejado crecer en primaria. Tras una última mirada en el espejo, finalmente abrió la puerta del vestidor. Deborah la recompensó con un ademán de exasperación.

—Me apresuré todo lo que pude —dijo Joanna.

—¡Por suerte! —dijo Deborah poniéndose de pie—. Debes probar el pelo corto, como yo. Te ahorrarás complicaciones; diez veces más fácil.

—Jamás —bromeó Joanna, pero en el fondo lo decía en serio. Pese a todas las dificultades, adoraba su cabello.

Las dos le dieron las gracias a distancia a Cynthia, quien les devolvió el saludo. Las mujeres sentadas en la sala de espera levantaron la mirada y varias de ellas sonrieron, pero todas volvieron a sus lecturas antes de que Joanna y Deborah hubiesen atravesado la puerta batiente.

—Nos olvidamos de preguntar algo importante —dijo Deborah al dirigirse al vestíbulo principal.

—Suéltalo, vamos —dijo Joanna con un suspiro cuando Deborah no aclaró de qué se trataba. Le irritaba un poco la tendencia de Deborah a enunciar solo una parte de lo que pensaba.

—Nos olvidamos de preguntar cómo y cuándo nos van a pagar.

—Seguramente no será en efectivo —dijo Joanna.

—Lo sé —dijo Deborah.

—Será con talón o transferencia.

—Muy bien, pero ¿cuándo?

—Los contratos decían que se nos pagaría tan pronto como prestásemos nuestro servicio, algo que acabamos de hacer, por tanto, debería ser ahora.

—Veo que les tienes más confianza que yo —dijo Deborah—. Pienso que debemos preguntarlo antes de irnos.

—Bien —dijo Joanna—. Preguntemos por la doctora Donaldson si no está en recepción.

Llegaron a la sala de espera y echaron una mirada al amplio recinto. Casi todas las sillas estaban ocupadas. Algunas mujeres conversaban, pero en general el lugar permanecía asombrosamente silencioso pese a la cantidad de gente que había allí.

—No veo a la doctora Donaldson —dijo Deborah. Volvió a recorrer el sitio con la mirada para cerciorarse.

—Pidamos que la llamen —dijo Joanna.

Se acercaron al escritorio de recepción ahora ocupado por una recepcionista joven, pelirroja y atractiva. Tenía labios gruesos y graciosos, y grandes pechos como las mujeres que aparecían en las portadas de ciertas revistas. En su tarjeta de identificación ponía ROCHELLE MILLARD.

—Perdone —dijo Joanna para atraer la atención de la joven. Leía a escondidas un libro que tenía en el regazo. El libro desapareció como por arte de magia.

—¿En qué puedo ayudarla? —preguntó Rochelle.

Joanna pidió que llamase a la doctora Donaldson.

—¿Es usted Joanna Meissner?

Joanna asintió con la cabeza.

Rochelle se dirigió a Deborah.

—Entonces, usted debe de ser la señorita Cochrane, ¿verdad?

—Así es.

—Tengo algo para ustedes de parte de Margaret Lambert, la jefa de contabilidad. —Abrió un cajón, sacó dos sobres y los entregó a las sorprendidas mujeres.

Tras intercambiar miradas veladas, las dos echaron una ojeada dentro de los sobres. Ambas sonrieron.

—¡Aleluya! —exclamó Deborah y lanzó una carcajada. Luego se dirigió a la recepcionista y le dijo—: *Mille grazie, signorina! Partiamo a Italia!*

—Lo primero significa mil gracias en italiano —dijo Joanna—. Del resto no estoy segura. Y olvídese de llamar a la doctora Donaldson. No es necesario.

Dejando perpleja a la chica, las dos se dirigieron a la salida.

—Me siento un poco como una ladrona llevándome este dinero de aquí —dijo Deborah en voz baja mientras cruzaban la sala llena de gente. Al igual que Joanna, llevaba el sobre apretado en la mano. Evitó la mirada de la gente temiendo encontrarse con alguien que hubiese tenido que hipotecar su casa para pagar el tratamiento de fecundidad de la clínica.

—Con tantas pacientes, pienso que Wingate bien puede permitirse este pago —respondió Joanna—. Empiezo a tener la sensación de que este negocio es una máquina de hacer dinero. Además, son las pacientes quienes nos pagan, no la clínica.

—De eso justamente se trata —dijo Deborah—. Aunque supongo que gente que exige óvulos de estudiantes de Harvard no puede estar en la miseria.

—Exactamente. Concéntrate en la idea de que estamos ayudando a la gente y que ellos, en agradecimiento, nos ayudan a nosotras.

—Resulta difícil sentirse altruista cuando se recibe un cheque por cuarenta y cinco mil dólares. Quizá me siento más como una prostituta que como una ladrona, pero no me interpretes mal. No me quejo.

—Cuando esas parejas tengan los hijos que quieren —dijo Joanna—, pensarán que han hecho un negocio fabuloso.

—Creo que tienes razón: Voy a dejar de sentirme culpable.

Salieron a la fría mañana de Nueva Inglaterra. Deborah estaba a punto de bajar las escaleras cuando se dio cuenta de que Joanna vacilaba. Al mirarla vio que hacía una mueca de dolor.

—¿Qué te pasa? —le preguntó.

—He tenido una punzada de dolor en el bajo vientre —dijo su amiga señalándose la zona—. Me llegó hasta el hombro.

—¿Aún la sientes?

—Sí, pero no tanto.

—¿Quieres ver a la doctora Donaldson? —preguntó Deborah.

Joanna se apretó el estómago a un lado. Sintió una leve incomodidad hasta que pasó. Luego sufrió otra punzada de dolor. Se le escapó un gemido.

—¿Estás bien, Joanna?

Joanna asintió con la cabeza. Fue tan fugaz como el primer espasmo y dejó un ligero malestar.

—Vamos a avisar a la doctora Donaldson —dijo Deborah. La tomó de un brazo con la intención de regresar a la clínica, pero Joanna se resistió.

—No es para tanto —dijo—. Volvamos al coche.

—¿Estás segura?

Joanna volvió a asentir con la cabeza, soltó suavemente su

brazo del agarrón de Deborah y empezó a bajar las escaleras. Al principio, le pareció que caminar un poco agachada le iba mejor, pero al cabo de unos pasos pudo enderezarse y andar relativamente normal.

—¿Cómo te sientes ahora? —preguntó Deborah.

—Bastante bien.

—¿No piensas que sería mejor ir a ver a la doctora Donaldson, solo para estar seguras?

—Quiero ir a casa —dijo Joanna—. Además, el doctor Smith me advirtió que podía sentir dolor; de modo que no se trata de algo imprevisto.

—¿Te previno que sentirías dolor? —preguntó Deborah sorprendida.

Joanna asintió.

—No estaba seguro de en qué lado lo tendría, pero dijo que serían fuertes punzadas; exactamente lo que he sentido. La sorpresa es que no lo haya tenido hasta ahora.

—¿Te aconsejó qué hacer?

—Dijo que Ibuprofen sería suficiente, pero que si no bastaba, cualquier farmacéutico podía llamarlo a la clínica. Dijo que estaría localizable las veinticuatro horas.

—Es extraño que a ti te hayan advertido el dolor y a mí no. Quizá tendrías que haber insistido en la anestesia local como hice yo.

—Muy graciosa —dijo Joanna—. Prefiero haber estado dormida durante la operación. Valió la pena este poco de dolor y la pequeña molestia de quitarme los puntos.

—¿Dónde tienes los puntos?

—En la zona de abajo.

—¿Tienes que volver aquí para que te los quiten? —preguntó Deborah.

—Me dijeron que lo podía hacer cualquier profesional de sanidad. Si Carlton y yo estamos en buenos términos para entonces, él mismo podrá hacerlo. De otra manera, lo solucionaré en cualquier ambulatorio.

Llegaron al coche y Deborah abrió la puerta y la ayudó a sentarse.

—Aún pienso que tendrías que haber elegido anestesia local —dijo Deborah.

—Jamás podrás convencerme —dijo Joanna. De eso, estaba segura.

5

7 de mayo de 2001, 13.50 h

Unos temblores sacudieron el avión anunciando turbulencias. Joanna levantó la vista del libro que estaba leyendo para comprobar que nadie estaba inquieto. No le gustaban las turbulencias. La hacían recordar que estaba suspendida en el aire y, al carecer de una mentalidad científica, no creía razonable que un objeto tan pesado como un avión pudiera volar.

Nadie prestó atención a las sacudidas y vibraciones; menos aún Deborah, que dormía de forma envidiable. Su amiga no ofrecía su mejor aspecto. Tenía el pelo, que le llegaba hasta los hombros, completamente despeinado y la boca entreabierta. Al conocer a Deborah tan bien, Joanna sabía perfectamente que le disgustaría verse en ese estado. Aunque le pasó por la cabeza la idea de despertarla, no lo hizo. En cambio, se puso a estudiar el contraste entre su peinado y el de Deborah. El de esta ahora era largo mientras que Joanna se había pasado los últimos seis meses con pelo corto, incluso más corto de como lo había llevado Deborah cuando vivían en Cambridge.

Prestando atención a la ventanilla, Joanna pegó la nariz al cristal y pudo ver la tierra abajo, a cientos y cientos de metros, tal como la veía desde hacía quince minutos: la misma tundra pelada con algún que otro lago. Tras consultar el mapa de la revista de la compañía aérea, se enteró que estaban pasando sobre la península del Labrador rumbo al aeropuerto Logan de Boston. El viaje había resultado interminable y Joanna ya tenía ganas de llegar. Hacía casi año y medio de la partida y Joanna deseaba volver a casa. Se había resistido a regresar pese a los ruegos insistentes de su madre, especialmente intensos para las vacaciones de Navidad, un gran acontecimiento en el hogar de los Meissner, que Joanna añoraba, en especial desde que regresó a Nueva York a vivir con su madre y su padrastro. Pero Joanna no estaba dispuesta a soportar las constantes quejas de su madre sobre el desastre social causado por la ruptura de su compromiso con Carlton Williams.

Tal como habían planeado, Deborah y ella habían ido a Venecia para escapar de la monotonía de sus vidas como estudiantes de posgrado y asegurarse que Joanna no volviera a sucumbir a la idea de que el matrimonio era una meta ineludible. A su llegada, vivieron casi una semana en el barrio de San Polo, cerca del puente de Rialto, en el hotelito que Deborah había encontrado por internet. Después, se mudaron al Sestiere de Dorsoduro por recomendación de una pareja de universitarios que conocieron el segundo día tomando un café en la piazza San Marco. Con un poquitín de suerte y largas caminatas, pudieron encontrar un pequeño y asequible apartamento de dos dormitorios en el último piso de un modesto edificio del siglo XIV en la plaza Campo Santa Margherita.

Como estudiantes responsables que eran, las dos se amoldaron rápidamente a un horario estricto que les facilitaba el trabajo. Cada mañana se levantaban a las siete sin tener en cuenta lo que hubiese pasado la noche anterior. Después de una ducha, bajaban a la plaza e iban a un bar tradicional a tomarse los capuchinos matinales; el sitio era especialmente agradable en verano cuando se sentaban a la sombra de los árboles. Luego iban al mercado Rio di San Barnaba a completar su *colazione* con frutas y verduras frescas. Media hora después, ya estaban en el apartamento ante sus respectivas mesas y se ponían a escribir.

Sin excepción trabajaban hasta la una de la tarde. Solo entonces apagaban los ordenadores portátiles. Después de lavarse y cambiarse de ropa, se encaminaban al restaurante que elegían para el almuerzo de cada día y que incluía una o dos copas de vino blanco de Friuli. Era la hora de cambiar el papel de estudiantes aplicadas por el de ávidas turistas. Con un montón de guías, se lanzaban a visitar los monumentos. Tres tardes por semana iban a la universidad, donde recibían lecciones de italiano y de historia del arte veneciano.

Por la noche no se trabajaba ni se hacía turismo. Socialmente, tuvieron gran éxito saliendo casi exclusivamente con italianos relacionados de un modo u otro con la universidad. El primer pretendiente de Deborah fue un estudiante de posgrado de historia del arte que trabajaba de gondolero en la temporada. Joanna empezó a salir con un profesor del mismo departamento. Pero ninguna de las dos se permitió comprometerse demasiado y mantuvieron, tal como decía Deborah, una actitud masculina con respecto al sexo opuesto; o sea, lo tomaron como un deporte.

Joanna suspiró cuando pensó en los paisajes maravillosos que había visto y en las experiencias vividas. Había sido un año y medio extraordinario en todos los aspectos, incluyendo el profesional. Dentro del equipaje que llevaban encima de sus cabezas, estaban las dos tesis doctorales completas. Gracias al e-mail que les facilitó ir enviando capítulos y recibiendo las revisiones, las tesis ya habían sido aceptadas. Lo único que faltaba era defenderlas ante el tribunal, lo que ambas creían que no representaría ningún problema. A la semana de su retorno, tendrían las entrevistas iniciales: Joanna en la Escuela de Negocios de Harvard y Deborah en Genzyme.

Carlton le había hecho varias visitas. La primera fue por sorpresa, lo que había enfurecido a Joanna. Antes de partir para Europa había intentado llamarlo varias veces, pero él la evitó y tercamente no contestó ninguna de sus llamadas. Después de alquilar el apartamento, Joanna le había enviado una carta dándole la dirección para que escribiera cuando quisiese. En cambio, él se había presentado de cuerpo entero a la puerta un nublado y lluvioso día de invierno.

De no haber sido por el sentimiento de culpa que ella tenía y por lo lejos que se había desplazado Carlton para visitarla, Joanna no lo habría recibido. Pero tal como estaban las cosas y después de dejarlo consumir en una habitación del hotel Gritti Palace por unos días antes de llamarlo, se encontraron para almorzar en el Harry's Bar, elección de Carlton, y aunque al principio la conversación fue difícil, se las arreglaron para llegar a cierta comprensión mutua, lo cual facilitó que luego se escribieran. La correspondencia dio como fruto dos visitas más de Carlton a la Serenissima, tal como llamaban los venecianos de siempre a su ciudad. Cada visita era más agradable que la anterior, pero no totalmente satisfactoria. La perspectiva de un año en el extranjero hizo que Joanna viera a Carlton como una persona cada vez más limitada por la dedicación que le exigía la medicina. Sin embargo, el resultado final del contacto fue una tregua en la que ambos admitieron que se importaban, pero al mismo tiempo creían que su estatus de «no comprometidos» era apropiado pues permitía que cada uno siguiera sus propios intereses.

Otra serie de sacudidas provocó que Joanna volviera a echar una mirada en derredor. Se sorprendió de que nadie pareciera mínimamente molesto o nervioso por la situación. Al final, la turbulencia acabó tan de repente como había llegado. Joanna volvió a mirar por la ventanilla pero nada había cambiado. Se preguntó cómo el aire podía lograr que el avión se comportara como un vehículo de cuatro ruedas cruzando una plantación de patatas.

A medida que el vuelo se serenaba, Joanna experimentó la persistente sensación de que su vida estaba incompleta pese a las diversiones, los viajes y el estímulo intelectual.

Deborah estaba convencida de que la insatisfacción de su amiga se debía a su rechazo de los tradicionales objetivos femeninos: casa, marido e hijos. Pero Joanna había descubierto otra posible fuente. Al presenciar la cariñosa relación de los italianos con los niños, quería saber algo del destino de sus óvulos.

De forma creciente, se sentía tentada de averiguar qué había sido de ellos. Durante largo tiempo, Deborah la hizo contener su curiosidad, pero a punto de volver a casa, la propia Deborah la sorprendió con una pregunta imprevisible.

—¿No te parecería interesante saber qué clase de niños salieron de nuestros óvulos? —había preguntado como si tal cosa durante la última cena veneciana.

Joanna había posado la copa de vino sobre la mesa y había mirado a los negros ojos de su amiga, confundida. Ella había formulado la misma pregunta hacía un mes pero solo había provocado una irritada reacción en Deborah, acusándola de obsesiva.

—¿Piensas que tenemos alguna posibilidad de averiguarlo? —preguntó a su vez Deborah.

—Tiene que ser difícil a tenor de los contratos que firmamos —respondió Joanna.

—Sí, pero eso era básicamente para asegurar nuestro anonimato. No queríamos que nadie nos persiguiera después pidiendo dinero para mantener a niños o algo por el estilo.

—Creo que sucede en ambas direcciones —dijo Joanna—. Ciertamente la clínica tampoco querría que reclamásemos a los niños ni exigiésemos nuestros derechos como madres.

—Supongo que tienes razón. Una lástima. Sería interesante aunque solo sea para saber si podemos tener hijos. Ya sabes, hoy día no existen garantías de fertilidad. Estoy segura de que toda la gente que vimos en la clínica podría confirmar lo que te digo.

—Me lo imagino —dijo Joanna, aún perpleja por el cambio de actitud de Deborah—. Pero de cualquier modo estaría bien averiguarlo. ¿Y si llamamos a Wingate cuando volvamos? Preguntar no tiene nada de malo.

—Buena idea —dijo Deborah.

Eso había sido el día anterior y con todo un océano por delante. Ahora la megafonía del aparato se puso en funcionamiento y Joanna volvió al presente. La voz del piloto anunció que pronto iniciarían el descenso sobre Boston. Todos los pasajeros debían abrocharse los cinturones de seguridad.

Joanna se miró el suyo para verificar que estaba abrochado. Una rápida mirada al de Deborah confirmó que también estaba en orden. Al volver la vista a la ventanilla, notó un cambio: la tundra había sido reemplazada por densos bosques y granjas distantes. Supuso que volaban sobre Maine, lo que era una buena señal. Significaba que estaban cerca de su destino.

—Aquí viene la última maleta —gritó Deborah. Se acercó a la cinta de equipaje de donde habían retirado las demás maletas y la cogió para llevarla hasta donde habían apilado el equipaje. Una vez colocado todo en dos carritos se pusieron a la cola para pasar la aduana.

—Henos aquí de vuelta en casa —comentó Deborah pasándose los dedos por su larga cabellera negra—. Qué buen vuelo. Me pareció más corto de lo que esperaba.

—A mí no. Ojalá hubiera podido dormir la mitad del viaje.

—Los aviones me dan sueño —dijo Deborah.

—Ya lo he comprobado —le contestó Joanna con envidia.

Una hora más tarde, las dos amigas estaban en su piso de Beacon Hill que acababa de ser desocupado por el inquilino que lo había alquilado durante su estancia en Italia.

—¿Y si lanzamos una moneda al aire para ver quién se queda con el dormitorio pequeño? —sugirió Joanna.

—De ninguna manera. Ya dije que me quedaría con el pequeño y lo ratifico.

—¿Estás segura?

—Por completo. Para mí, más importante que el espacio es disponer de un armario y una buena vista.

—El problema es el baño —dijo Joanna. Tenía dos entradas; la primera desde el pasillo, la segunda, desde el otro dormitorio. Para Joanna, eso hacía que el dormitorio más grande fuera mucho mejor que el pequeño.

—Me quedo con el pequeño —repitió Deborah—. Confía en mí.

—Está bien —dijo Joanna—. No pienso discutir.

Una hora después habían ordenado todo lo que traían en las maletas y hasta hecho sus respectivas camas cuando de pronto se sintieron rendidas. Al darse cuenta que en Italia ya eran más de las diez de la noche, las dos se desplomaron en el sofá de la sala. La luz brillante de mediados de la primavera aún entraba por las ventanas recubriendo su agotamiento y el desfase de horario.

—¿Qué te apetece de cena? —preguntó Deborah.

—Quiero hacer una cosa antes de pensar siquiera en comer —dijo Joanna. Se puso de pie y estiró los brazos.

—¿Dormir una siesta?

—Nada de eso. Quiero hacer una llamada. —Cruzó la habitación y recogió el teléfono del suelo. No tenían una mesita para el teléfono cuando se lo instalaron. Podrían haber colocado el escritorio allí, pero habían decidido ponerlo en la otra punta del cuarto para evitar que la luz diera directamente sobre la pantalla del ordenador.

—Si llamas a Carlton, es como para vomitar —dijo Deborah.

Joanna miró a su amiga como si se hubiera vuelto loca.

—No voy a llamar a Carlton. ¿Qué te hace pensar eso? —Llevó el teléfono hasta el sofá. El aparato tenía un largo cordón.

—Me preocupa que vuelvas a las andadas —dijo Deborah—. He visto la cantidad de cartas que te envía últimamente ese aburrido candidato a médico. Y me preocupa más ahora que estás de vuelta en Boston y a un paso del hospital.

Joanna lanzó una carcajada.

—Piensas que soy una blanda, ¿verdad?

—Pienso que no estás lo bastante curtida para superar veinticinco años de lavado de cerebro materno.

Joanna rió.

—Para tu información no me ha pasado por la cabeza llamar a Carlton. Quiero llamar a la clínica Wingate. ¿Tienes el número?

—¿Y quieres llamar ahora? Acabamos de llegar a casa.

—¿Por qué no? —repuso Joanna—. Hace meses que lo tengo en la cabeza, y tú también, según me has dicho.

—Pásame mi agenda de teléfono —dijo Deborah sin moverse—. Está encima del escritorio.

Joanna lo hizo y mientras Deborah buscaba el número, volvió a sentarse al lado de su amiga. Finalmente, Joanna marcó el número.

La llamada fue contestada de inmediato. Joanna se identificó como una ex donante de óvulos y pidió hablar con algún responsable del programa. No hubo respuesta.

—¿Me oye? —preguntó Joanna.

—La oigo —contestó la mujer—, pero pensé que diría algo más. No estoy segura de lo que pide. ¿Está interesada en volver a donar?

—Es posible. —Miró a Deborah y se encogió de hombros—. Pero de momento quisiera hablar sobre mi anterior donación. ¿Hay algún responsable?

—¿Todo va bien? —preguntó la voz—. ¿Tiene algún problema?

—No —dijo Joanna—. Solo tengo unas preguntas para las que querría una respuesta.

—Tal vez deba hablar con la doctora Sheila Donaldson.

Joanna le dijo a la mujer que aguardara un momento y apretó el interruptor de sonido en el receptor. Se lo explicó a Deborah.

—¿Qué opinas? Yo pensaba en alguna administrativa, no en la doctora.

—Supongo que cualquier secretaria te remitiría a la doctora Donaldson, de modo que será mejor hablar con ella directamente. Nos ahorraremos un paso.

—Tienes razón —dijo Joanna y se inclinó hacia el teléfono.

—¡Espera! —dijo Deborah—. ¿Quieres volver a donar?

—¡Qué dices! —exclamó Joanna—. Pero pienso que no está de más mostrarles el señuelo. Quién sabe, puede ayudar.

Deborah asintió. Joanna volvió a apretar el botón y dijo que adelante, que la pusieran con la doctora Donaldson.

—¿Quiere esperar o la volvemos a llamar?

—Espero —dijo Joanna. Un instante después oyó música grabada.

—Acaso debiéramos replantearnos lo de volver a donar —dijo Deborah—. No me importaría conservar el estilo de vida al que nos hemos acostumbrado —dijo y lanzó una risita.

—¿Estás bromeando? —dijo Joanna.

—No necesariamente.

—No lo volvería a hacer —afirmó Joanna—. He disfrutado las oportunidades que nos permitió ese dinero, pero fue a cambio de un precio emocional. Quizá lo consideraría después de tener varios hijos propios, si es que eso llega a suceder. Pero para entonces ya sería demasiado mayor, ¿no?

Antes de que Deborah pudiera decir algo, la voz de la doctora Donaldson interrumpió la música. Se identificó rápidamente y preguntó si podía ayudarla en algo.

—Fui donante en su clínica —dijo Joanna—. Hace bastante tiempo. Pero quisiera preguntarle...

—¿Cuál es el problema? —preguntó Donaldson con impaciencia—. La operadora dijo que usted tenía un problema.

—Le dije que no tenía ningún problema.

—¿Hace cuánto fue su donación?

—Un año y medio.

—¿Cómo se llama? —preguntó la doctora con voz más calmada.

—Joanna Meissner. Una amiga y yo fuimos juntas.

—Las recuerdo. Fui a visitarlas a su apartamento en Cambridge. Usted tenía pelo rubio largo y el de su amiga era corto y casi negro. Las dos eran estudiantes de posgrado.

—Me ha impresionado —repuso Joanna—. Seguro que usted ve a mucha gente.

—¿Qué quiere saber?

Joanna se aclaró la garganta y dijo:

—Nos gustaría saber qué sucedió con nuestros óvulos. Ya sabe, cuántos niños y de qué sexo.

—Esa información es confidencial.

—No queremos nombres ni nada por el estilo —insistió Joanna.

—Lo siento, pero toda esa información es estrictamente confidencial.

—¿No puede decirnos siquiera si nacieron criaturas? Nos tranquilizaría saber que nuestros óvulos eran sanos.

—Lo lamento, pero nuestras normas son muy rigurosas y prohíben dar cualquier clase de información.

Joanna hizo una mueca de exasperación.

—¡Hola, doctora Donaldson! —dijo Debora, acercándose para hablar directamente al auricular—. Soy Deborah Cochrane y estoy con Joanna. ¿Qué pasa si los niños por alguna razón necesitan información genética sobre la madre biológica o si requieren un trasplante óseo o de riñón?

Joanna se estremeció.

—Llevamos un archivo informático —dijo la doctora—. En caso de que algo así sucediera, nos pondríamos en contacto con ustedes. Pero esa sería la única excepción y es extremadamente improbable. Incluso entonces, los implicados tendrían la opción de permanecer en el anonimato. Nosotros no daríamos ninguna información.

Deborah levantó las manos al aire.

—La única excepción es cuando los clientes encuentran su propia donante —prosiguió Donaldson—, pero se trata de una circunstancia completamente distinta. La llamamos donación abierta.

—Muchas gracias, doctora Donaldson —dijo Joanna.

—Lo siento.

Joanna colgó.

—Bueno, eso es lo que hay —dijo Deborah con un suspiro.

—No voy a rendirme —dijo Joanna—. La posibilidad de que haya progenie mía rondando por ahí me ha consumido demasiada energía emocional como para abandonar tan fácilmente. —Desenchufó la línea del teléfono, puso el aparato en el suelo y se dirigió al ordenador del otro lado del escritorio.

Joanna se agachó detrás del ordenador y enchufó el cable del módem en la línea telefónica.

—¿Qué tienes en mente?

—Tú me dijiste que Wingate tenía una página web y que allí habías encontrado información. Veamos ahora qué clase de bloqueo han puesto. ¿Guardaste la dirección de la web?

—Sí, la puse en *favoritos*. —Deborah se levantó del sofá y se puso al lado de su amiga. Joanna era mucho más hábil que ella en el tema informático—. ¿Qué es eso de bloqueo?

—Es la clave que impide cualquier acceso sin autorización —contestó Joanna.

Entró en internet y escribió la dirección de Wingate. Un momento después, ya estaba en la página de la clínica. Recostándose en la silla, trató de entrar en los archivos.

—No hay suerte, ¿eh? —dijo Deborah al cabo de media hora.

—Por desgracia no. Ni siquiera puedo estar segura de que tienen la web en su propio servidor.

—No voy a preguntar qué significa eso —dijo Deborah. Bostezó y regresó al sofá, donde se tendió.

De repente, Joanna desconectó internet, desenchufó la línea telefónica del módem y la conectó al teléfono y volvió a poner el aparato en el suelo delante del sofá. Entonces llamó a información para conseguir el número de David Washburn.

—¿Quién demonios es? —preguntó Deborah.

—Un compañero de clase. Hice un par de cursos de informática con él. Muy buena persona, y me invitó un par de veces a salir.

—¿Y para qué lo llamas?

—Es un sabio en cuestiones informáticas. Y cuando era estudiante ya destacaba como *hacker*.

—Convocas a los profesionales a la acción —comentó Deborah con una sonrisa irónica.

—Algo así —dijo Joanna. Volvió al escritorio a buscar bolígrafo y papel para anotar el número. Una vez hecho esto, marcó los dígitos.

Deborah cruzó las manos detrás de la cabeza y observó la expresión concentrada de Joanna mientras llamaba.

—¿De dónde sacas esa energía? —preguntó—. Estás agotada y yo estoy al borde de la tumba.

—Hace demasiado tiempo que este asunto me reconcome. Me gustaría alguna aclaración.

6

7 de mayo de 2001, 20.55 h

—¿Qué hora es? —preguntó Deborah medio dormida.

—Casi las nueve —dijo Joanna tras mirar su reloj—. ¿Dónde diablos se ha metido?

La conversación con David Washburn había ido bien. Después de que Joanna le explicara lo que quería, él se brindó a ayudarla, pero insistió en usar el ordenador de Joanna.

—No puedo permitirme ni la menor pista electrónica que lleve a mi ordenador —le había explicado—. Estoy en libertad condicional por haber introducido unas fotos pornos en el departamento de Defensa con la leyenda «Haz el amor y no la guerra». Por desgracia, a los federales no les hizo ninguna gracia.

Deborah bostezó sonoramente.

—¿Estás segura de qué dijo esta noche?

—Segura —dijo Joanna—. Le dije que saldríamos un momento a comer algo, pero que volveríamos enseguida. Dijo que no importaba; le daría tiempo para terminar lo que estaba haciendo.

—Mucho me temo que me quedaré dormida. ¿Te das cuenta que en Italia, donde creo que aún están nuestros cuerpos, ya son las tres de la mañana?

—¿Por qué no te acuestas? —sugirió Joanna—. Yo esperaré.

—¿No estás cansada?

—Hecha polvo.

Deborah se enderezó hasta ponerse en posición de sentada, pero antes de que se levantara, se disparó un sonido chillón. Las dos levantaron la mirada. Era la primera vez que oían el timbre y fue considerablemente más fuerte de lo que esperaban.

—No hay forma de no oírlo —dijo Deborah volviendo a tumbarse en el sofá.

Joanna fue rápidamente hasta el panel de la puerta.

—¿Qué hago ahora? —se preguntó un poco nerviosa. Había varios botones así como una zona circular de metal con orificios.

—Tendrás que arreglártelas.

Joanna apretó el primer botón. Se oyó un crujido metálico.

—¿Quién es? —dijo con la boca pegada a los orificios.

—David —respondió una voz distante.

—Adelante —dijo Joanna, y apretó el segundo botón sin soltar el primero. Oyó un zumbido lejano seguido por el ligero sonido de una puerta que se abría y se cerraba—. No es tan difícil —comentó.

Salió al pasillo y se asomó a la barandilla, mirando hacia abajo. El vestíbulo era como una cámara de submarino con la escalera que bajaba en espiral hasta la planta baja.

David apareció con una amplia sonrisa en la cara. Era un afroamericano alto y atlético. Después de un instante de vacilación, le dio un fuerte abrazo.

—¿Cómo está mi niña? —preguntó.

—Muy bien —contestó Joanna devolviéndole el abrazo. Aunque no lo veía desde hacía dos años, era el de siempre; la misma barba rala y corta, el mismo aspecto tranquilo y la misma vestimenta informal.

—Tía, qué sorpresa tener noticias de ti. Tienes un aspecto excelente.

—Tú también. No has cambiado ni un ápice.

—Un poco más viejo y más sabio —dijo David soltando una carcajada—. Y me alegra decirte que sigo en funcionamiento. Pero tú pareces distinta. De hecho, estás más joven. ¿Cómo puede ser?

—Zalamero —dijo Joanna.

—No, de verdad que no. —Se movió de un lado a otro para tener una mejor visión de Joanna.

—Vamos. ¡Me estás avergonzando!

—No tienes por qué —dijo David—. Tienes una pinta fantástica. Y ahora sé qué es: el pelo; está corto. No estoy seguro que te hubiera reconocido si te encontrara por la calle. Pareces una chica de dieciséis años.

—Ya, ya —dijo Joanna—. Entra, que te presento a mi compañera de piso.

Joanna cogió a David del brazo. Lo hizo entrar y se lo presentó a Deborah, que apenas se pudo levantar. Joanna se disculpó por no poderle ofrecer ningún trago.

—No hay problema —dijo David—. Lo dejamos para otra ocasión. Veo que estáis exhaustas del viaje. Pongamos manos a la obra. —Se quitó la chaqueta, de tela negra de paracaídas. Del bolsillo sacó un montón de disquetes y se los mostró—. He traído algunas herramientas además de mi potente programa de desciframiento de contraseñas. ¿Dónde está el aparato?

Pocos minutos después, David ya entraba en la página web de la clínica Wingate. Con una velocidad que dejó atónita a Deborah, inspeccionó la página. Movía los dedos por el teclado como un concertista de piano.

—Hasta ahora todo en orden —comentó.

—¿Puedes decirme qué estás haciendo? —preguntó Deborah.

—Todavía nada —dijo él mientras continuaba su inspección—. Solo verificar que todo está bien y a la busca de posibles puntos débiles en su bloqueo.

—¿Ves alguno?

—Todavía no, pero están ahí.

—¿Cómo puedes estar tan seguro?

—Una de las funciones de cualquier página web es dar acceso a la red de la organización. Aquí se puede ver que la clínica ha dispuesto que la gente pueda enviarles y recibir información relacionada con la salud. Cada vez que se produce un intercambio, existe la posibilidad de un acceso no autorizado. De hecho, cuanta más información entra y sale, más fácil es penetrar en la red. En otras palabras, cuanto más tráfico, más agujeros.

Deborah asintió con la cabeza, nada segura de haber comprendido. Su práctica informática se limitaba a la investigación biológica; usaba internet como fuente de información y para enviar y recibir e-mails.

—¿Y las contraseñas? —preguntó Deborah. Cada vez que usaba el ordenador central del laboratorio tenía que introducir una contraseña que solo ella sabía—. ¿Acaso no cierran el paso a cualquiera?

—Sí y no —contestó David—. Esa es la idea, pero no siempre funciona como se ha pensado. Muchos encargados de redes son perezosos y nunca cambian las contraseñas del fabricante, de modo que esto estrecha el círculo. Además, con un servidor de web no hay límite para la cantidad de intentonas que se pueden hacer, de modo que también se puede utilizar un programa de desciframiento como el que he traído.

Deborah movió los ojos para beneficio de Joanna.

—En realidad, es sumamente divertido —dijo David sintiendo las dudas de Deborah—. Es como un videojuego intelectual.

—No creo que sea muy divertido para las víctimas del *hacker* —dijo Joanna.

—Por lo general, es bastante inofensivo —dijo David—. La mayoría de los *hackers* que conozco ni siquiera son maliciosos. Es como una competición entre ellos y la gente que diseña los programas de seguridad. O hacen lo que yo estoy haciendo para vosotras. Vosotras solo estáis interesadas en obtener información a la que creo que tenéis derecho.

—Sería más fácil si la clínica compartiera tu opinión —dijo Joanna.

De pronto, David dejó de teclear. Se acarició la barba, pensativo.

—Pues tengo que reconocer que son listos. Tienen la página muy protegida. Ciertamente no hay agujeros a la vista. De hecho, me da la impresión de que esto es bastante complejo. Tienen un servidor de verificación. ¿A esta organización le sobra el dinero?

—Yo diría que sí —contestó Joanna.

—Creo que estamos ante una sólida barrera de seguridad —dijo David—, lo que significa que nosotros también debemos recurrir a medios más complejos.

—¿Qué podrías hacer? —preguntó Deborah.

—Me gustaría que el servidor nos identificara y nos diera la autorización —dijo David—. Entonces podríamos abrir todos sus archivos. Lo que ahora voy a intentar es llenar su interfaz de solicitudes de nuevos pacientes y ver si puedo introducir algunas órdenes a nivel de montaje a fin de evitar la verificación. Es como tratar de navegar sobre la superficie de las solicitudes de ingreso.

—¿Me lo podrías decir en cristiano? —bromeó Deborah.

David la miró. Ella estaba sobre su hombro izquierdo.

—Lo he dicho de la manera más sencilla.

—Si es así —dijo Deborah haciéndose la irritada—, os dejo solos y me voy a tumbar en el sofá.

David echó una mirada a Joanna por encima de su otro hombro.

—Quiero asegurarme que si funciona no habrá una huella electrónica a través del servidor de internet que los traiga hasta tu ordenador. Pero no se puede descartar que dejemos una pista. Si averiguan por dónde he entrado, vendrán a por ti. ¿Aceptas ese riesgo?

Joanna reflexionó. Sabía que técnicamente estaban violando la ley; empero, esa información era importante para ella, incluso necesaria para su paz mental a la vista de los cambios habidos en su vida. ¿Y qué posibilidad había de que notaran la intrusión si lo único que hacían era averiguar el destino de sus propios óvulos? Pensó que esa posibilidad era muy pequeña.

—¿Qué opinas, Deborah? —preguntó Joanna.

—Decídelo tú. Siento curiosidad, pero no tanta como tú.

—Pues adelante —dijo Joanna.

—¡Vamos allá! —exclamó alegremente David y se frotó las manos. Hizo crujir los nudillos antes de poner manos a la obra.

Como antes, sus dedos volaron sobre el teclado. El sonido era como un continuo repiqueteo. Las imágenes pasaban por la pantalla en veloz sucesión.

Al cabo de treinta minutos de intensa concentración, David se detuvo. Después de un hondo y exasperado suspiro, flexionó los dedos en el aire.

—No funciona, ¿verdad? —preguntó Joanna.

—Me temo que no. Te puedo asegurar que esto no es un juego de niños.

—¿Qué propones?

David miró el reloj.

—Esto puede tardar lo suyo. Se trata de una página más protegida de lo que había imaginado y no me dejará entrar con cualquier truco. Pensé que lidiaríamos con un entorno Windows NT, pero ahora veo que es Windows 2000 con Kerberos, o sea, verificación.

—Kerberos es el método de verificación creado en el M.I.T., ¿no es así?

—Así es.

—Entonces ¿cuál sería el medio más fácil para conseguir lo que queremos? —preguntó Joanna.

David lanzó una carcajada.

—Déjame una semana aquí e intento entrar con cosas como las utilidades LophtCrack. De no ser así, propongo encontrar a alguien que trabaje en la clínica, alguien que tenga acceso y que simpatice con nuestra causa.

—¿Solo hay dos opciones?

—No, hay algo más. Podríamos entrar tú o yo en el servidor si estuviéramos en el mismo edificio. —David volvió a reírse—. Sería la forma más eficiente y a prueba de balas. Diablos, tardaríamos menos de diez minutos en abrirnos paso. Obtendríamos el premio en la terminal de trabajo dentro de la red o incluso desde fuera si lo hacemos bien.

Joanna asintió mientras estudiaba las opciones. Se sentía cada vez más comprometida, como si cuantas más barreras se presentasen, más quisiera lograrlo, en especial desde que se imaginara que muy cerca de allí había una niñita parecida a las fotos que le habían sacado de pequeña.

David miró el reloj y luego a Joanna.

—Ya son más de las diez. ¿Quieres que siga o qué? Estoy dispuesto a hacerlo pero, tal como te dije, lo único que puedo prometerte es que tarde o temprano entraré. Simplemente no sé cuánto tardaré.

—Ya has hecho bastante —dijo Joanna—. Te lo agradezco. —Y se concentró en sus pensamientos.

David notó la mirada distante en aquellos bonitos ojos. Esperó unos segundos antes de poner una mano en su línea de visión y agitarla de un lado a otro.

—¿Estás aquí, muchacha?

Joanna sacudió la cabeza como saliendo de un trance y sonrió.

—Lo siento —dijo—. Pensaba en lo que dijiste de entrar en la habitación del ordenador central. Una vez en el edificio, ¿cómo se podría entrar?

—Depende —dijo David—. Obviamente, si les preocupa la seguridad no será un paseo.

—Pero físicamente se trata de una habitación. No es una mera jerga informática sobre algo que existe en el ciberespacio.

—Es una habitación de verdad —dijo David—. Y dentro tiene un hardware de verdad que incluye un teclado y un monitor para acceder al procesador central.

—¿Cómo te imaginas que la protegen?

—Una puerta cerrada a cal y canto. Todas las que he visto tenían tarjeta de acceso. Ya sabes, como una tarjeta de crédito.

—Interesante —dijo Joanna—. Y en caso de poder entrar, ¿qué tendría que hacer exactamente?

—Eso es lo más fácil. ¿Tienes papel a mano?

Joanna abrió un cajón del escritorio y sacó un bloc de

notas. Se lo pasó a David, quien procedió a puntualizar los pasos necesarios. Joanna lo seguía con atención. Pidió que le aclarase algunos puntos.

—Y esto es todo —dijo David. Anunció la página del bloc y se la dio a Joanna.

Ella volvió a revisarla, luego la dobló y se la guardó en un bolsillo.

—Gracias por todo —dijo Joanna.

—Ha sido un placer —respondió David. Apartó la silla y se puso de pie—. A tu disposición.

—Dime algo. ¿Cómo va tu tesis doctoral?

—Ahora empiezas a parecerte a mi madre —dijo él y rió. Hizo una pila con los disquetes—. Por desgracia, se me estancó en el segundo capítulo. ¿Y la tuya?

—Muy bien. Terminada.

—¡Terminada! —David emitió un silbido a través de sus labios apretados—. Qué manera de deprimir a un amigo.

—Lo siento.

—Eh, no es culpa tuya.

—Quizá debieras pensar en cambiar de ambiente —sugirió Joanna—. Es lo que hicimos Deborah y yo. Ella también lo terminó.

—Tal vez se deba a que ya no me entusiasman los altibajos en los mercados de materias primas del Tercer Mundo. ¿A quién le podrían interesar? Si no es entrometerme demasiado, ¿cómo vas con tu novio?

—Ya no estoy comprometida —respondió Joanna. David arqueó las cejas.

—¿De verdad? ¿Y cuándo fue?

—Hace año y medio.

—¿De común acuerdo?

—Fue idea mía.

—Muy bien. ¿Y qué te parece si salimos a cenar una de estas noches?

—Magnífico.

—Seguiremos en contacto —dijo David. Se puso la chaqueta y guardó los disquetes en un bolsillo. Cuando se encaminaba hacia la puerta, vio a la yacente Deborah—. Saluda de mi parte a tu amiga.

—No estoy dormida —dijo Deborah. Se sentó y parpadeó ante la luz.

Tras otra breve charla informal, David partió. Deborah, que seguía en el sofá, vio cómo Joanna se acercaba al ordenador para apagarlo.

—No hubo suerte, ¿verdad? —preguntó Deborah con un amplio bostezo.

—Todavía no —contestó Joanna. Se oscureció el monitor y se silenció el zumbido del ordenador.

—¿Lo seguirá intentando David?

—No; lo haré yo. —Joanna fue al baño.

—No entiendo nada —dijo Deborah en voz alta—. La razón para llamar a David era que tú no podías. ¿Te hizo alguna sugerencia o te dio algún consejo para que ahora pienses que lo lograrás?

—¡Pasamos al plan B! —gritó Joanna a través del ruido del agua de la ducha.

Deborah se puso de pie. Esperó un momento para quitarse de encima el sopor. Mareada de cansancio, se acercó a la puerta abierta del lavabo y se recostó contra ella. Joanna se estaba lavando los dientes.

—Lamento preguntarlo, pero ¿qué diablos es el plan B?

—Voy a conseguir un empleo por corto tiempo en la clínica Wingate —dijo Joanna con espuma en la boca.

—Debes de estar bromeando —dijo Deborah.

Joanna se enjuagó en el lavabo y miró a Deborah por el espejo.

—Hablo en serio. La única forma infalible de entrar en los archivos de Wingate es plantarse en la sala del ordenador central, al menos según David.

—Estás loca —dijo Deborah. De repente se le fue el cansancio de la voz—. Primero, David no parece nada del otro mundo. Cuando llegó aquí, se mostró seguro de poder entrar, pero luego fracasó.

—Podría hacerlo, pero tardaría mucho tiempo. Sabe de

qué está hablando. Me dio instrucciones muy precisas para cuando esté en el ordenador de la clínica —dijo Joanna y siguió cepillándose los dientes.

Deborah levantó las manos en gesto de exasperación, luego se las puso en las caderas. Observó a su amiga antes de preguntar:

—¿Ese lugar no estará protegido?

—Es probable —contestó Joanna. Acabó de enjuagarse la boca y colocó el cepillo en un vaso—. Tendré que arreglármelas. David piensa que se necesita una tarjeta de acceso. Y tendré que hacerme con una de esas tarjetas. —Joanna empezó a lavarse la cara.

—¿Te das cuenta de que todo esto es una inmensa locura? —preguntó Deborah.

—No me parece ninguna locura. Quiero saber si mis óvulos han engendrado niños y pensaba que tú también querías saberlo.

—Por supuesto que quiero saberlo, pero ese no es el asunto.

—Yo pienso que sí.

—Seamos realistas —dijo Deborah tratando de controlar la voz—. ¿Cómo vas a conseguir un trabajo en la clínica?

—Tendría que ser fácil —dijo Joanna—. ¿Recuerdas que nos dijeron que siempre buscan personal? Dijeron que les era fácil para la granja, pero no para los trabajos técnicos. Yo soy buena en procesamiento de textos. Estoy segura de que podré encontrar algo.

—Pero te reconocerán —dijo Deborah con súbita vehemencia.

—Cálmate.

—¿No lo entiendes? Te reconocerán —insistió Deborah—. Probablemente la mayoría de la gente que vimos, desde la recepcionista hasta los médicos, aún sigue allí.

—No creo que me reconozcan —dijo Joanna—. Solo estuvimos una mañana y de eso ya hace año y medio. David me dijo que no me hubiera reconocido con pelo corto de haberse cruzado conmigo por la calle. Y al menos me vio tres veces por semana durante varios años. Y no usaré mi nombre verdadero.

—No podrás conseguir un trabajo sin dar tu número de la seguridad social. Y ese número está a tu nombre. No va a funcionar.

Joanna acabó de secarse la cara y se miró en el espejo. Deborah había tocado un punto que ella no había considerado. Necesitaría un nombre y apellido y un número de la seguridad social. Quizá podría hacerse pasar por alguna amiga, pero desechó la idea porque implicaría comprometerla en algo que técnicamente sería un acto delictivo.

—¿Pues bien? —preguntó Deborah.

—Usaré el número y el nombre de alguien recién fallecido —respondió Joanna. Vagamente recordó haber leído algo así en una novela. Cuanto más se lo pensaba, más segura estaba qué podría funcionar.

Deborah se quedó boquiabierta.

—No puedo creerlo. Estás totalmente chalada.

—Prefiero decir comprometida —replicó Joanna. Pasó al lado de Deborah y entró en su dormitorio. Su amiga la siguió.

—Lo bastante comprometida como para te encierren en la cárcel —dijo—. O eso o un psiquiátrico. Esa es la clase de compromiso en que te estás metiendo.

—No pienso asaltar un banco —dijo Joanna. Se desabrochó el cinturón y se quitó los tejanos—. Solo quiero información sobre mi progenie.

—No sé qué tipo de delito es hacerse pasar por una muerta —dijo Deborah—, pero sé que un acceso sin autorización a un ordenador y sus archivos es algo grave.

—Lo sé —dijo Joanna—. Pero lo intentaré.

Siguió desvistiéndose. Cuando acabó, se puso un camisón por la cabeza y lo alisó con cuidado. Finalmente miró a Deborah, que aún estaba en la puerta, con gesto de exasperación e incredulidad.

—Bien —dijo Joanna rompiendo el silencio—, ¿vas a quedarte ahí o tienes algo más que decir? Si es así, dilo. En caso contrario, me acuesto. Mañana será un día movido.

—Muy bien —dijo Deborah con furia. Levantó una mano y señaló a Joanna con un dedo—. Si insistes en este proyecto idiota y demencial, entonces yo también iré.

—¿Perdón?

—No voy a permitir que te metas en toda clase de peligros sin mí. Al fin y al cabo, la idea de donar óvulos fue mía. No eres la única que tiene problemas de culpabilidad y yo no podría volver a vivir tranquila si te pasara algo.

—No tienes por qué venir conmigo solo para desempeñar el papel de protectora —repuso Joanna con vehemencia.

Deborah cerró los ojos y extendió las manos con las palmas hacia arriba.

—No se trata de una discusión. La suerte está echada. Obviamente hablas en serio de emprender esta cruzada; por tanto, yo también. —Deborah elevó los ojos al techo.

Joanna se acercó y la miró a los ojos.

—Ahora es mi turno de preguntarte si hablas en serio.

—Así es —dijo Deborah asintiendo con la cabeza—. Yo también conseguiré un trabajo. Con ese inmenso laboratorio que tienen allí, se me ocurre que necesitan más técnicos que secretarias.

—Entonces, adelante —dijo Joanna. Levantó una mano y chocó los cinco contra la de Deborah.

7

8 de mayo de 2001, 6.10 h

Aún habituadas a la hora europea, las dos mujeres desperta-
ron temprano pese a su cansancio. Deborah fue la primera en
levantarse de la cama. Creyendo que Joanna aún dormía, trató de no hacer ruido cuando pasó por la cocina rumbo al lavabo. En el momento que abrió el grifo, Joanna apareció por
la puerta que daba a su dormitorio.

—Tienes un aspecto deplorable —dijo Deborah al verla.

—No creas que tú estás mejor —replicó Joanna—. ¿Qué
hora es?

—Las seis y cuarto, pero mi glándula pituitaria cree que es
mediodía.

—No me des detalles —dijo Joanna—. Lo único que sé es
que me acosté tarde, pero hace al menos una hora que estoy
despierta.

—Yo también. Qué tal si bajamos a Charles Street a tomar
el desayuno. Necesito un litro de café.

—Ya que no tenemos nada, no hay opción.

Tres cuartos de hora después, las dos caminaban por Vernon Street. Era una excelente mañana de primavera con muchas flores en las ventanas de las casas. Había pocos tran-
seúntes hasta que llegaron a Charles, pero los pájaros eran
multitud. Al final de Charles y Boston Common, encontraron un Starbucks abierto. Pidieron capuchinos y pastas. Lle-

varon todo a una pequeña mesa al lado de la ventana y desayunaron en silencio.

—El café está muy bueno —dijo Joanna finalmente—, aunque debo decir que me gustaba más en Campo Santa Margherita.

—Es verdad —dijo Deborah—, pero me está reviviendo.

—¿Aún quieres ir a la clínica y conseguir ese trabajo? —preguntó Joanna.

—Sí. Me he vuelto loca. Tal vez será mejor que estudiemos los detalles a fondo antes de empezar. ¿Cómo vamos a conseguir los nombres y los números de la seguridad social de gente fallecida?

—Una buena pregunta —dijo Joanna—. Esta mañana cuando estaba echada en cama, me puse a pensarlo. Hace años leí una historia de alguien que lo hacía.

—¿Y cómo lo hacía?

—Trabajaba en un hospital y sacaba la información del registro. Era un problema de seguros médicos o algo así.

—¡Caray! —exclamó Deborah—. Es interesante, pero no nos ayuda en nada. A menos que pienses conseguir la ayuda de Carlton.

—Lo mejor será que Carlton no se meta en esto. Si llega a descubrir nuestros planes, lo más seguro es que nos denuncie al FBI.

Deborah bebió otro sorbo de café.

—Debemos dividir el problema en dos partes. Primero, conseguir los nombres; después, ocuparnos de conseguir los números correspondientes de la seguridad social y cualquier otra cosa que necesitemos, como fechas de nacimiento y quizá incluso el nombre de soltera de la madre.

—Los nombres no representan ningún problema —dijo Joanna—. Al menos eso se me ocurrió cuando estaba en la cama. Lo único que tenemos que hacer es ir a la biblioteca y hojear las páginas de decesos en el *Globe*.

—Perfecto —dijo Deborah. Entusiasmada, se inclinó hacia delante—. ¿Cómo no lo pensé antes? Los obituarios generalmente dan la edad aunque no siempre la fecha de nacimiento. Nos ayudarán a conseguir nombres de mujeres de la edad apropiada, por más extraño que suene.

—Lo sé —dijo Joanna—. Suena siniestro. También hay que buscar mujeres que hayan muerto hace relativamente poco tiempo.

—El número de la seguridad social será más difícil de obtener.

—Tal vez cambie de opinión y recurra a Carlton. Lo más probable es que cualquier fallecida de nuestra edad haya sido paciente en un hospital local. Nos sería útil si ha estado en la seguridad social y encontramos alguna razón aceptable para querer saber su número, siempre y cuando Carlton no vaya a sospechar nada.

—Demasiado complicado —comentó Deborah.

—Supongo que sí.

—Lo tengo —exclamó Deborah golpeando la mesa con la palma de la mano—. Hace un par de años, cuando murió mi abuelo, mi abuela tuvo que conseguir un certificado de defunción para suprimir su nombre de la propiedad de la casa.

—¿Y eso en qué nos ayuda?

—Los certificados de defunción están disponibles al público —dijo Deborah y lanzó una carcajada—. No puedo creer que no se me haya ocurrido antes. En el certificado consta el número de la seguridad social.

—Caray, es perfecto.

—Absolutamente —dijo Deborah—. Primero vamos a la biblioteca y luego al ayuntamiento.

—Espera un momento —dijo Joanna con aire de conspiración—. Tenemos que asegurarnos que el numero no ha sido eliminado. Conociendo la burocracia gubernamental, no me cabe duda que tardan bastante en hacerlo, pero debemos cerciorarnos.

—Tienes razón. Nos descubrirían si en Wingate llega un comunicado oficial diciendo que una de las dos está muerta. —Rió sin ganas.

—Ya sé lo que podemos hacer. Después de ir al ayuntamiento, vamos al Fleet Bank. Abrimos sendas cuentas de ahorro con los dos nombres. Como ciudadanas americanas debemos dar un número de la seguridad social que ellos verificarán de inmediato, de modo que lo sabremos.

—Suena bien —dijo Deborah—. ¿Sabes a qué hora abre la biblioteca?

—Supongo que a las nueve o las diez. Pero hay algo más. ¿Y si nos cambiamos un poco el aspecto? Pienso que nuestros peinados son bastante eficaces y probablemente suficientes en estas circunstancias, pero ¿por qué no hacer algo más para estar seguras?

—¿Te refieres al color del pelo?

—El color del pelo es una cosa, pero hablo de cambiar de estilo, de aspecto. Las dos tenemos apariencia de niñas bien. Creo que debemos cambiar.

—Bueno, estoy a favor de cambiarme el color del pelo. Siempre he querido ser rubia. He oído decir que os divertís mucho más.

—Hablo en serio —dijo Joanna.

—De acuerdo, tranquila. Entonces, ¿qué tienes en mente? ¿Un piercing facial estratégico o un par de tatuajes salvajes?

Joanna se rió a su pesar.

—Tratemos de ser serias un momento. Pienso en términos de ropa y maquillaje. Es mucho lo que podemos hacer.

—Tienes razón —dijo Deborah—. De tanto en tanto, he tenido la fantasía de vestirme como una puta. Debe de ser mi vena exhibicionista, pero nunca lo he hecho. Acaso esta sea mi gran oportunidad.

—¿Me tomas el pelo?

—Hablo en serio. Esto también puede tener una parte divertida.

—Yo pensaba en el polo opuesto —repuso Joanna—. Ya sabes, el estereotipo de la bibliotecaria santurrona.

—Eso te será fácil —bromeó Deborah—. Prácticamente ya estás en eso.

—Ja.

Deborah se limpió la boca con la servilleta y la dejó sobre su plato.

—¿Has terminado?

—Sí —dijo Joanna.

—Entonces, manos a la obra. Cuando veníamos hacia aquí, pasamos por una tienda de comestibles. ¿Por qué no entramos allí y compramos lo que necesitemos? Así no tendremos que salir a la calle para cada comida. Para entonces la biblioteca ya estará abierta.

—Perfecto.

Las dos muchachas estaban en la escalinata de la vieja biblioteca de Boston contemplando la iglesia Trinity al otro lado de la concurrida plaza Copley cuando el guardia abrió las puertas principales. Eran las nueve en punto. Ya que nunca habían estado nunca en la biblioteca de Boston, las dos quedaron impresionadas por su elegancia arquitectónica y los grandes murales de vivos colores de John Singer Sargent.

—No puedo creer haber vivido seis años en Boston y que no conociese esto —dijo Deborah mientras pasaban por salones de mármol donde todo resonaba. Volvía la cabeza en todas direcciones para admirar el máximo de detalles.

—Pienso lo mismo —dijo Joanna.

Pidieron consultar ejemplares atrasados del *Boston Globe* y las dirigieron a la sala de microfilmes. Una vez allí se enteraron de que había una demora a veces de un año antes de que se microfilmaran los periódicos. Por tanto, tuvieron que ir a la hemeroteca, donde ellas mismas encontraron los periódicos.

—¿En qué fecha empezamos? —preguntó Deborah.

—Sugiero empezar hace un mes y luego podemos ir hacia atrás.

Las dos cogieron un montón de ejemplares de hacía un mes y lo llevaron hasta una mesa vacía. Se repartieron el montón y se pusieron a buscar.

—No es tan fácil como pensé —dijo Deborah—. Estaba equivocada con las edades y la fecha de nacimiento. Pocas esquelas traen esa información.

—Miremos los obituarios —sugirió Joanna—. Todos parecen traer la edad.

Repasaron el primer montón sin éxito y fueron a buscar más periódicos.

—No hay muchas mujeres jóvenes —comentó Joanna.

—Ni hombres jóvenes. No parece que la gente de nuestra edad muera con mucha frecuencia. Y cuando lo hacen, no son lo bastante conocidos para que les dediquen un obituario. No queremos el nombre de ningún famoso pues nos podría crear problemas, pero no nos rindamos.

Al cabo de tres intentonas, consiguieron lo que pretendían.

—Eh, aquí hay una —dijo Deborah—. Georgina Marks.

Joanna miró.

—¿Qué edad? —preguntó.

—Veintisiete. Nació el 28 de febrero de 1973.

—Le edad conveniente —dijo Joanna—. ¿Dice cómo murió?

—Sí —dijo lentamente Deborah mientras leía el resto del artículo—. Por una bala perdida en el aparcamiento de un supermercado. Obviamente el sitio y el momento más inoportunos. Al parecer, hubo una pelea entre pandillas rivales y ella recibió esa bala perdida. ¿Te imaginas que te llamen y te digan que tu marido ha muerto en el aparcamiento del supermercado? —Deborah se estremeció—. Para empeorar las cosas, pone que tenía cuatro hijos. El más pequeño de solo seis meses.

—Lo mejor será no obsesionarse con los detalles macabros —dijo Joanna—. Para nosotras solo deben ser nombres, no personas.

—Tienes razón. Al menos, no era famosa salvo por las trágicas circunstancias de su muerte; por tanto, puede servirnos. Supongo que yo seré Georgina Marks. —Escribió el nombre y la fecha de nacimiento en el cuaderno que habían traído.

—Ahora busquemos un nombre para ti —dijo Deborah.

Ambas volvieron a las notas necrológicas. Tras otras seis semanas de ejemplares, Deborah encontró otra candidata.

—Prudence Heatherly, de veinticuatro años —leyó en voz

alta—. Ese nombre tiene un retintín interesante. Es perfecto para ti. Hasta parece de bibliotecaria.

—No tiene gracia. —Déjame leer la nota. —Estiró una mano, pero Deborah la apartó.

—Pensé que no querías obsesionarte con los detalles —bromeó.

—No estoy obsesionada —dijo Joanna—. Simplemente quiero asegurarme de que no es una celebridad local de Bookford. Además, he de saber algo sobre una mujer de la que voy a usar su nombre y apellido.

—Pensé que solo se trataba de nombres, no de personas.

—¡Venga ya!

Deborah le pasó el periódico y observó la expresión de su amiga mientras leía la nota. Pareció demudarse.

—¿Otra desventura? —preguntó Deborah cuando Joanna levantó la mirada.

—Similar a la historia de Georgina. Era una estudiante de posgrado en la Universidad de Northeastern.

—Demasiado cerca de casa —dijo Deborah—. ¿Cómo murió?

—Le dieron un empujón en el andén del metro de Washington Street. —Ahora le tocó a Joanna estremecerse—. Un sin techo lo hizo sin ningún motivo aparente. ¡Dios mío! ¡Qué tragedia para los padres! ¿Te imaginas recibir una llamada diciéndote que tu hija ha sido empujada a las vías del metro por un vagabundo?

—Al menos ya tenemos los dos nombres —dijo Deborah. Le cogió el periódico y volvió a doblarlo. Escribió «Prudence Heatherly» en el cuaderno debajo de Georgina y se apresuró a reunir los diarios.

Joanna se quedó inmóvil unos segundos, pero al punto se puso en movimiento. Juntas las dos mujeres llevaron todos los diarios a su sitio.

Quince minutos después, las dos salieron de la biblioteca. Aunque ligeramente abatidas, ambas se sentían satisfechas del progreso logrado. Solo habían tardado una hora y tres cuartos en obtener los nombres.

—¿Caminamos o vamos en metro? —preguntó Deborah.

—Tomemos el metro —dijo Joanna.

Desde la entrada de la biblioteca era una corta caminata hasta Boylston Street; de allí la línea verde las llevaba directamente a Government Center. Cuando salieron a la calle, se encontraban justo delante del edificio mal reformado del ayuntamiento de Boston, que se alzaba por encima del centro comercial como un gigantesco anacronismo.

—¿Podría indicarme dónde pedir certificados de defunción? —preguntó Joanna en información del vestíbulo del edificio de varios pisos. Joanna había tenido que esperar un rato pues la recepcionista estaba en plena charla con la empleada más próxima.

—En el sótano, Registros —dijo la mujer sin levantar la mirada y casi sin interrumpir la conversación.

Las dos se lanzaron a la amplia escalera que llevaba al sótano. Una vez allí encontraron fácilmente la ventanilla del departamento de Registros. El problema fue que no había personal a la vista.

—¡Hola! —llamó Deborah—. ¿Alguien en casa?

Una mujer apareció de detrás de una hilera de archivadores.

—¿Puedo ayudarla en algo? —dijo.

—Quisiéramos algunos certificados de defunción —contestó Deborah.

La mujer se movió lentamente entre los archivadores balanceándose como un pato. Tenía puesto un vestido oscuro que ceñía sus amplias carnes formando una serie de michelines que iban bajando. Le colgaban gafas de lectura alrededor del cuello, pero descansaban sobre la protuberancia casi horizontal de sus pechos. Se acercó al mostrador y allí apoyó los brazos.

—Necesito los nombres y el año —dijo con voz de aburrimiento.

—Georgina Marks y Prudence Heatherly —dijo Joanna—. Y las dos murieron este año, 2001.

—Los certificados tardan de una semana a diez días en llegar aquí —dijo la mujer.

—¿Tenemos que esperar todo ese tiempo para obtenerlos? —preguntó Joanna consternada.

—No; ese es el tiempo que tarda en llegar el certificado después del fallecimiento. Solo lo menciono porque si estas personas acaban de morir, sus certificados aún no estarán aquí.

—Ambas murieron hace más de un mes —dijo Joanna.

—Entonces ya deben de haber llegado. Serán seis dólares cada uno.

—Solo queremos verlos —dijo Joanna—. No es necesario que nos los llevemos.

—Seis dólares cada uno está bien —terció Deborah y le dio un codazo en el costado a Joanna para que cerrara la boca.

Después de escribir los nombres y echarle una mirada malhumorada a Joanna, la mujer desapareció con paso cansino detrás de los archivadores.

—¿Por qué me has golpeado? —preguntó Joanna.

—Para que no metieras la pata por ahorrar doce dólares —susurró Deborah—. Si esa mujer piensa que solo estamos aquí para conseguir los números de la seguridad social, puede olerse algo raro. A mí me pasaría. De modo que paguemos, cojamos los documentos y larguémonos rápidamente de aquí.

—Tienes razón —dijo Joanna.

—Por supuesto que la tengo.

La empleada regresó quince minutos más tarde con los certificados. Deborah y Joanna tenían el dinero preparado e hicieron el intercambio.

Cinco minutos después, ambas estaban en la calle y copiaron meticulosamente los respectivos números de la seguridad social en el cuaderno. Luego se guardaron en el bolsillo los certificados de defunción.

—Sugiero que memorice los datos antes de ir al banco —dijo Joanna—. Atraeríamos la atención de no saberlos.

—En especial, si por equivocación mostramos los certificados en el banco —dijo Deborah.

Joanna lanzó una carcajada.

—Asimismo, ya es hora de que nos tratemos con nuestros nombres supuestos. De otro modo, nos equivocaremos delante de la gente y eso puede ser un problema.

—Bien pensado, Prudence —dijo Deborah con una risita.

Solo era una caminata de diez minutos para llegar del ayuntamiento a la plaza Charles River donde se encontraba el Fleet Bank. Mientras caminaban, trataban de memorizar los respectivos números. Cuando llegaron a la plaza, Joanna se detuvo.

—Hablémoslo antes de entrar —dijo—. Debemos abrir estas cuentas con el mínimo indispensable porque no podremos recuperar el dinero.

—¿Qué sugieres?

—No creo que importe —dijo Joanna—. ¿Qué tal depositar veinte dólares?

—De acuerdo, pero no me importaría pasar por un cajero automático antes de entrar.

—Tampoco es una mala idea —dijo Joanna.

Cada una sacó varios cientos de dólares antes de entrar en el banco. Luego se encaminaron al mostrador pertinente. Ya que era la hora del almuerzo, el banco estaba lleno de empleados del hospital HMG, y tuvieron que hacer una cola de veinte minutos antes de que las atendieran. Pero pudieron abrir las cuentas sin problemas, ya que las atendió una empleada especialmente eficiente. Se llamaba Mary. El único problema menor fue la falta de las tarjetas de la seguridad social, pero Mary dijo que podían traerlas al día siguiente. Para la una de la tarde, Mary fue a activar las cuentas y conseguirles talonarios. Joanna y Deborah esperaron sentadas en un sofá de vinilo en el escritorio de Mary.

—¿Y si regresa y nos dice que estamos muertas? —susurró Deborah.

—Entonces estaremos muertas. Habrá que inventarse algo para salir del apuro.

—¿Y qué decimos? Algo tenemos que decir.

—Pues que nos hemos equivocado con los números de la seguridad social y que volveremos mañana.

—Hace media hora disfrutaba, pero ahora me estoy poniendo nerviosa —se quejó Deborah—. No podemos contarle una historia tan improbable.

—¡Aquí viene! —susurró Joanna.

Mary llegó con los recibos en la mano.

—Está todo listo —dijo—. Ningún problema. —Les entregó un talonario a cada una junto con un sobre lleno de información—. Todo en orden.

Dieron como domicilio plaza Hawthorne, 10, parte de un complejo de edificios de apartamentos detrás del hospital.

Pocos minutos después, las dos ya andaban otra vez bajo el sol de mayo. Deborah estaba eufórica.

—¡Lo logramos! —dijo mientras se alejaban rápidamente del banco—. Tuve mis dudas en un momento, pero al parecer los nombres y números eran válidos.

—Lo son por el momento —dijo Joanna—, pero eso cambiará en el futuro próximo. Volvamos al apartamento, hagamos una llamada a la clínica Wingate y procedamos al siguiente paso.

—¿Y si comemos algo? —sugirió Deborah—. Estoy hambrienta. Hace mucho que tomamos el café y las pastas.

—Yo también tengo hambre, pero no perdamos demasiado tiempo.

—Clínica Wingate —dijo alegremente una voz amable por el altavoz telefónico del apartamento de Deborah y Joanna. El aparato estaba sobre el sofá entre ambas mujeres. Eran las dos y media y el sol que entraba por las ventanas del frente empezaba a reflejarse en el suelo de parquet.

—Tengo interés en trabajar en esa empresa —dijo Joanna—. ¿Con quién debo hablar? —Habían lanzado al aire una moneda para ver quién llamaba primero. Le tocó a Joanna.

—Con Helen Masterson, la jefa de personal —dijo la operadora—. ¿Le pongo con ella?

—Por favor.

La misma música enlatada del día anterior volvió a oírse en el teléfono, pero no duró mucho. Una voz fuerte y profunda de mujer la reemplazó. Ambas se sobresaltaron.

—Soy Helen Masterson. Me han dicho que busca un empleo.

—Así es, tanto yo como mi compañera de piso —dijo Joanna tan pronto se hubo recuperado.

—¿Qué experiencia tienen usted y su amiga?

—Tengo bastante en procesamiento de textos —dijo Joanna.

—¿Como estudiante o como profesional?

—Ambas cosas —dijo Joanna pues algunos veranos había trabajado en un bufete jurídico de Houston con el que su padre tenía numerosos negocios.

—¿Son graduadas universitarias?

—Por supuesto —replicó Joanna—. Yo en ciencias económicas. Mi amiga, Georgina Marks, es bióloga. —Joanna echó una mirada a Deborah, quien le hizo el signo de la victoria.

—¿Tiene experiencia de laboratorio?

Deborah hizo gestos afirmativos.

—Sí, la tiene —dijo Joanna.

—A primera vista las dos parecen adecuadas para la clínica Wingate. ¿Cómo se han enterado de nuestra existencia?

—¿Perdón? —dijo Joanna mientras hacía una mueca de consternación.

Era una pregunta que no habían previsto. Deborah garrapateó algo en un papel. Mientras Helen repetía la pregunta, Joanna lo leyó: «Una amiga vio un anuncio».

—Nos lo dijeron. Una amiga vio el anuncio.

—¿En un periódico o por la radio?

Joanna vaciló. Deborah se encogió de hombros.

—No estoy segura —dijo Joanna.

—Bueno, ahora no importa averiguar cuál es el más efectivo —dijo Helen—. ¿Viven aquí en Bookford?

—No; vivimos en Boston.

—Por tanto, están dispuestas a viajar cada día.

—Sí, al menos de momento. Iríamos juntas en coche.

—¿Y por qué quieren trabajar aquí en Bookford?

—Necesitamos un trabajo con cierta prisa y oímos que su empresa necesitaba personal. Acabamos de llegar de un largo viaje y francamente necesitamos el dinero.

—Muy bien —dijo Helen—. Puedo enviarles por fax o e-mail las solicitudes de empleo de modo que puedan rellenarlas y enviarlas aquí. ¿Cómo lo prefieren?

—Por e-mail —dijo Joanna. Le dio la dirección del e-mail que convenientemente no tenía ninguna asociación con su nombre verdadero.

—Las enviaré de inmediato —dijo Helen—. Mientras tanto, podemos fijar día y hora para una entrevista. ¿Cuándo les iría bien a usted y su amiga? Puede ser cualquier día de esta semana o de la próxima.

—Cuanto antes —dijo Joanna. Deborah asintió con la cabeza—. De hecho, mañana nos vendría bien si usted puede.

—De acuerdo —dijo Helen—. Aplaudo su espíritu de resolver las cosas con prontitud. ¿Podrían estar aquí a las diez?

—Allí estaremos.

—¿Necesita instrucciones para llegar?

—Descuide, nos las arreglaremos —dijo Joanna.

—Pues entonces, hasta mañana —dijo Helen antes de colgar.

Joanna suspiró.

—Ha ido de maravilla —dijo Deborah—. Creo que ya estamos dentro.

—Yo también —dijo Joanna. Desenchufó el teléfono y se encaminó al ordenador—. Lo encenderé para tener los e-mails tan pronto lleguen.

Fiel a su palabra, Helen envió los e-mails a continuación de la conversación telefónica; aparecieron en el monitor unos momentos después de haber enchufado el aparato. Quince minutos más tarde, Joanna y Deborah habían completado las respectivas solicitudes de empleo en la pantalla y volvieron a enviarlas por e-mail a la clínica Wingate.

—Demasiado fácil —comentó Deborah al apagar el ordenador.

—No gafes nuestros planes —dijo Joanna—. Me considerarás supersticiosa, pero no diré nada por el estilo hasta que no haya entrado en la sala del ordenador central de la clínica. Hay muchas cosas que todavía pueden fallar.

—¿Te refieres a que de repente los números de la seguridad social puedan delatarnos?

—O eso o alguien que nos reconozca, como la doctora Donaldson.

—Déjame adivinarlo —dijo Deborah—. ¿A que ya estás pensando en los disfraces que usaremos?

—Nunca he dejado de pensarlo. Y tenemos el resto del día. Manos a la obra. Podemos ir al centro comercial de Cambridge y, sin gastar mucho, conseguir esa ropa.

—Excelente idea. La putilla vistosa... esa seré yo. Quizá pueda encontrar algo con escote para combinarlo con un sostén de moda. Luego de regreso podemos parar en CVS y conseguir tinte para el pelo y nuevo maquillaje. ¿Recuerdas a la recepcionista de Wingate?

—Me resultaría difícil olvidarla —dijo Joanna.

—Pues competiré con ella.

—No debemos dar la nota —declaró Joanna con cierto escepticismo—. Tampoco queremos atraer una atención innecesaria.

—Habla por ti misma —replicó Deborah—. No quieres que nos reconozcan y yo voy a asegurarme de que no lo hagan, especialmente con mi persona.

—Pero acuérdate que queremos los empleos.

—No te preocupes —dijo Deborah—. No me pasaré de la raya.

8

9 de mayo de 2001, 20.45 h

Spencer Wingate dejó a un lado la revista que estaba leyendo y contempló el paisaje. Finalmente, había llegado la primavera con la típica lentitud de Nueva Inglaterra. Los campos y prados habían adquirido un color verde profundo aunque aún se veían manchas de hielo y nieve en las zonas más inhóspitas de hondonadas y barrancos. Muchos árboles todavía no tenían hojas, pero estaban cubiertos por delicados brotes amarillos y verdes listos para florecer y que daban a las onduladas colinas una suavidad como si estuvieran tapizadas con un diáfano y verde vellón de lana.

—¿Cuánto falta para aterrizar en Hanscom Field? —gritó Spencer por encima del estruendo de los motores del jet. Spencer viajaba en un Lear 45 del que poseía el 25 por ciento. Dos años antes, lo había adquirido mediante una compañía de propiedad fraccionada y sus servicios habían cubierto perfectamente sus necesidades.

—Menos de veinte minutos, señor —contestó el piloto—. No hay tráfico de modo que volaremos directamente.

Spencer sacudió la cabeza y se estiró. Sentía ganas de volver a Massachusetts y la visión de las pintorescas granjas del sur de Nueva Inglaterra le provocó ansia. Había pasado su segundo invierno en Naples (Florida), y esta vez se había aburrido, en especial el último mes. Ahora no podía esperar para estar de vuelta y no solo se trataba de que los beneficios de la clínica Wingate hubieran bajado.

Hacía tres años, cuando la clínica ganaba más dinero de lo que parecía posible, había tenido fantasías acerca de retirarse a jugar a golf, escribir una novela que se convertiría en una película, salir con mujeres hermosas y finalmente descansar. Con ese objetivo en mente, había empezado por buscar a un joven que pudiera llevar el día a día de su cada vez más próspera empresa. Por casualidad, había conocido a un joven profesional con una beca en fecundación proveniente de una institución en la que él había dado conferencias. Le pareció un enviado del cielo.

Con el negocio en buenas manos, Spencer se concentró en su nueva vida. Con el consejo de una paciente que tenía amplia experiencia con la propiedad inmobiliaria en Florida, encontró un condominio en la costa occidental de ese estado. Una vez firmada la escritura, se encaminó a la tierra del sol.

Por desgracia, la realidad no estuvo a la altura de sus fantasías. Pudo jugar mucho a golf, pero a su personalidad competitiva no la satisfacía del todo, en especial porque su nivel de juego nunca superó una irritante mediocridad. Spencer se consideraba un ganador y le resultaba intolerable perder. Por último, decidió que había algo básicamente repulsivo en ese deporte.

Y la idea de escribir resultó aún más calamitosa. Descubrió que era preciso trabajar mucho más de lo que había imaginado y que se necesitaba una férrea disciplina y, peor todavía, no obtenía la inmediata gratificación que le proporcionaban las pacientes. En consecuencia y de forma bastante rápida, abandonó la novela-película como algo que no cuajaba con su activa personalidad.

La situación social representó su mayor desilusión. Durante gran parte de su vida, Spencer había pensado que debía sacrificar el estilo de vida que su aspecto y su talento podían proporcionarle. Se había casado cuando aún asistía a la universidad —más que nada por sentirse solo— con una mujer que había resultado inferior a él en lo intelectual y lo social. Una vez que los hijos se fueron a la universidad, Spencer se divorció. Por suerte, eso ocurrió antes de que la clínica ganase mucho dinero. La mujer se había quedado con la casa, lo cual a él no le importó mucho.

—Doctor Wingate —le llamó el piloto por encima del hombro—, ¿envío un mensaje por radio para que le traigan el coche?

—Mi coche ya debe de estar allí —contestó Spencer—. Dígales que lo acerquen a la pista.

—Muy bien, señor —dijo.

Spencer volvió a sus fantasías. Aunque en Naples no había carestía de mujeres hermosas, a él le fue difícil conocerlas y las que conoció resultaron difíciles de impresionar. Aunque Spencer se consideraba rico, en Naples siempre había alguien que hacía que se sintiera como un pordiosero.

Por tanto, la única parte del sueño que se había hecho realidad fue la oportunidad de descansar. Pero al cabo de un año ya estaba harto. Entonces, a principios de enero llegó la noticia de que bajaban los beneficios de la clínica. En un primer momento, Spencer pensó que seguramente se trataba de una triquiñuela contable para evitar el pago de impuestos, pero por desgracia el descenso continuó. Spencer consideró la situación lo mejor que pudo. Los ingresos no habían descendido, todo lo contrario, pero los costes de investigación se habían ido por las nubes, lo que indicaba que volvía a ser necesaria la presencia de Spencer al frente del negocio. Cuando Paul Saunders se había hecho cargo, Spencer le dijo que favoreciera la investigación, pero obviamente las cosas ahora estaban fuera de control.

—Me dicen que su coche ya está frente al edificio de Jet-Smart Aviation —informó el piloto—. Empezamos el aterrizaje.

Spencer le hizo una señal con el pulgar hacia arriba. Ya tenía abrochado el cinturón de seguridad. Cuando miró por la ventanilla en el momento de aterrizar, pudo ver su Bentley burdeos brillando en la luz de la mañana. Le encantaba ese coche. Vagamente se preguntó si no tendría que haberlo llevado a Naples. Quizá hubiera tenido mejor suerte con las mujeres.

La primavera era una estación que le encantaba a Joanna, con sus flores y sus promesas de atardeceres cálidos y suaves. Siempre llegaba temprano a Houston con una avalancha de color que transformaba de la noche a la mañana el paisaje plano y gris en una explosión de azaleas, tulipanes y escaramujos. Mientras conducía hacia el norte rumbo a Bookford, trataba de concentrarse en esos recuerdos felices y en la euforia que generaban, pero no le resultaba fácil.

En primer lugar, aún había pocas flores a la vista y, por tanto, no mucho colorido salvo por la hierba verde y el verde claro de los brotes en los árboles. En segundo lugar, la irritaba Deborah sentada a su lado y canturreando las canciones de rock suave de moda. Aunque le había prometido que no se pasaría de la raya con la vestimenta, según Joanna, lo había hecho con creces. Tenía el pelo de color frambuesa, los labios y las alargadas uñas de rojo brillante, y se había puesto un vestido con minifalda, amplio escote y sostenes especiales, todo ello rematado con zapatos de altos tacones. Pero el toque final eran aros en las orejas y un collar con forma de corazón formado por cuentas diminutas. Joanna, por el contrario, llevaba una falda azul oscura hasta la rodilla, una blusa blanca de cuello alto, un cárdigan rosa pálido con botones también hasta el cuello y gafas con montura de plástico transparente. Se había teñido el pelo de marrón ratonil.

—Dudo que vayas a encontrar empleo —dijo Joanna de repente, rompiendo un largo silencio—. Y tal vez yo tampoco por tu culpa.

Deborah pasó su mirada del paisaje al perfil de su amiga. Aunque no dijo nada de inmediato, se inclinó hacia delante y apagó la radio.

Joanna la miró un segundo, pero luego siguió con la mirada fija en el camino.

—¿Por eso estabas tan callada? —preguntó Deborah—. No has dicho prácticamente ni una palabra desde que salimos.

—Prometiste que no te tomarías a broma este asunto —dijo Joanna.

Deborah bajó la mirada un momento a sus rodillas enfundadas en medias de tono rosa.

—No bromeo —dijo—. Para mí, es aprovechar una oportunidad y divertirme un poco.

—Tú lo llamas divertirte; yo diría que es un estudio sobre el mal gusto.

—Eso piensas tú —dijo Deborah—. E irónicamente yo también. Pero no todo el mundo coincide contigo, en especial la población masculina.

—No piensas en serio que los hombres se sentirán atraídos por tu aspecto, ¿verdad?

—Pues, de verdad creo que sí. No todos, pero una buena parte. He observado la reacción masculina ante mujeres vestidas así. Siempre hay una reacción, quizá por razones que no me interesan, pero siempre la hay. Y por una vez en mi vida, voy a experimentarla.

—Creo que se trata de un tópico —dijo Joanna—, un invento femenino similar a la idea masculina de que las mujeres se vuelven locas por los tipos puro músculo.

—No, no creo que sea lo mismo —dijo Deborah haciendo un gesto con la mano—. Además, tú hablas desde tu vieja tradición femenina en la que verse con alguien era un preludio para la boda. Permíteme recordarte que los hombres pueden mirar a las mujeres y salir con ellas como un juego o incluso como un deporte. Las ven como un entretenimiento, y muchas mujeres del siglo XXI también ven así a los hombres.

—No quiero discutir este asunto. El problema es que tenemos una entrevista con una mujer y dudo mucho que le divierta tu aspecto. Mi temor es que no creo que te den el trabajo, simple y llanamente.

—Tampoco estoy de acuerdo —dijo Deborah—. La jefa de personal es una mujer, vale. Pero debe ser realista en cuanto a los empleos. Solicito un trabajo en el laboratorio, no para tratar con las pacientes. Además, ya aceptaron a aquella recepcionista pelirroja que vestía casi tan provocativamente como yo.

—Pero ¿por qué correr riesgos?

—Tal como tú misma dijiste, la cuestión es que no nos reconozcan. Confía en mí. No nos reconocerán. Y encima tendremos un poco de diversión. Voy a seguir intentando que te comportes con un poco más de libertad y no recaigas en los viejos clichés.

—Oh, claro —exclamó Joanna—. Ahora vas a tratar de convencerme que todo esto lo haces por mi bien. ¡No me fastidies!

—Vale, lo hago por mi bien, pero un poquito también por ti.

Para cuando llegaron a Bookford y cruzaron el pueblo, Joanna ya se había reconciliado con la pinta de Deborah. Pensó que, en el peor de los casos, no le darían el empleo, pero eso no tenía por qué afectar a su suerte. Si Deborah no lo conseguía, no era el fin del mundo. Después de todo, el plan original de Joanna había sido ir en solitario a la clínica Wingate. Deborah había insistido en acompañarla.

—¿Recuerdas dónde se giraba? —preguntó Joanna. En la visita anterior no conducía ella, y siempre que iba de acompañante, no se acordaba de por dónde habían pasado.

—Es a la izquierda después de la próxima curva. Recuerdo que fue a la derecha de este granero.

—Tienes razón. Ya veo la señal —dijo Joanna tomando la curva.

Redujo la velocidad y prosiguió por el camino de grava. Allá delante se veía el portal de piedra. Atascados en el portal y cerrando el paso, había una fila de camiones. Se veía al guardia uniformado, tablilla en mano, conversando al parecer con el conductor del primer camión.

—Parece que es la hora de los proveedores —dijo Deborah—. En la parte de atrás del último camión se leía ALIMENTOS PARA ANIMALES WEBSTER.

—¿Qué hora es? —preguntó Joanna. Le preocupaba haber salido del piso veinte minutos más tarde de lo previsto porque a Deborah se le tenía que secar la pintura de las uñas.

—Diez menos cinco —dijo Deborah.

—Oh, estupendo —ironizó Joanna, desesperada—. Detesto llegar tarde a las entrevistas, en especial cuando solicito un trabajo.

—No podemos hacer otra cosa.

Joanna asintió con la cabeza. Le disgustaban los comentarios complacientes; sabía que Deborah lo sabía, pero no dijo nada. No quiso darle esa satisfacción. En cambio, tamborileó el volante con los dedos.

Pasaban los minutos. El tamborileo de Joanna se incrementó. Suspiró y miró por el retrovisor para ver si su peinado había aguantado el viaje. Antes de poder ajustar el espejo, vio que un coche giraba y cogía el camino de grava, detrás de ellas.

—¿Te acuerdas del Bentley descapotable que vimos en el aparcamiento cuando estuvimos aquí? —preguntó Joanna.

—Vagamente. —Los coches solo le interesaban para trasladarse de un sitio a otro y no sabría distinguir un Chevrolet de un Ford o un BMW de un Mercedes.

—Está justo detrás de nosotras.

—Oh —comentó Deborah. Se dio media vuelta y miró por la ventanilla de atrás—. Ahora me acuerdo.

—Me pregunto si será de algún médico —dijo Joanna mientras seguía observando el coche color burdeos por el retrovisor. Debido al brillo del parabrisas no podía ver al conductor.

Deborah volvió a mirar el reloj.

—Caray, son las diez pasadas. ¿Qué pasa aquí? Ese estúpido guardia aún habla con el camionero. ¿De qué diablos estarán hablando?

—Supongo que no dejan pasar fácilmente a nadie.

—Puede ser, pero a nosotras nos esperan —dijo Deborah. Abrió la puerta y se apeó.

—¿Adónde vas? —preguntó Joanna.

—A averiguar qué pasa. Esto es ridículo.

Dio un portazo y pasó por delante del coche. De puntillas

para que los tacones no se hundieran en la grava, empezó a caminar hacia el portal.

Pese a su anterior irritación, Joanna se rió del atuendo de su amiga hasta que notó que la minifalda se le había levantado por atrás por obra de la estática de las medias. Bajó el cristal de la ventanilla y asomó la cabeza.

—¡Eh, señorita Monroe! ¡Vas con el culo al aire!

Con los nudillos de ambas manos, Spencer se frotó los ojos para ver mejor. Se había detenido detrás de un anónimo Chevy Malibu, irritado porque cuando ya estaba a punto de llegar, había topado con un atasco de tráfico. Había visto dos cabezas en el coche de delante, pero no había notado nada hasta que una de ellas salió del vehículo.

Para Spencer fue como ver un espejismo. Aquella mujer era como las que había querido conocer y no había conocido durante su estancia en Naples. No solo era atractiva y con un cuerpo esbelto y atlético, sino que llevaba una vestimenta atractiva como las que únicamente había visto en sus raras visitas a South Beach de Miami. Para que la imprevista situación fuera aún más provocativa, el vestido de la fémina se había levantado mostrando las nalgas solo cubiertas por unas diminutas bragas.

Envalentonado porque ya se encontraba en territorio propio, Spencer no dudó como habría hecho en Naples. Abrió la puerta y salió del coche. Oyó el grito de la compañera de la mujer y ahora el vestido estaba donde debía estar, no pasaba de medio muslo; al ser de tela sintética y ceñido al cuerpo, ondulaba sensualmente mientras la mujer avanzaba con dificultades hacia el portal.

Spencer avanzó al trote en impetuosa persecución. Cuando adelantó el Malibu de las mujeres, echó un vistazo a la compañera lo suficiente para notar que se trataba de una joven muy diferente. Dejó de trotar cuando llegó al primer camión y se acercó a la mujer, que le daba la espalda. Discutía acaloradamente con el guardia.

—Bueno, haga retroceder a los camiones y déjenos pasar —decía Deborah—. Tenemos una cita con Helen Masterson, la jefa de personal, y ya llegamos tarde.

El guardia no se dejó intimidar. Levantó las cejas e hizo una mueca mientras miraba a Deborah a través de sus gafas oscuras. Empezó a contestarle, pero Spencer le interrumpió.

—¿Qué problema hay? —preguntó con el tono más autoritario que pudo. Imitando inconscientemente la postura de Deborah, se llevó las manos a la cintura.

El guardia echó una gélida mirada a Spencer y le dijo en términos inequívocos que no era asunto suyo y que volviese a su coche. Utilizó las palabras «por favor» y «señor» pero obviamente solo se trataba de una mera formalidad.

—Parece que estos camiones de alimentos no están en su lista —explicó Deborah con desprecio—. Esto parece el Pentágono, joder.

—Tal vez una llamada a la granja puede aclarar las cosas —sugirió Spencer.

—¡Escuche, usted! —exclamó el guardia usando el «usted» como si fuera un insulto. Señaló con la mano de la tablilla al Bentley y la otra la puso sobre la funda de su automática—. Quiero que vuelva ahora mismo a su coche.

—No ose amenazarme —gruñó Spencer—. Para su información, soy el doctor Spencer Wingate.

La expresión amenazadora del guardia se esfumó cuando miró a Wingate a los ojos. Pareció desconcertado, Deborah dejó de prestar atención al guardia y se concentró en Spencer y se encontró mirando la cara de un arquetipo de médico de éxito: alto, delgado, rostro anguloso, piel bronceada y pelo entrecano.

Antes de que alguien pudiera pronunciar palabra, se abrió la pesada puerta sin ventanas. Apareció un hombre musculoso vestido con camisa negra, pantalones negros y zapatos negros. Se movía como a cámara lenta y cerró la puerta detrás de él.

—Doctor Wingate —dijo con calma—, tendría que habernos avisado de su llegada.

—¿Qué pasa con estos camiones, Kurt? —quiso saber Spencer.

—Estamos esperando el visto bueno de Paul Saunders —respondió Kurt—. No figuran en la lista y al doctor Saunders le gusta estar informado de cualquier irregularidad.

—Son camiones de comida, por todos los santos —exclamó Spencer—. Ya tienen mi visto bueno. Envíelos a la granja, que tenemos que pasar de una vez.

—Muy bien —dijo Kurt. Sacó una tarjeta de plástico del bolsillo y la pasó por una ranura en un poste al lado del primer camión. De inmediato se oyó el chirrido de las cadenas mientras el portal empezaba a abrirse.

El conductor del primer camión puso en marcha el motor diesel. En el espacio cerrado del portalón, el ruido y la humareda eran considerables. Deborah y Spencer salieron rápidamente al aire libre.

—Gracias por solucionar el problema —dijo Deborah. Notó que los ojos del médico, tan azules como los del hombre de negro, se paseaban por toda su figura.

—Ha sido un placer —dijo Spencer. Para su desesperación, se le quebró la voz cuando trató de camuflar su nerviosismo al hablar directamente con Deborah. De cerca y con el escote bien visible, pudo notar que la piel morena no estaba bronceada como se había imaginado. Era su color natural. Vio también que las cejas y los ojos eran oscuros. Todo esto, combinado con el cabello rubio, le dio la impresión de que estaba ante la presencia de una mujer sensual y libre.

—Muy bien, ya nos veremos, doctor —dijo Deborah sonriendo y se encaminó al coche.

—Un momento —dijo Spencer.

Deborah se volvió.

—¿Cómo se llama?

—Georgina Marks —respondió Deborah. Sintió que se le aceleraba el pulso. Era la primera vez que usaba el alias.

—¿Tiene una cita con Helen Masterson?

—A las diez —contestó Deborah—. Por desgracia, se nos ha hecho tarde por culpa de ese guardia.

—La llamaré y le diré que no es culpa suya.

—Gracias. Es muy amable de su parte.

—¿Están buscando trabajo en la clínica?

—Sí, mi amiga y yo tenemos interés. Pensamos viajar juntas desde Boston.

—Interesante —acotó Spencer—. ¿Y se podría saber qué clase de trabajo buscan?

—Soy graduada en biología molecular —dijo Deborah dejando en el aire el nivel de especialización—. Me gustaría trabajar en el laboratorio.

—¡Biología molecular! Estoy impresionado —dijo sinceramente Spencer—. ¿Y de qué universidad?

—Harvard. —Había discutido este punto con Joanna cuando rellenaron la solicitud por e-mail. Ya que les preocupaba ser reconocidas por su asociación con Harvard, habían considerado decir otra universidad. Pero finalmente decidieron decir la verdad para poder contestar cualquier pregunta relacionada con el programa de estudios.

—¡Harvard! —exclamó Spencer. Se desconcertó fugazmente. La biología molecular ya había sido suficiente sorpresa. Harvard solo empeoró las cosas, al sugerir que Deborah acaso no fuera una mujer tan libre y sensual como había imaginado y tal vez no tan fácilmente impresionable—. ¿Y su amiga? ¿Ella también busca trabajo en el laboratorio?

—No, Prudence (Prudence Heatherly) quiere trabajar en la oficina. Tiene experiencia en procesamiento de textos y ordenadores en general.

—Bueno, estoy seguro que podremos utilizar a ambas —dijo Spencer—. Y permítame que le haga una propuesta: ¿por qué no vienen a verme a mi despacho después de la entrevista con Helen?

Deborah ladeó la cabeza y entrecerró los ojos como si estuviera estudiando los motivos de Spencer.

—Quizá podamos tomar un café o algo así —dijo él.

—¿Cómo le encontraremos?

—Pregunte a Helen. La llamaré y le diré que nos veremos después.

—Gracias —dijo Deborah. Sonrió, se dio media vuelta y caminó hacia el coche.

Spencer la miró alejarse. No pudo dejar de notar las nalgas voluptuosas que se meneaban debajo del tejido sintético de la falda. Aunque se dio cuenta que no se trataba de nada caro, pensó que era algo eróticamente favorable. Harvard, pensó. Se imaginó que Deborah habría sido más fácil de ligar y más favorable al intercambio de haber ido al viejo instituto de su adolescencia, el Sommerville High.

—¿Cómo puede ser que alguien camine todo el santo día con estos zapatos? —dijo Deborah cuando entró en el coche.

—Debieras verte —dijo riendo Joanna—. Estás cómica.

—¡Cuidadito! Vas a reducir mi autoestima.

Joanna volvió a poner el motor en marcha cuando los camiones empezaron a moverse.

—Vi que hablabas con el caballero del Bentley.

—Nunca te imaginarías quién es —dijo coquetamente Deborah.

Joanna puso la primera e hizo avanzar lentamente el coche. Como de costumbre, su amiga la forzaba a preguntar. Se resistió unos segundos, pero la curiosidad pudo con ella.

—Pues bien, ¿quién es?

—¡El mismísimo doctor Wingate! Y contra todas tus predicciones, se mostró encantado con mi vestimenta.

—¿Encantado o despectivo? Hay una gran diferencia aunque no resulte aparente.

—Sin duda, lo primero —dijo Deborah—. Y la prueba es que estamos invitadas a tomar un café en su despacho después de ver a la jefa de personal.

—¿Estás de broma?

—No —dijo triunfalmente Deborah.

Joanna se acercó a la entrada. Spencer aún estaba entre el hombre de negro y el guardia uniformado. Aunque el portal estaba abierto, empezó a cerrarse por la distancia que Joanna había dejado entre su coche y el camión que le precedía.

Spencer le hizo una señal para que se detuviera. Ella lo hizo y bajó la ventanilla.

—Ya las veré más tarde —dijo—. Que vaya bien esa entrevista—. Sacó de su billetera una tarjeta azul similar a la del hombre de negro y la pasó por la ranura. Las puertas volvieron a abrirse. Spencer les señaló que siguieran adelante con un cortés gesto de bienvenida.

—Tiene un porte bastante distinguido —comentó Joanna cuando entraron.

—Así es —convino Deborah.

—Es extraño, pero se parece mucho a mi padre.

—Ahora eres tú la que bromeas —dijo Deborah y la miró—. No creo que se parezca a tu padre en nada. A mí me parece un galán de telenovela.

—Lo digo en serio. Tiene el mismo físico y el mismo color de piel. Incluso la misma actitud distante.

—Eso de la actitud distante te lo imaginas —dijo Deborah—. Conmigo no fue nada distante. Debieras haber visto la gimnasia que le hacían los ojos gracias a mi escote.

—¿No crees que se parece bastante a mi padre?

—¡Qué va!

Joanna se encogió de hombros.

—Es curioso, pero a mí me lo parece. Tal vez es algo subliminal.

El coche pasó los árboles de hojas perennes y tuvieron una vista completa del viejo edificio Cabot.

—Este sitio es aún más lúgubre de lo que recordaba —dijo Deborah. Se inclinó para ver mejor por el parabrisas—. Ni siquiera recuerdo esas gárgolas en los canalones de abajo.

—Hay demasiada ornamentación y resulta imposible asimilarla de un solo vistazo —dijo Joanna—. Ciertamente es fácil imaginarse por qué los empleados lo llaman «monstruosidad».

El camino en curva las condujo al aparcamiento del lado sur. Cuando llegaron a la cima de la colina, pudieron ver el humo de la chimenea en el este. Tal como Joanna lo había visto anteriormente, el humo salía en chorro.

—Sabes —dijo Deborah—, esa chimenea me recuerda que había algo en este sitio que me olvidé de contarte.

Joanna encontró un sitio libre y aparcó. Apagó el motor. En silencio, contó hasta diez con la secreta esperanza de que por una vez Deborah terminara sus pensamientos sin tener que azuzarla.

—Me rindo —dijo finalmente—. ¿Qué es lo que olvidaste contarme?

—Que el Cabot tiene su propio crematorio como parte de su generador eléctrico. Me pareció raro cuando me lo contaron y me pregunté si los restos de los pacientes no se habrían usado como combustible para la calefacción.

—Qué idea más siniestra. ¿Cómo demonios pudiste pensar algo semejante?

—No lo sé. El crematorio, las alambradas de espino, los peones de la granja; todo eso me hizo pensar en los campos de concentración nazis.

—Venga ya —dijo Joanna. Abrió la puerta y salió.

Deborah hizo lo mismo.

—Un crematorio sería útil para borrar las huellas de cualquier error o aberración —añadió.

—Llegamos tarde —dijo Joanna—. Entremos y consigamos esos trabajos.

9

9 de mayo de 2001, 10.25 h

El olor era cálido, húmedo y fétido. Paul Saunders tenía puesta una máscara de cirugía no con propósitos antisépticos, sino porque encontraba insoportable el hedor del sitio de partos de las cerdas. Estaba junto a Sheila Donaldson y Greg Lynch, el robusto veterinario que había podido sacar del programa veterinario de la universidad de Tufts a cambio de un elevado salario y la promesa de mejoras en la clínica. Él y Sheila vestían batas verdes sobre la ropa de calle y calzaban botas de goma. Greg, un grueso delantal de goma y guantes también gruesos de goma.

—Pensé que habías dicho que el parto era inminente —se quejó Paul. Tenía los brazos cruzados y las manos enguantadas.

—Todo indica que así es —dijo Greg—. Hace tiempo que está pasado de fecha. —Acarició la cabeza de la cerda y el animal dejó escapar un chillido.

—¿No se lo podemos inducir? —preguntó Paul molesto por el chillido. Miró por encima de la barandilla a Carl Smith como preguntándole si había traído oxitoxina u otra clase de estimulante uterino. Carl permanecía a un lado de la máquina de anestesia que habían adquirido para la granja. Su presencia allí era para un caso de emergencia.

—Lo mejor es dejar que la naturaleza siga su curso —dijo Greg—. Ya llega. Confía en mí.

Tan pronto hubo dicho Greg esas palabras, se derramó sobre la paja del suelo un chorro de fluido amniótico acompañado de otro chillido ensordecedor. Paul y Sheila tuvieron que hacerse a un lado para que el cálido fluido no los empapase.

Paul miró al cielo una vez recuperada la compostura.

—Las indignidades que han de soportarse en nombre de la ciencia —se quejó.

—Ahora todo sucederá con rapidez —dijo Greg. Se colocó detrás del animal tratando en vano de no pisar las heces. El animal estaba echado de lado.

—No para mí —dijo Paul. Miró a Sheila—. ¿Cuándo fue la última ultrasónica?

—Ayer —dijo ella—. Y no me gustó nada el tamaño de los cordones umbilicales que vi. Recuerdas que te lo dije, ¿verdad?

—Sí, lo recuerdo —dijo Paul meneando la cabeza con desánimo—. A veces me afectan los fracasos que debemos aguantar en este negocio, en especial en esta fase de la investigación. Si esta camada también es de nonatos, será otro descalabro. Ya no sé qué más podemos intentar.

—Al menos podemos tratar de ser optimistas —sugirió Sheila.

En el fondo sonó un teléfono. Un peón que observaba desde cierta distancia corrió a contestar.

La cerda volvió a chillar.

—Ya empezamos —dijo Greg. Metió una mano enguantada en las entrañas del animal—. Ahora está dilatada. Dadme espacio.

Paul y Sheila se apartaron.

—Doctor Saunders —gritó el peón volviendo del teléfono—, debo darle un mensaje. —Se puso a la derecha de Paul.

Saunders lo hizo retroceder con un gesto. La primera de las crías se asomaba y la cerda madre no dejaba de chillar. Un instante después, estaba fuera, pero no tenía buen aspecto. La oscura criatura azulada solo hacía débiles intentos de respirar. Los cordones umbilicales eran enormes, más del doble de lo normal. Greg los ató y se preparó para el siguiente.

Una vez iniciados los partos, se sucedieron rápidamente. Al cabo de pocos minutos, la camada entera formaba una hilera sobre la paja del suelo; todas las criaturas estaban ensangrentadas e inmóviles. Carl hizo un movimiento para recoger al primero y tratar de resucitarlo, pero Paul le dijo que no se molestara porque todos tenían obvias malformaciones congénitas. El grupo contempló a los deplorables recién nacidos. Instintivamente, la cerda no hizo caso de ellos.

—Es evidente que la idea de usar mitocondrias humanas no ha funcionado —dijo Paul rompiendo el silencio—. Es desalentador. Pensé que era una idea brillante. Tenía sentido, pero con solo ver a estos animales cualquiera puede darse cuenta que presentan la misma patología cardiopulmonar que la camada anterior.

—Al menos, ahora logramos que nazcan en fecha —dijo Greg—. Cuando empezamos, siempre se producían abortos en el primer trimestre.

Paul suspiró.

—Quiero ver un recién nacido normal, no un nonato. Ya he dejado de considerar las fechas como señal de cualquier éxito.

—¿Les hacemos la autopsia? —preguntó Sheila.

—Supongo que sí para completar las cosas —dijo Paul sin entusiasmo—. Sabemos cuál es la patología porque obviamente se trata de lo mismo que la última vez, pero debemos documentarla para la posteridad. Lo que necesitamos saber es cómo eliminarla, de modo que volvemos a estar como al principio.

—¿Y los ovarios? —preguntó Sheila.

—Claro que sí —dijo Paul—. Eso hay que hacerlo mientras aún están vivos. Las autopsias pueden esperar. De ser necesario, después de quitar los ovarios, puedes poner estas criaturas en el refrigerador y hacerles la autopsia cuando creas conveniente. Pero una vez terminadas las autopsias, se deben incinerar.

—¿Y la placenta? —preguntó Sheila.

—Hay que fotografiarla junto a la cerda —dijo Paul. Empujó la masa sanguinolenta con una bota—. Y hazle también una autopsia. Es obviamente anormal.

—Doctor Saunders —llamó el peón—, la llamada telefónica...

—¡Por Dios, deje de molestarme con ese teléfono! —vociferó Paul—. Porque si se trata de esos camiones de alimentos, no me importa que se esperen un día entero. Debían haber llegado ayer, no hoy.

—No son los camiones —dijo el peón—. Los camiones ya están en la granja.

—¿Cómo? —gritó Paul—. Di órdenes de que no entraran hasta que yo les diera el visto bueno. Y no lo he dado.

—Les dio permiso el doctor Wingate —dijo el peón—. Eso es lo que decía el mensaje. El doctor Wingate está aquí en la clínica y quiere verle de inmediato en la monstruosidad.

Por un instante, en el inmenso granero solo se oyeron los ocasionales mugidos de las vacas, los chillidos de otros cerdos y el ladrido de los perros. Paul y Sheila se miraron asombrados.

—¿Sabías que vendría? —le preguntó Paul a Sheila.

—No tenía ni idea.

Paul miró a Carl.

—No me mires —dijo Carl—. No sabía nada de su regreso.

Paul se encogió de hombros.

—Un inconveniente más, supongo —dijo.

—Bien, eso es todo, señoritas Heatherly y Marks —dijo Helen Masterson dando por concluida la entrevista. Se recostó en el respaldo del sillón juntando las palmas y los dedos como si rezase. Era una mujer robusta de rostro sanguíneo y carnoso, mentón con hoyuelo y pelo corto. Cuando sonreía, los ojos se le reducían a meras hendiduras. Joanna y Deborah estaban sentadas delante del ancho escritorio lleno de papeles—. Si las condiciones, las normas y el salario les resultan aceptables, en nombre de los miembros de la clínica Wingate, me complace ofrecerles un puesto de trabajo.

Joanna y Deborah se echaron una rápida mirada.

—A mí me parecen bien —dijo Deborah.

—A mí también —coincidió Joanna.

—Estupendo —dijo Helen con una sonrisa que casi le hizo desaparecer los ojos—. ¿Alguna pregunta?

—Sí —dijo Joanna—, nos gustaría empezar lo antes posible. Habíamos pensado en mañana mismo. ¿Es posible?

—Lo veo difícil —dijo Helen—. No nos da tiempo para procesar las solicitudes. —Dudó un instante—. Pero supongo que eso no nos debería limitar y, francamente, nos estamos expandiendo de forma muy rápida. De modo que si hoy pueden ver al doctor Saunders, quien insiste en conocer a todo nuevo empleado y reciben el visto bueno de seguridad, ¿por qué no?

—¿Qué visto bueno de seguridad? —Joanna intercambió una mirada con Deborah.

—Les darán una tarjeta de acceso —dijo Helen—, para la entrada principal y el ordenador de trabajo. Puede hacer más cosas, pero todo depende de cómo haya sido programada.

Joanna levantó las cejas a la mención del ordenador, gesto que pasó inadvertido a la jefa de personal, pero no a Deborah.

—Siento curiosidad por el sistema que usan aquí en el ordenador —dijo Joanna—. Ya que haré bastante procesamiento de texto, me gustaría saber más sobre ese sistema. Por ejemplo, supongo que tiene niveles múltiples de autorización de acceso.

—No soy ninguna experta en informática —dijo Helen con una risita—. Tendrá que hablar con Randy Porter, nuestro administrador de redes. Pero si comprendo su pregunta, la respuesta es ciertamente que sí. Nuestra red interna está programada para reconocer varios grupos de usuarios y cada uno de ellos tiene distintos privilegios de acceso. Pero no se preocupe, a ambas se le asignarán los privilegios necesarios para sus trabajos, si eso es lo que la preocupa.

Joanna asintió.

—Sí, me preocupa porque debe de tratarse de un sistema

complejo. ¿Podría echar un vistazo al hardware? Eso me dará una idea bastante exacta de lo que debo esperar.

—No veo ningún impedimento —dijo Helen—. ¿Más preguntas?

—Sí —dijo Deborah—. Conocimos al doctor Wingate en la entrada. Dijo que se pondría en contacto con usted. ¿Lo ha hecho?

—Sí, lo hizo —dijo Helen—, lo que fue toda una sorpresa. Y las llevaré a su despacho en cuanto hayamos terminado. ¿Alguna otra pregunta?

Joanna y Deborah se miraron antes de decir que no.

—Entonces, es mi turno —dijo Helen—. Sé que piensan viajar cada día desde Boston, pero quisiera que considerasen que aquí disponemos de alojamientos muy agradables; tratamos que los empleados los usen porque preferimos que vivan aquí. ¿Quieren visitarlos? Solo tardaremos unos minutos. Hay un cochecito de golf que nos llevará y traerá.

Joanna ya empezaba a declinar la oferta cuando Deborah se precipitó diciendo que podía ser interesante ver los apartamentos si había tiempo.

—Pues bien, eso me lleva a una última pregunta —dijo Helen. —Se dirigió a Deborah—. No sé cómo decirlo, señorita Marks, pero ¿usted siempre viste de forma tan... llamativa?

Joanna contuvo la risa mientras Deborah buscaba una explicación.

—Bueno, no tiene importancia —dijo Helen tratando de ser diplomática—. Después de todo, somos profesionales de la salud. —Sin esperar comentarios de Deborah, cogió el teléfono y marcó una extensión. La siguiente conversación fue muy breve. Solo preguntó si «Napoleón» estaba disponible, escuchó un momento moviendo la cabeza y luego dijo que acudiría con dos nuevas incorporaciones.

Helen se puso de pie y las mujeres la imitaron. Cuando lo hicieron, pudieron ver las particiones que dividían la amplia superficie de la nave de altos techos en cubículos individuales de trabajo. Estaban en el departamento de administración del segundo piso donde trabajaría Joanna. Las ventanas de los cubículos que daban al frente del edificio tenían una vista espléndida hacia el oeste. Se veían pocas cabezas en el laberinto de módulos individuales. Era como si casi todos estuvieran en la pausa del café.

—Vengan conmigo —dijo Helen saliendo del cubículo. Se encaminó al pasillo central mientras hablaba por encima del hombro—. Conocerán al doctor Saunders. Es una mera formalidad, pero necesitamos su visto bueno antes de seguir adelante.

—Recuerdas quién es, ¿verdad? —susurró Joanna mientras seguían a la jefa de personal. Helen avanzó por el corredor que separaba la zona de administración de la del laboratorio situado en el ala este.

—Por supuesto que sí —murmuró Deborah—. Será nuestra primera prueba.

—Él no me preocupa —dijo Joanna—. Me preocupa la doctora Donaldson. Saunders no me miró lo suficiente como para acordarse de mi cara, al menos mientras estaba despierta.

—A mí me miró bastante —dijo Deborah—. Y tenía cara de pocos amigos.

Helen se detuvo ante una puerta con un rótulo de PROHIBIDA LA ENTRADA y exclamó:

—¿Por qué no?

Abrió la puerta y la traspuso. Las otras dos la siguieron. Otro pasillo de unos seis metros acababa en una segunda puerta. Helen trató de abrirla, pero estaba cerrada. Sacó una tarjeta azul similar a la que Spencer había usado para abrir el portal y la pasó por una ranura en la pared al lado de la puerta. Se oyó un clic. Al segundo intento la puerta se abrió.

Helen se puso a un lado y miró a Joanna.

—Esta es nuestra sala de informática. Y este es nuestro equipo.

Joanna paseó la mirada por el suelo de la habitación, que había sido levantado unos centímetros para guardar los cables. Había cuatro grandes unidades electrónicas verticales y una pequeña estantería llena de manuales, así como una consola con teclado, ratón y un monitor con un salvapantalla de rayas doradas y tiburones azules que se movían incansablemente de un lado a otro. Una única silla ergonómica se erguía ante el monitor.

—Muy impresionante —dijo Joanna.

—No le sabría decir —dijo Helen—. ¿Ha visto lo suficiente?

Joanna asintió.

—¿Tendré acceso con mi tarjeta?

Helen la miró como si hubiera dicho una increíble estupidez.

—Por supuesto que no. El acceso a sitios como este solo lo tienen los jefes de departamento. De cualquier modo, ¿para qué querría usted entrar aquí?

Joanna se encogió de hombros.

—No lo sé. Solo si tuviera un problema que no pudiera solucionar en mi terminal.

—Para esa clase de problemas tendrá que ver a Randy Porter, si puede encontrarlo. No se lo ve mucho si no está en su cubículo. —Helen cerró la puerta con otro sonoro clic—. Vayamos a ver a nuestro indómito líder —dijo.

Volvieron al pasillo central. Como si la breve escala en la sala del ordenador central les hiciera llegar tarde, Helen apretó el paso. Joanna y Deborah debieron apresurarse para seguirla. Los tacones de Deborah golpeando el suelo de baldosas sonaban como disparos. El techo abovedado amplificaba los sonidos produciendo ecos.

—¿Qué piensas? —susurró Deborah.

—Si no tenemos suerte y conseguimos el acceso que necesitamos, tendré que visitar esa habitación.

—Lo que significa que necesitarás una tarjeta azul para abrir la puerta. Las nuestras no servirán. ¿Cómo te las arreglarás para conseguirla?

—Tendré que ser creativa —dijo Joanna.

—Lamento meterles esta prisa —llamó Helen, que se había adelantado y abría una pesada puerta que daba del ala sur del edificio a la torre central—. El doctor Saunders puede ser un objetivo difícil. Si abandona su despacho antes de que lleguemos, nos será difícil encontrarle; y si hoy no lo vemos, mañana no podrán empezar a trabajar.

Joanna y Deborah traspusieron la puerta y Helen volvió a cerrarla. Se encontraron en un entorno completamente diferente. En vez de baldosas, el suelo era de madera de roble y en vez de azulejos, yeso o ladrillos, las paredes estaban cubiertas de caoba. Hasta había una gastada alfombra oriental a lo largo de todo el pasillo.

—¡Deprisa! —insistió Helen. Pasado el corredor, se encontraron en una oficina exterior. Había una secretaria sentada detrás del escritorio que daba a dos puertas, una cerrada, la otra, abierta. Asimismo, varios sofás y mesitas auxiliares.

—¿El doctor Saunders ya se ha ido? —preguntó Helen a la secretaria.

—Aún sigue aquí —dijo la mujer haciendo un gesto hacia la puerta cerrada—, pero ahora está reunido.

Helen asintió. Sabía muy bien de quién era el despacho de la puerta cerrada. Bajando la voz, dijo:

—Me sorprendió mucho enterarme de que el doctor Wingate estaba aquí.

—Usted y todos los demás —susurró la secretaria—. Llegó esta mañana sin previo aviso. Ha habido bastante movimiento, como se puede imaginar.

Helen se encogió de hombros.

—Será interesante ver qué pasa —dijo.

—Ya —dijo la secretaria—. De cualquier modo, estoy segura que el doctor Saunders saldrá enseguida. Usted y las candidatas pueden ponerse cómodas. —Sonrió amablemente a Joanna y Deborah.

Casi al mismo tiempo que las tres tomaban asiento, se abrió la puerta bruscamente. La baja figura de Paul Saunders llenó el umbral, con toda la atención puesta en el despacho de Spencer. Tenía la cara enrojecida y las manos apretadas.

—No puedo perder todo el día en discutir este asunto —dijo en voz alta Paul—. Tengo que ver a pacientes y trabajo que hacer aunque usted no se lo crea.

Spencer apareció detrás de Paul y le obligó a dar un paso atrás. Spencer era bastante más alto y su piel bronceada hacía que la de Paul pareciera aún más pálida. Sus ojos brillaban con una intensidad similar a los de Paul.

—Pasaré por alto esta impertinencia considerando que es fruto del estrés —dijo.

—Muy amable de su parte.

—Tengo una responsabilidad con esta clínica y sus accionistas —dijo Spencer entre dientes—. Y pienso asumirla. Wingate es fundamentalmente una organización médica y lo hemos sido desde el primer día. La investigación sirve a los esfuerzos clínicos y no al revés.

—Esa es una actitud muy cicatera —replicó Paul—. La investigación es una inversión para el futuro, el sacrificio a corto plazo para el beneficio a largo plazo. Estamos a la vanguardia en la investigación de células madre que tiene el potencial de ser la base de la medicina del siglo XXI, pero tenemos que estar dispuestos a invertir y correr riesgos a corto plazo.

—Continuaremos hablando cuando usted tenga más tiempo —dijo secamente Spencer—. ¡Vuelva a verme cuando acabe con su último paciente! —Y volvió a su despacho, cerrando de un portazo.

Paul dio otro paso atrás como si le hubiera dado un golpe de viento de la puerta. Furioso por haber sido dejado con la palabra en la boca cuando su intención era irse por su propia voluntad, Paul dio media vuelta y reparó en la imprevista audiencia. Su cabeza, como la torreta de un acorazado, giró al tiempo que sus ojos cargados de rabia pasaron de mujer en mujer. Se detuvieron en Deborah y se le ablandó la expresión.

—La señorita Masterson quiere presentarle a dos nuevas empleadas —anunció la secretaria.

—Ya veo —dijo Paul. Se le relajaron las manos e hizo un gesto señalando la puerta de su despacho mientras sus ojos repasaban los zapatos con tacones, la minifalda y el escote de Deborah—. Pasen, pasen. Gladis, ¿les ha ofrecido algo de beber a las señoritas?

—Pues no se me ocurrió... —dijo Gladis y frunció el entrecejo.

—Tendremos que enmendarnos —dijo Paul—. ¿Café o limonada?

—No para mí, gracias—dijo Deborah haciendo un esfuerzo por ponerse de pie con los altos tacones ya que el sofá era muy bajo. Paul reaccionó ofreciéndole una mano para ayudarla a levantarse, pero Deborah lo logró por sí sola. Se tiró de la minifalda lo que tuvo como efecto bajar aún más su ya pronunciado escote.

Paul echó una mirada a Joanna.

—Para mí tampoco —dijo Joanna. Se sintió como una pobre desgraciada cuando Paul volvió su atención a Deborah y la condujo amablemente a su despacho.

Helen y Joanna les siguieron los pasos. Paul añadió una tercera silla delante de su escritorio e hizo un gesto para que se sentaran. Pasó al otro lado y él también tomó asiento. Helen procedió a presentar a las dos amigas y mencionó sus respectivos estudios en Harvard y los departamentos en que trabajarían.

—Excelente —dijo Paul con una amplia sonrisa que mostró sus dientes pequeños, cuadrados y separados que hacían juego con una nariz de similar contorno—. Excelente —repitió y, sin quitarle los ojos a Deborah, añadió—: Según parece, señorita Masterson, ha conseguido colaboradoras muy cualificadas. Se merece una felicitación.

—Por tanto, ¿podemos seguir adelante? —preguntó Helen.

—Ciertamente. No tengo la menor objeción.

—Las dos han expresado su interés en empezar mañana mismo —comentó Helen.

—Todavía mejor —dijo Paul—. El celo que demuestran será recompensado ya que tenemos un trabajo ingente, especialmente en el laboratorio. La recibirán con los brazos abiertos, señorita Marks.

—Muchas gracias —dijo Deborah, consciente de la atracción que ejercía a expensas de Joanna—, estoy ansiosa por usar el excelente equipo de que disponen. —Tan pronto dijo estas palabras, se le enrojeció la cara. Se dio cuenta tardíamente que aún no había visto el laboratorio. Pero la única persona que notó la metedura de pata fue Joanna y Paul continuó la conversación sin cambiar de tono.

—Permítame que le pregunte algo sobre su experiencia en el laboratorio, señorita Marks —dijo—. ¿Ha hecho alguna vez transferencia nuclear?

—No, pero ciertamente puedo aprender.

—Es parte fundamental de nuestro trabajo y de la investigación que llevamos a cabo —dijo Paul—. Como paso mucho tiempo en el laboratorio, será un placer enseñarle la técnica personalmente.

—Seré una alumna aplicada y diligente —dijo Deborah con la compostura ya recuperada. Con el rabillo del ojo, vio que Joanna estaba impaciente.

—Pues bien —dijo Helen tras un breve silencio. Se puso de pie—. Lo mejor será ponerse en marcha si aún quieren empezar a trabajar mañana.

Las mujeres y Paul también se levantaron.

—Lamento el altercado que han tenido que presenciar —dijo Paul—. El fundador de la clínica y yo de vez en cuando tenemos pequeñas desavenencias, pero es más una cuestión de estilo que de fondo. Espero que ese pequeño episodio no les haya producido una mala impresión.

Cinco minutos después, Helen las conducía otra vez al ala sur del edificio.

—Tengo la sensación de que el doctor Wingate no viene muy a menudo por la clínica —dijo Joanna a Helen.

—Hace dos años que no venía. Todos pensábamos que se había retirado y que vivía en Florida.

—¿Hay algún problema para que no se lleve bien con el doctor Saunders? —preguntó Deborah.

—No sé nada al respecto —dijo Helen, y apuró el paso por el largo pasillo.

Por culpa de los altos tacones de Deborah, las dos amigas quedaron rezagadas.

—Qué entrevista más extraña —susurró Joanna—. Ese hombre es rarillo.

—Al menos no nos reconoció —dijo Deborah.

—Ya, pero no gracias a ti.

—¿Qué quieres decir? —susurró Deborah entre dientes.

—No deberías presentarte ante estos hombres vestida de ese modo.

—¡Venga ya! Y no me presento a nadie. ¡Ellos se me presentan!

—No ayudas en nada. Se supone que esta será una operación rápida y clandestina, no una parodia interminable.

—Lo que pasa es que estás celosa.

—Eres el colmo. Yo no quiero que los hombres me estén mirando de esa manera.

—Ya te diré lo que eso demuestra —dijo Deborah, pero se calló el resto de la insinuación.

—Dímelo —le rogó Joanna con tono sarcástico tras un breve silencio.

—¡Que nosotras las rubias nos divertimos más!

Joanna fingió darle un puñetazo y ambas lanzaron una carcajada. Helen estaba de pie ante la puerta, echándoles una mirada impaciente.

—¿Qué te pareció ese rifirrafe entre los dos jefes? —preguntó Deborah porque Helen todavía no podía escucharlas.

—Obviamente hay agudos desacuerdos —dijo Joanna—. Helen se refirió a Saunders como «Napoleón» cuando habló por teléfono, y luego le llamó «líder indómito» cuando hablaba con nosotras. Eso no refleja un gran respeto.

—De acuerdo. Tampoco me he creído que no sepa nada sobre el problema entre los dos.

—Eso no es de nuestra incumbencia.

—Eso seguro —dijo Deborah.

El siguiente paso en el proceso de empleo fue una visita a seguridad. Contrariamente a lo que se temía Joanna, se trataba de un procedimiento sin complicaciones. El centro de operaciones era uno de los cubículos del departamento de administración a cargo de un guardia con el mismo uniforme que el individuo de la entrada. Les sacó fotos Polaroid a ambas y preparó dos tarjetas de identificación de plástico que debían llevar consigo en todo momento, según les dijo.

Luego les preparó las tarjetas azules entrando en el nivel de acceso predeterminado que Helen había introducido en su terminal. Tardó un poco porque tecleaba con dos dedos. Una vez completada la introducción de datos, las tarjetas aparecieron automáticamente. Les hizo entrega de las mismas y les dijo que las cuidaran.

El paso siguiente fue el acceso al ordenador. Para ello fueron hasta otro cubículo donde Helen les presentó a Randy Porter. Según Helen, eran afortunadas de haberlo encontrado allí. Randy era un tipo delgado, de pelo pajizo y aspecto de adolescente. Les explicó que cuando se sentaran por primera vez ante sus terminales e introdujeran la tarjeta azul por la ranura encima del teclado, aparecería un mensaje pidiéndole la contraseña. Dijo que debían seleccionar *nuevo* y luego escribir la contraseña, que solo ellas conocerían y que debían recordar.

—¿La contraseña debe tener un número específico de números o dígitos? —preguntó Joanna.

—Como usted quiera —dijo Randy—. Pero lo mejor son seis o más cifras. Asegúrense de poder recordarla, porque si olvidan la contraseña, tendrán que venir a verme y eso lleva su tiempo.

Helen lanzó una risita.

—¿Alguna otra pregunta? —dijo Randy.

—¿Cuál es el sistema? —preguntó Joanna.

—Windows 2000 Data Center Server.

—¿Y el hardware?

—IBM Server × Series 430 con firewall Shiva.

—Gracias —dijo Joanna.

—Me suena a chino —acotó Deborah—. ¿Eso es todo?

—Por mí, sí —dijo Randy—. A menos que haya más preguntas.

Cuando salieron del departamento de administración, Helen miró el reloj. Era casi la una de la tarde. Vaciló un momento en el pasillo.

—Me gustaría presentarlas a los respectivos jefes de departamento —dijo—, pero es la hora del almuerzo. ¿Quieren comer algo en nuestro comedor? Dada la reacción del doctor Saunders, estoy segura de que no quiere que pasen hambre.

Joanna estaba a punto de rehusar la invitación, pero Deborah se le adelantó.

—Me parece muy bien.

—Estupendo —dijo Helen—. Me estoy muriendo de hambre.

El comedor estaba en el segundo piso de un pabellón curvo de dos plantas conectado al fondo de la sección principal del edificio. Helen las llevó por el mismo camino que para llegar a los despachos de los directores, pero tras la puerta giró a la derecha y no a la izquierda.

—¡Maldita sea! ¿Por qué aceptaste almorzar aquí? —masculló Joanna cuando Helen se había adelantado lo suficiente y no podía oírla.

—Porque tengo hambre.

—Cuantas más cosas hagamos y más tiempo pasemos hoy aquí, más probabilidades habrá de que alguien nos reconozca.

—Oh, no estoy tan segura —dijo Deborah—. Además, cuanto mejor conozcamos el sitio, más probabilidades de éxito tendremos.

—Ojalá te tomaras esto con más seriedad.

—¡Ya lo hago! —exclamó Deborah.

Joanna la hizo callar porque se acercaban a Helen, que las estaba esperando.

El comedor tenía forma semicircular, con ventanas que daban a la parte posterior del edificio. Como el terreno bajaba hacia el este, el panorama era muy amplio. Deborah recordó que el laboratorio tenía una vista similar aunque desde ventanas más pequeñas, y por tanto no era tan espectacular. Los tejados y las chimeneas de algunas viviendas eran visibles por encima de los árboles así como la alta chimenea de la central eléctrica. También era visible el techo de un silo entre la central eléctrica y las residencias.

Helen se detuvo en el umbral mientras recorría con la mirada a los comensales buscando obviamente a alguien en particular. La sala era enorme y, como el resto del edificio, tenía numerosos detalles victorianos incluyendo los muebles y una araña central de cristal de época. Considerando el tamaño, el lugar estaba medio vacío. Solo unas treinta o cuarenta personas se sentaban a mesas ampliamente separadas. Sus voces producían un suave murmullo.

Joanna se puso rígida cuando vio a la doctora Donaldson sentada junto a otros cinco colegas de aspecto profesional. Poniéndose de espaldas a la doctora, Joanna cogió a Deborah del brazo y le hizo un gesto con la cabeza.

—Calma, por todos los santos —susurró Deborah. La ansiosa paranoia de Joanna la estaba poniendo nerviosa.

—¿Ocurre algo? —preguntó Helen.

—No, nada —dijo Joanna poniendo cara de inocente. Le echó una mirada fulminante a Deborah.

—Allí están —dijo Helen señalando a la derecha—. Megan Finnigan, la supervisora del laboratorio, y Christine Parham, la responsable de administración. Y están sentadas a la misma mesa. Vamos, las voy a presentar.

Joanna se encogió de hombros y le dio la espalda a la doctora Donaldson mientras seguía a Deborah, que iba detrás de Helen. Helen las llevó a una de las mesas cercanas a la ventana. Para desesperación de Joanna, el sonido de los tacones de Deborah en el viejo parquet combinado con su espectacular vestimenta portentosa provocó que todos los presentes las mirasen, incluida la doctora Donaldson.

A Deborah le importaba un comino ser el centro de atención. Observó una mesa de gente de habla española cerca de la puerta de entrada. Eran todas mujeres jóvenes, robustas y morenas que Deborah supuso hispanas. Lo que atrajo su atención fue el hecho de todas parecían embarazadas. Y todas daban la impresión de estar en una fase avanzada.

Después de presentarlas a las dos jefas de departamento que habían acabado de comer y estaban a punto de levantarse, Helen las llevó a otra mesa donde fueron atendidas por una mujer que también parecía hispana y también estaba embarazada de varios meses.

Una vez servida la comida, la curiosidad pudo con Deborah y le preguntó a Helen sobre esas mujeres.

—Son centroamericanas —dijo Helen—. De Nicaragua. Es un acuerdo que ha hecho el doctor Saunders con un colega de ese país. Vienen por unos meses con un visado y luego regresan a sus casas. Debo decir que nos han resuelto un problema al proporcionarnos servicios de cocina y limpieza para el que no encontrábamos personal en esta zona.

—¿Vienen con sus familias?

—No; solas. Es una oportunidad de ganar un buen dinero que envían a los suyos.

—Pero todas parecen embarazadas —señaló Deborah—. ¿Se trata de una increíble coincidencia?

—Nada de eso —dijo Helen—. Es una forma que tienen de ganar un dinero extra. Pero adelante con la comida. Me gustaría mostrarles los apartamentos que espero utilicen si están de acuerdo con el alquiler. Es un precio asombrosamente razonable, en especial si se los compara con los de Boston.

Deborah miró a Joanna para ver si prestaba atención. Durante gran parte del almuerzo, a Joanna le había preocupado la presencia de la doctora Donaldson y su supuesta necesidad de dar la espalda a su mesa, pero la doctora se había ido. A Deborah le pareció que Joanna había escuchado lo que Helen había dicho sobre las mujeres empleadas. Joanna le devolvió la mirada con una mezcla de consternación e incredulidad.

10

9 de mayo de 2001, 14.10 h

Después del almuerzo, Helen se las arregló para meter a las dos mujeres en el cochecito de golf. Una vez empezada la visita, hasta Joanna la encontró interesante. El tamaño de la propiedad era impresionante y gran parte del terreno estaba poblado por densos bosques antiguos. Las viviendas del personal superior como Wingate, Saunders, Donaldson y pocos más eran casas individuales parecidas a la casa de la entrada en estilo pero con adornos blancos en vez de negros, lo cual las hacía más atractivas.

Las viviendas de los demás empleados eran bonitas, de dos plantas adosadas de una forma que recordaba un pueblo de Inglaterra. La unidad de dos dormitorios que Helen les mostró era bastante acogedora. Las ventanas del frente daban a un pequeño patio central de adoquines mientras que las grandes ventanas del fondo ofrecían la vista de una represa de molino. Igual de atractivo era el alquiler: ochocientos dólares al mes.

A insistencia de Deborah, después de dejar el apartamento, Helen las llevó en una corta excursión por la granja e incluso hasta la central eléctrica antes de conducirlas de vuelta al edificio central. El único inconveniente de la excursión fue que Joanna y Deborah nunca pudieron alejarse lo suficiente de Helen para hablar en privado. Solo cuando Helen las dejó en la sala de espera de Wingate y Saunders lograron hablar a solas.

—¿Qué piensas de esas mujeres embarazadas en el comedor? —preguntó Deborah con un susurro para que Gladis, la secretaria, no pudiera oírla.

—Me he quedado de una pieza. No me puedo creer que paguen a mujeres inmigrantes para quedar embarazadas.

—¿No crees que se trata de algún experimento?

—Solo Dios lo sabe —dijo Joanna estremeciéndose.

—La pregunta es qué hacen con los bebés.

—Espero que los envíen a Nicaragua con sus madres —dijo Joanna—. No quiero ni imaginar otra posibilidad.

—Lo primero que se me ocurre es que los venden —dijo Deborah—. El alquiler de úteros no parece probable, pero la venta podría representar un negocio bastante lucrativo. Al ser una clínica de fecundación, ciertamente tienen la clientela apropiada. Hace año y medio te impresionó la cantidad de dinero que parecía ganar esta gente.

—Sí —dijo Joanna—. Con el dinero que ganan no necesitarían el asunto de los bebés para que los números cuadren. No tiene sentido. Vender bebés es pura y simplemente ilegal; de ser así, no creo que Helen Masterson hubiera sido tan explícita.

—Supongo que tienes razón —dijo Deborah—. Tiene que haber alguna explicación razonable. Acaso sean mujeres en principio estériles. Quizá la ayuda a que queden embarazadas forma parte de los beneficios que se llevan.

Joanna puso mirada de incredulidad.

—Eso es tan improbable como el alquiler de úteros y por las mismas razones.

—Pues mira, no se me ocurre otra explicación.

—A mí tampoco —coincidió Joanna—. Solo quiero saber qué pasó con mis óvulos. Después no querré ni oír mencionar a esta clínica. Este lugar me puso nerviosa el día que vinimos a hacer la donación; y hoy me he sentido aún peor.

Se abrió la puerta del despacho y apareció el médico con gafas de fina montura sobre la punta de la nariz. En sus manos llevaba balances que siguió examinando atentamente hasta dejarlos en el escritorio de la secretaria. No parecía nada contento.

—Llame a los contables —pidió a Gladis—. Dígales que quiero ver el último cuatrimestre del año pasado.

—Sí, señor—dijo Gladis.

Spencer dio a los balances un último golpecito con los nudillos como si aún estuviera concentrado en los documentos antes de dirigir su atención a las dos amigas. Respiró hondo y luego se acercó a ellas. Se le ablandó la expresión y logró esbozar una sonrisa.

—Buenas tardes, señorita Marks —dijo y estrechó la mano de Deborah que retuvo un instante mirándola a los ojos. Volviéndose hacia Joanna, dijo—: Lo siento, pero no recuerdo su nombre. Georgina lo mencionó, pero no pude retenerlo.

—Prudence Heatherly —dijo Joanna. Le dio la mano y lo miró a la cara. Deborah había tenido razón; el hombre no se parecía a su padre. Sin embargo, había algo en él que lo hacía superficialmente atractivo.

—Siento haberles hecho esperar —dijo volviendo su atención a Deborah.

—Nos ha venido muy bien sentarnos y descansar un poco —dijo Deborah. Se dio cuenta que el buen doctor tenía dificultades en desviar la mirada de sus piernas cruzadas—. La señorita Masterson nos ha llevado de un sitio a otro.

—Espero que la visita haya dado sus frutos.

—Sin duda —dijo Deborah—. Empezamos a trabajar mañana mismo.

—Excelente —dijo Spencer. Se frotó las manos nerviosamente y miró a una y otra mujer como si tratase de decidir algo. Acercó una silla y se sentó delante de las dos—. Pues bien —dijo—, ¿qué quieren tomar? ¿Café, té o un refresco?

—Un agua con gas me vendría muy bien —dijo Deborah.

—Lo mismo para mí —dijo Joanna sin mayor entusiasmo. Se sentía fuera de lugar. No había tenido ningún interés especial en venir al despacho de Wingate, y ahora que allí estaba, era evidente que el hombre estaba descaradamente interesado en Deborah. En lo que concernía a Joanna, la forma en que miraba a su amiga bordeaba el mal gusto.

Spencer ordenó a la secretaria que trajera las bebidas frescas. Mientras ella lo hacía, el médico habló de la clínica. Cuando la secretaria regresó, solo traía dos pequeñas botellas de San Pellegrino.

—¿Usted no toma nada? —preguntó Deborah.

—No, estoy bien así —dijo Spencer, pero no parecía estarlo. Cruzaba y descruzaba las piernas mientras las mujeres se servían el agua. Algo lo inquietaba.

—¿No le estamos haciendo perder el tiempo? —preguntó Joanna—. Tal vez debiéramos irnos y dejar que vuelva a su trabajo.

—No, no se vayan. No tengo problemas de tiempo. Lo que me gustaría, señorita Marks, es hablar con usted en privado.

Deborah apartó el vaso de los labios y miró a Spencer. La propuesta fue tan inesperada que no sabía a ciencia cierta si había oído bien.

Él hizo un gesto en dirección a su despacho.

—¿Podemos pasar un momento al despacho?

Deborah echó una mirada a Joanna, quien se encogió de hombros sugiriendo que adelante, aunque Deborah se dio cuenta de que la situación no le gustaba nada.

—Muy bien —dijo Deborah volviendo a prestar atención a Spencer. Depositó el vaso en la mesita y con un ligero suspiro se puso de pie. Siguiendo a Spencer, entró en la oficina. Él cerró la puerta.

—Iré al grano, señorita Marks —dijo. Por primera vez, evitó mirarla y se concentró en el gran ventanal—. De algún modo, yo impuse unas normas tácitas en esta clínica que no favorecen las relaciones sociales entre ejecutivos y empleados. Pero ya que usted no será técnicamente una empleada hasta mañana, me preguntaba si consideraría cenar conmigo esta noche. —Se dio media vuelta y la miró con expectación.

Deborah se quedó sin habla. Le gustaba el papel que se había impuesto, pero no había previsto más que atraer miradas. No le había pasado por la imaginación que la invitara a salir nada menos que el director de la clínica, un hombre seguramente casado y que la doblaba en edad.

—Hay un restaurante muy agradable bastante próximo al pueblo —dijo Spencer mientras Deborah vacilaba—. No sé si usted lo conoce. Se llama Barn, el granero.

—Estoy segura que es un sitio encantador —pudo decir Deborah con un hilo de voz—. Y aprecio que haya pensado en mí, pero hay algunos problemas logísticos. Ya sabe, mi compañera de apartamento y yo no vivimos aquí. Vivimos en Boston.

—Ya —dijo Spencer—. Entonces podríamos convenir una cena temprana. Creo que abren a las cinco y media. De esa manera, podrían llegar a Boston a las siete o a las ocho.

Deborah miró el reloj. Eran casi las cuatro de la tarde.

—Ciertamente me encantó charlar esta mañana con usted —añadió Spencer—. Me gustaría mucho saber más de cuál es el aspecto de biología molecular que le interesa más. Quiero decir que tenemos intereses comunes.

—Intereses comunes —repitió Deborah mientras miraba los ojos azules del hombre. Notó cierto grado de ansiedad en ese médico de éxito y razonablemente atractivo. Decidió coger el toro por los cuernos—. ¿Qué dirá la señora Wingate sobre esta idea?

—No hay ninguna señora Wingate. Mi esposa se divorció de mí hace muchos años. Fue algo imprevisto. Viendo las cosas en retrospectiva, pienso que me dedicaba demasiado a mi trabajo y descuidaba la familia.

—Lo siento —dijo Deborah.

—Descuide —dijo Spencer—. Es una cruz que debo arrastrar. Lo bueno es que finalmente he asumido mi situación y estoy listo para volver a relacionarme.

—Me halaga que haya pensado en mí. Pero estoy aquí con mi amiga y solo tenemos un coche.

—¿No cree que puede esperarla un par de horitas?

Deborah no daba crédito a sus oídos. ¿Realmente pensaba que ella le pediría a Joanna que la esperara un par de horas mientras ellos cenaban a solas? Era algo tan absurdamente egoísta que le costó encontrar una respuesta.

—Hay muchas cosas que hacer en el pueblo —prosiguió Spencer—. Hay un buen bar y una pizzería muy buena. Y la librería es un lugar de reunión con una cafetería en el fondo.

Deborah estaba a punto de mandarlo a freír espárragos, pero se contuvo. De repente se le ocurrió una forma de cambiar las cosas para beneficio propio y de Joanna. En vez de rechazar la invitación, dijo:

—Sabe, la cena en Barn empieza a resultarme muy tentadora.

A él se le iluminó la cara.

—Me alegro y estoy seguro que Penélope o como se llame se lo pasará bien en el pueblo. En cuanto a usted, Barn le parecerá un restaurante de primera. La comida es de estilo campesino, pero muy sabrosa, y la lista de vinos no es nada mala.

—Se llama Prudence —dijo Deborah—. Acepto la invitación si Prudence nos acompaña.

A Spencer se le congestionó el semblante. Empezó a protestar, pero Deborah lo cortó en seco.

—Es una gran chica —dijo—. No la juzgue con ligereza por su estilo. Puede parecer conservadora, pero es muy divertida en cuanto se ha tomado un par de copas.

—Estoy seguro de que es un encanto —dijo Spencer—, pero a mí me hacía ilusión cenar con usted.

—Puede parecerle difícil de creer —prosiguió Deborah—, pero salimos a menudo con un solo hombre, siempre y cuando tenga mentalidad abierta. —Improvisando para resultar seductoramente coqueta, le hizo un guiño mientras se tocaba el labio superior con la punta de la lengua.

—¿De verdad? —dijo Spencer mientras hacía volar su imaginación. Nunca había estado con dos mujeres, aunque lo había visto en vídeos pornográficos.

—De verdad —dijo ella tratando de poner la voz más ronca que de costumbre.

Él hizo un gesto con las palmas para arriba.

—Pues, ciertamente tengo una mentalidad abierta.

—Estupendo —dijo Deborah—. Nos encontramos en Barn a las cinco y media. Y hágame un favor.

—Claro. ¿De qué se trata?

—No trabaje demasiado. Será mejor si no está cansado.

—Se lo prometo —dijo Spencer levantando las manos en señal de rendición.

Joanna cerró la puerta del coche e introdujo la llave en el contacto, pero no puso el motor en marcha. Esperó a que Deborah se sentara a su lado.

—Ahora vuelve a contarme esta historia —pidió Joanna—. ¿Quieres decir que has convenido que las dos cenemos con ese viejo verde, que además tiene en la cabeza una fantasía sexual con nosotras? ¡Dime que lo estoy soñando!

—Pues no es un sueño —dijo Deborah—. Pero me sorprende tu descripción de ese buen hombre. Esta mañana dijiste que era distinguido.

—Ese fue mi comentario sobre su aspecto, no sobre su comportamiento. Y ocurrió esta mañana, no esta tarde.

—Pues tendrías que habérmelo dicho antes de que yo entrara en su despacho.

Deborah sabía que estaba irritando a su amiga, pero no le había dado oportunidad de explicarle la situación. Cuando dejaron la oficina de Wingate, Deborah le mencionó los planes para la tarde; Joanna se puso hecha una furia y, sin dejarla hablar, había salido disparada de la clínica.

—Este coche sale directamente hacia Boston —anunció Joanna—. Si quieres quedarte y salir con ese vejestorio, adelante, pero yo pensaré que estás loca.

—¿Quieres calmarte de una vez?

—Estoy muy tranquila —le contestó Joanna—. Bien, ¿te bajas del coche o qué?

—¡Cállate y presta atención! —ordenó Deborah—. Yo tuve la misma reacción que tú al principio. Pero entonces pensé que tiene algo que queremos y necesitamos. Algo muy importante para nosotras.

Joanna respiró hondo para serenarse. Como de costumbre, Deborah la obligaba a preguntar.

—Muy bien —resopló finalmente Joanna—, ¿qué tiene que necesitemos?

—¡La tarjeta azul de acceso! —informó triunfalmente Deborah—. Es más que un jefe de departamento, ¡es el jefe supremo! Su tarjeta azul no solo nos abrirá la habitación del ordenador central sino también todas las puertas.

Joanna levantó la vista. Lo que decía Deborah era cierto, pero ¿qué importaba? Miró a su amiga.

—No nos dará su tarjeta simplemente por ir a cenar con él.

—Por supuesto que no —dijo Deborah—. Se la birlaremos. Lo único que tenemos que hacer es emborracharlo y mientras una lo entretiene la otra le saca la tarjeta.

Joanna pensó que Deborah estaba bromeando, pero no era así. Le devolvió la mirada con expresión de satisfacción.

—No lo sé —dijo Joanna—. Suena fácil en la teoría, pero difícil en la práctica.

—Tú misma dijiste que tendríamos que ser creativas para entrar en esa habitación. Y eso sí que es algo creativo —dijo Deborah.

—Hacés demasiadas suposiciones. ¿Cómo sabes que bebe? Quizá sea abstemio.

—No lo creo —dijo Deborah—. Mencionó que el restaurante tenía una buena carta de vinos. Es indudable que tiene en mente vino y mujeres.

—No sé qué decir —dijo Joanna.

—Oh, vamos, ¡admite que es una buena idea! ¿Se te ha ocurrido otro plan para entrar en esa habitación?

—No, pero...

—Pero nada —interrumpió Deborah—. ¿Qué podemos perder?

—Nuestra dignidad.

—Oh, por favor. No seas antigua.

Justo en ese momento, por la puerta de la clínica salieron la doctora Donaldson y Cynthia Carson. Joanna bajó la cabeza y le dijo a Deborah que hiciera lo mismo.

—¿Y ahora qué ocurre? —preguntó Deborah, escondiendo la cabeza por debajo de la ventanilla.

—La doctora Donaldson y Cynthia Carson acaban de salir del edificio.

Tras cierto tiempo, oyeron cerrarse la puerta de un coche que arrancó sin dilación. Solo entonces subieron las cabezas.

—Yo me largo de aquí —dijo Joanna después de comprobar que no había moros en la costa. Puso la primera y salió del aparcamiento.

—Entonces —dijo Deborah—, ¿estás conmigo o no?

Joanna suspiró.

—De acuerdo —dijo—, intentémoslo. Pero para conseguir esa tarjeta, será necesario más que una cena. Tendremos que lograr que nos invite a su casa.

—Es probable, pero acaso tengamos suerte.

—En cuanto a la división del trabajo, tú serás responsable de la diversión y yo de la extracción.

—Debemos improvisar. Tal como te dije antes, él espera un *ménage à trois*.

—¡Dios santo! —exclamó Joanna—. ¡Ninguna de mis amigas de Houston me creerá cuando lo cuente!

Fueron hasta el pueblo, a la misma tienda RiteSmart para preguntar cómo se llegaba a Barn. El tendero tenía unos kilos más, pero se mostró tan amable como hacía un año y medio.

—Barn queda a unos dos kilómetros al norte del pueblo —dijo señalando la calle Mayor en la misma dirección por la que habían venido—. Es un buen restaurante. Les recomiendo el estofado de carne con patatas al horno y la tarta de queso con crema de chocolate.

—Un menú bajo en calorías —bromeó Joanna cuando salieron a la calle.

Miraron escaparates antes de volver al coche e ir hasta el restaurante. Era un local agradable que había sido un granero en otros tiempos. Numerosas herramientas antiguas decoraban el terreno y algunas maquinarias aún seguían junto al edificio. En el interior, los compartimientos para animales habían sido remodelados como reservados. Las únicas ventanas estaban en el frente creando un ambiente íntimo y de poca luz.

—¿Las señoritas Marks y Heatherly? —preguntó la *maître* antes de que ellas pudieran decir ni palabra.

Cuando contestaron que sí, les indicó que la siguieran. Cogiendo unas cartas, las llevó hasta un reservado del fondo. Allí, a la luz de unas velas, estaba el doctor Spencer Wingate con chaqueta, corbata inglesa y pañuelo haciendo juego. Cuando las vio, se puso de pie y les besó la mano galantemente; luego, con un gesto de amabilidad les indicó que tomasen asiento. La *maître* puso una carta delante de cada comensal, sonrió y se retiró.

—Espero que no les importe —dijo Spencer—, pero me he tomado la libertad de pedir los vinos. —Estiró una mano y mostró dos botellas que había a un lado—. Un blanco seco y un tinto con cuerpo. Me gustan los tintos de mucho cuerpo. —Lanzó una risita.

Deborah le dio un codazo a Joanna. La velada prometía.

—¿Alguien quiere un combinado de aperitivo? —preguntó Wingate.

—No somos muy bebedoras —dijo Deborah—. Pero no deje que eso le inhiba.

—Un martini sería perfecto. ¿Ninguna de las dos quiere acompañarme?

Las dos dijeron que no.

La velada prosiguió. La conversación no presentó dificultades ya que a Spencer se le convencía fácilmente de que hablara de sí mismo. A los postres, las mujeres habían escuchado una larga y detallada historia de la clínica Wingate y sus éxitos. Cuanto más hablaba Spencer, más bebía. El único problema es que no parecía hacerle mella.

—Tengo una pregunta sobre la clínica —dijo Deborah cuando finalmente él hizo una pausa para atacar la tarta de queso con crema de chocolate—. ¿Cuál es la historia de las mujeres embarazadas?

—¿Algunas nicaragüenses están embarazadas? —preguntó Wingate.

—Nos pareció que todas —dijo Deborah—. Y todas en el mismo estado de gestación, como si se hubiesen quedado embarazadas por medio de una infección simultánea.

Spencer lanzó una carcajada.

—¡El embarazo como proceso infeccioso! ¡Eso sí que está bien! Pero no está lejos de la verdad. Después de todo, es causado por la invasión de millones de microorganismos. —Volvió a reírse de su propio sentido del humor.

—¿Quiere decir que usted no está al tanto de esos embarazos? —preguntó Deborah.

—No sé nada al respecto —dijo Spencer—. Lo que esas señoras hacen en su tiempo libre es asunto suyo.

—Se lo pregunto —continuó Deborah— porque nos dijeron que para ellas quedarse embarazadas era una forma de ganar un dinero extra.

—¿De verdad? ¿Quién se lo dijo?

—La señorita Masterson —dijo Deborah—. Se lo preguntamos durante el almuerzo.

—Vaya —dijo Spencer esbozando una sonrisa titubeante—. En los últimos dos años no he participado activamente en la clínica, por tanto hay ciertos detalles que ignoro. Por supuesto, sabía que las nicaragüenses estaban aquí. Es un arreglo que hizo el doctor Saunders con un colega suyo para solucionar nuestro problema de personal.

—¿Qué clase de investigación lleva a cabo el doctor Saunders? —preguntó Deborah.

—Un poco de todo —respondió vagamente Spencer—. Es muy creativo. Nuestra especialidad avanza a pasos agigantados y pronto tendrá su efecto en la medicina en general. Pero esta conversación suena demasiado seria. —Se rió y por primera vez balbuceó un poco antes de continuar—. Así que pongamos los motores en marcha. Lo que propongo es ir a mi casa y saquear la bodega. ¿Qué dicen las señoras al respecto?

—Cuanto antes mejor —respondió Deborah mientras pellizcaba a Joanna pues en su opinión estaba actuando de forma demasiado mojigata.

—Creo que es una idea estupenda —dijo Joanna.

Cuando llegó la cuenta, las dos observaron dónde guardaba Spencer el billetero. Ambas esperaban que fuese el bolsillo de la chaqueta. Pero no. Para su disgusto, se la puso en el bolsillo trasero del pantalón.

Cuando llegaron a la puerta del restaurante y estaban a punto de salir, Spencer fue un momento al lavabo.

—Ahora tendrás que ser tan creativa como para quitarle los pantalones —susurró Joanna. Estaban a un lado del mostrador de la *maître*. Aunque había pocos clientes cuando llegaron, ahora el sitio estaba casi a tope.

—Seguro que no será necesaria ninguna creatividad para que se quite los pantalones —le contestó Deborah con otro susurro—. Pero sí para lidiar con sus expectativas. Me sorprende todo lo que ha bebido y el poco efecto que le ha hecho. Se zampó dos martinis y casi las dos botellas de vino enteras.

—Arrastraba un poco las palabras cuando llegamos a los postres.

—Y se balanceaba un poco, pero no es mucho para esa cantidad de alcohol. Para aguantar tanto, debe de ser más fuerte de lo que parece. De haber bebido yo todo ese líquido, pasaría en coma los próximos tres días.

Spencer apareció en la puerta del lavabo de caballeros, sonrió cuando las vio y de pronto se tambaleó y se golpeó contra la mesa de la *maître*. Puso una mano encima para mantener el equilibrio. La *maître* se apresuró a ayudarle.

—¡Bravo! —susurró Deborah al oído de Joanna—. Es alentador. Parece una reacción retardada.

—¿Se encuentra bien? —preguntó la *maître* cuando las dos mujeres se pusieron a ambos lados de Spencer.

—Estará bien —dijo Deborah—. Se recuperará en un minuto.

—¿Saben ustedes, bellezas, dónde está mi casa? —preguntó Spencer arrastrando las palabras.

—Claro —dijo Deborah—. Esta mañana nos la mostró la señorita Masterson.

—¡Entonces vamos allá! —exclamó Spencer y antes de que Deborah pudiera detenerlo salió corriendo del restaurante.

Deborah y Joanna cambiaron una mirada antes de ir detrás de él. Cuando salieron a la luz menguante del crepúsculo, Spencer ya entraba en el Bentley. Lo oyeron reírse.

—¡Espere! —gritó Deborah. Corrieron las dos hacia el coche, pero cuando llegaron, él ya tenía el rugiente motor en marcha. Deborah cogió el tirador de la puerta, pero estaba cerrada. Golpeó en la ventanilla y propuso que fuera ella la que condujera, pero Spencer solo se rió más y se señaló el oído para indicar que no la podía oír y arrancó haciendo chirriar los neumáticos.

—Oh, mierda —dijo Deborah mientras ella y Joanna veían las luces traseras desaparecer en la creciente oscuridad.

—No puede conducir —dijo Joanna.

—Así es, pero qué remedio —respondió Deborah—. Espero que no se mate. Y si lo hace, seamos las primeras en llegar al lugar. Esta no es la manera en que pensé conseguir la maldita tarjeta.

Las dos corrieron hasta el Chevy Malibu y Joanna pisó el acelerador. Tras cada curva, esperaban encontrarse con el Bentley empotrado contra un árbol. Pero cuando llegaron al semáforo de Pierce y Main, se tranquilizaron porque si Spencer había llegado tan lejos, lo más seguro era que no acabase matándose.

—¿Qué piensas de lo que nos dijo Spencer sobre las nicaragüenses? —preguntó Deborah cuando giraron en Pierce.

—Pareció genuinamente sorprendido de los embarazos.

—Ya. Sospecho que en la clínica suceden muchas cosas de las que su fundador no tiene ni idea.

—Estoy de acuerdo —dijo Joanna—. Dijo que hace dos años que no participa mucho en la marcha de la clínica.

Giraron en el camino de grava y se aproximaron a la entrada de la clínica Wingate. La casa de los guardias estaba a oscuras salvo por una tenue luz que salía por una de las pequeñas ventanas con persianas. Cuando entraron en el portalón, las luces del coche iluminaron la pesada puerta y el poste con la ranura para las tarjetas.

—¿Piensas que saldrá algún guardia? —preguntó Joanna mientras frenaba casi hasta parar el coche.

Deborah se encogió de hombros.

—Supongo que no. De modo que veamos si funcionan nuestras tarjetas.

Deborah sacó su tarjeta del bolso y se la dio a Joanna, que bajó el cristal, estiró un brazo y la pasó por la ranura. La puerta empezó a abrirse.

—*Voilà*! —dijo Deborah. Volvió a coger la tarjeta y la guardó.

Joanna siguió el sendero que serpenteaba por el bosque de hojas perennes. Vieron el edificio principal. Solo había unas pocas luces en los primeros dos pisos del ala sur. El resto del edificio era un bulto negro y almenado que se elevaba en el cielo oscuro y morado.

—De noche este sitio parece aún más siniestro —comentó Joanna.

—No podría estar más de acuerdo —dijo Deborah—. Parece un sitio que entusiasmaría al conde Drácula.

Joanna pasó la zona del aparcamiento y entró en el bosque. Segundos después, empezaron a ver luces en las casas de los jerarcas de la clínica. Reconocieron la de Spencer y se acercaron a la puerta. La cola del Bentley sobresaliendo del garaje les confirmó que estaban en lo cierto. Joanna apagó el motor del Malibu.

—¿Alguna idea de cómo proceder a partir de ahora? —preguntó Joanna.

—Pues no —admitió Deborah—. Salvo propiciar el consumo de alcohol. Quizá lo mejor será coger las llaves de su coche y esconderlas.

—Buena idea —dijo Joanna mientras salían del coche.

Cuando se acercaban a la puerta, oyeron música de rock. Pese al volumen, Spencer pudo oír el timbre y abrió la puerta. Tenía las mejillas encendidas y los ojos enrojecidos. Se había quitado la chaqueta informal y lucía una ajustada chaqueta verde de esmoquin. Con un ademán exagerado que le obligó a cogerse de la puerta para no caer de bruces, las invitó a pasar.

—¿Podría bajar un poco el volumen? —gritó Deborah.

Con paso inseguro, Spencer se dirigió al aparato de música. Las mujeres aprovecharon la oportunidad para inspeccionar la casa. Estaba decorada como un interior británico con muebles de cuero, alfombras rojas orientales y paredes verdes. De las paredes colgaban cuadros de caballos y de cacerías de zorros, cada uno iluminado individualmente. Los adornos eran casi todos de caballos.

—Pues bien —dijo Spencer al volver de bajar el volumen—, ¿qué puedo ofrecer a estas damas antes de poner manos a la obra?

Joanna hizo una mueca.

—Veamos esa maravillosa bodega —dijo Deborah.

—Buena idea —dijo Spencer con voz estropajosa.

El sótano parecía no haber sido tocado desde mediados del siglo XIX salvo por el añadido de varias bombillas de pocos vatios. Los desnudos bloques de granito que formaban los cimientos estaban oscurecidos por el moho. Las divisiones estaban hechas con planchas de roble toscamente cortadas y unidas por grandes clavos oxidados. El suelo estaba sucio. El ambiente era húmedo y había varios charcos enlodados.

—Esperaré aquí —dijo Joanna en cuanto vio el sótano mal iluminado; Deborah siguió adelante pese a sus altos tacones.

Temía que Spencer hiciera un estropicio en aquel estado de ebriedad. En varias ocasiones, tuvo que sostenerlo.

La bodega estaba en uno de los compartimientos, tras una puerta rústica cerrada con un viejo candado. Spencer sacó una llave del tamaño de su pulgar del bolsillo de la chaqueta y abrió el candado. En el interior, había media docena de cajas de vinos colocadas sobre toscos estantes. Spencer abrió una y sacó tres botellas.

—Estas irán bien —dijo. Sin molestarse en cerrar el candado, subió tambaleante las escaleras con las tres botellas bajo el brazo.

—Mis zapatos Fayva están destrozados —bromeó Deborah cuando terminó de subir las escaleras.

En la cocina, Spencer descorchó las tres botellas, todas Cabernet de California. Después de seleccionar en el aparador tres copas de borde ancho que Deborah se dispuso a llevar, Spencer encabezó el camino de regreso a la sala. Se sentó en medio del sofá e hizo que ambas lo hicieran a sus lados. Luego escanció el vino y ofreció las copas.

—Nada mal, nada mal —dijo tras probar el vino—. ¿Y cómo empezamos? —preguntó riéndose—. No tengo experiencia en tríos.

—Primero debemos tomar un poco más de vino —sugirió Deborah—. La noche es joven.

—Brindo por eso —dijo Joanna. Levantó la copa y los demás hicieron lo mismo.

Una vez más, las dos lograron que Spencer se lanzara a parlotear con solo preguntarle sobre su infancia. Esa simple pregunta provocó un largo monólogo de aventuras infantiles. Mientras hablaba, Spencer bebía copiosamente. Al igual que en el restaurante, no notó que las mujeres apenas probaban el vino.

Cuando se hubieron acabado botella y media y la biografía de Spencer llegaba ya al período universitario, Deborah quiso hablar a solas un momento con Joanna. Joanna dijo que sí y las dos se retiraron a un lado. Los ojos azules de Spencer las siguieron con interés e ilusión.

—¿Tienes alguna sugerencia? —preguntó Deborah en voz baja. Con la música de rock como fondo, estaba segura que no había la menor posibilidad de que Spencer las oyera—. Este hombre bebe como una esponja, pero, aparte de la mirada y las mejillas, el vino no parece producirle ningún efecto.

—No tengo ninguna sugerencia, salvo que...

—¿Salvo qué? —la urgió Deborah. Se estaba desesperando. Eran casi las nueve de la noche y quería irse a casa a dormir. Se sentía exhausta y mañana sería un día muy intenso.

—Dile que se ponga ropa cómoda, un pijama de seda o lo que diablos tenga. Si muerde el anzuelo, significará que los pantalones y la billetera quedarán en su dormitorio y yo los cogeré.

—Y yo tendré que lidiar con él sin pantalones —dijo Deborah con disgusto.

—¿Tengo que recordarte que todo esto fue idea tuya?

—Muy bien, muy bien. Pero si grito, tú acudes en mi rescate. ¿De acuerdo?

Las mujeres volvieron y Spencer las miró con expectación. Deborah le dijo lo que Joanna había sugerido. Spencer reaccionó con una sonrisa maliciosa. Sacudió la cabeza y trató de levantarse. Las dos lo ayudaron.

—Estoy bien —protestó él. Finalmente se levantó por sus propios medios y se tambaleó un poco. Respiró hondo, fijó la mirada en las escaleras y avanzó.

Las dos lo miraron hacer eses mientras cruzaba la sala; no parecía muy consciente de dónde estaban las distintas partes de su cuerpo.

—Retiro lo dicho hace un momento —dijo Deborah—. Después de todo, el vino está haciendo el efecto esperado.

Ambas dieron un respingo cuando Spencer tropezó con una mesa y derribó un pelotón de soldaditos de plomo. Pese a la colisión, no perdió el equilibrio del todo y llegó a las escaleras. Con las manos en ambas balaustradas, subió mejor de lo que había caminado por la sala.

—¿Qué haremos cuando regrese? —dijo ansiosamente Deborah—. Ahora no será nada fácil hacer que vuelva a hablar de su familia.

—Tan pronto baje, iré al lavabo —dijo Joanna—. Y tú lo mantienes ocupado.

—Hay otra escalera en la cocina —dijo Deborah—. Seguramente te llevará al dormitorio.

—La he visto —dijo Joanna—. Lo haré lo más rápido que pueda.

—Será mejor que así sea —dijo Deborah. Instintivamente trató de bajarse la minifalda para cubrirse los muslos, pero solo logró ahondar el escote—. Como te puedes imaginar, me siento bastante vulnerable con esta vestimenta.

—No esperes compasión de mi parte.

—Gracias —dijo Deborah—. Sentémonos, estos zapatos me están matando.

Ambas lo hicieron y comentaron la vida de Spencer. Luego hablaron sobre cómo lo harían al día siguiente si podían sacarle la tarjeta azul a Spencer.

—Nuestro objetivo será entrar lo antes posible a la sala del ordenador de modo que yo pueda acceder a los archivos —dijo Joanna—. Según David, tardaré unos quince minutos. Una vez lo haya hecho, podremos conseguir la información sobre los óvulos en la terminal e incluso en el ordenador de casa.

—Y traeremos los teléfonos móviles —dijo Deborah—. De ese modo, podré hacer guardia cuando estás en la sala y avisarte si alguien viene.

—Bien —dijo Joanna.

Deborah miró la hora.

—¿Cuánto tardará este Casanova en cambiarse de ropa?

Joanna se encogió de hombros.

—No lo sé. Cinco o diez minutos.

—Ojalá se dé prisa —comentó Deborah—. Estoy tan cansada que podría echarme en este sofá y quedarme dormida.

—Yo también. Nuestros cuerpos siguen en Europa.

—Además llevamos despiertas desde las seis de la mañana.

—Ya. Dime, ¿qué harás mañana en el laboratorio mientras esperas que yo entre en la sala del ordenador?

—Me interesa averiguar qué están haciendo con todo ese equipo de última generación —dijo Deborah—. Me gustaría descubrir los objetivos de cada investigación, incluyendo la verdadera historia de esas nicaragüenses.

—Tendrás cuidado, ¿verdad? Hagas lo que hagas, no pongas en peligro nuestra cobertura hasta que tengamos la información que hemos venido a buscar.

—Descuida —dijo Deborah. Volvió a mirar el reloj—. ¡Santo cielo! ¿Qué se está poniendo? ¿Leotardos de Superman? ¿Qué hacemos?

Joanna volvió a encogerse de hombros.

—¿Subimos y vemos qué pasa? ¿Y si se ha desnudado y nos está esperando en la cama?

—¡Por todos los santos! ¡Qué imaginación la tuya! —dijo Deborah—. ¿Te sientes preocupada? ¿Qué va a hacer, saltar y darnos un susto? Salió de aquí con las piernas que parecían espaguetis hervidos.

—Tal vez se ha quedado frito.

—Es una idea esperanzadora y bastante factible —dijo Deborah—. En menos de tres horas, se ha cepillado dos martinis y tres botellas y media de vino.

—Subamos y miremos, pero tú primero.

—Gracias, compañera.

Las mujeres se acercaron al pie de las escaleras. Con la música sonando incluso a menor volumen que antes, era imposible oír ningún ruido proveniente de arriba. Subieron las escaleras y vacilaron cuando llegaron arriba. Había varias puertas cerradas, y al final del pasillo una estaba abierta de par en par. Aparte de la música de abajo, no se oía nada.

Deborah le hizo señas a Joanna de que la siguiese, y las dos mujeres, sintiéndose como ladronas, se encaminaron hacia la puerta abierta. Cuando llegaron al umbral, vieron una gran cama perfectamente hecha. La única luz provenía de la puerta que daba al lavabo. A Spencer no se le veía por ninguna parte.

—¿Dónde diablos se ha metido? —susurró Deborah—. ¿Acaso está jugando a algo con nosotras?

—Miremos en las otras habitaciones —propuso Joanna.

—Veamos en el lavabo.

No habían dado más de tres pasos cuando de pronto Joanna agarró a Deborah por un brazo.

—¡No me asustes así! —se quejó Deborah.

Joanna señaló la cama. Del otro lado y apenas visibles, se veían los pies de Spencer con los pantalones por los tobillos. Las dos se apresuraron a pasar del otro lado de la cama y miraron. Spencer yacía con la camisa a medio quitar y los pantalones hechos un lío alrededor de los tobillos. Obviamente dormía como un tronco.

—Parece que se cayó —dijo Joanna.

Deborah asintió.

—Supongo que con las prisas se enredó en los pantalones. Una vez en horizontal, se quedó dormido.

—¿Piensas que se ha golpeado?

—Lo dudo —dijo Deborah—. No tiene nada cerca de la cabeza y esta alfombra es bien mullida.

—¿Lo hacemos?

—¿Bromeas? —dijo Deborah—. Por supuesto que sí. Este no se despertaría ni con una bomba—. Se agachó y tras una breve búsqueda, extrajo el billetero de Spencer, que no se movió.

El billetero era inusualmente grueso. Deborah empezó a buscar. La tarjeta azul estaba en uno de los compartimientos detrás de las demás tarjetas.

—Me gusta que estuviera bien escondida —dijo. Se la pasó a Joanna, volvió a agacharse y guardó el billetero en el bolsillo donde lo había encontrado.

—¿Por qué te importa dónde guarda la tarjeta? —preguntó Joanna.

—Porque significa que no la usa a menudo. No queremos que la eche en falta hasta que tengamos la oportunidad de usarla. ¡Vamos! Escondamos las llaves de su coche y larguémonos de una vez.

—Es la mejor propuesta que he oído en todo el día —dijo Joanna—. En cuanto a las llaves, ¿por qué preocuparnos? No se va a despertar al menos en doce horas, y cuando lo haga no tendrá muchas ganas de conducir.

Kurt Hermann contemplaba la foto Polaroid de Georgina Marks, la nueva empleada. La sostenía con pulso firme bajo la verde pantalla de la lámpara de mesa. Mientras estudiaba la cara, recordaba el aspecto de su cuerpo, con los pechos listos para saltar del escote y la falda que apenas le cubría las nalgas. Para él, ella era una abominación, una afrenta intolerable a su mentalidad fundamentalista.

En su estilo lento y deliberado, Kurt colocó la foto sobre el escritorio y al lado de la foto de la otra nueva empleada, Prudence Heatherly. Esta era diferente; obviamente se trataba de una mujer temerosa de Dios.

Kurt se encontraba en su despacho en la casa de los guardias, donde pasaba frecuentemente sus jornadas. Junto al despacho, había un gimnasio improvisado donde podía hacer ejercicios y mantener en forma su musculoso cuerpo. Como solitario sempiterno, evitaba la vida social. Y el hecho de vivir en la clínica Wingate se lo facilitaba, en especial porque el pueblo nada tenía que ofrecer, por lo menos en lo que a él concernía.

Hacía tres años que Kurt trabajaba para la clínica Wingate, un empleo perfecto para él; tenía la suficiente complicación y representaba el suficiente reto como para que le resultara interesante, pero al mismo tiempo lo bastante tranquilo como para no tener que trabajar duro. Su experiencia militar le cualificaba para labores de seguridad. Se había alistado en el ejército en cuanto terminó la secundaria y había entrado en las Fuerzas Especiales, donde había recibido entrenamiento para misiones secretas. Había aprendido a matar con sus propias manos así como con toda clase de armas.

Como hijo de militar, Kurt nunca había conocido otra forma de vida que el ejército. Su padre también había estado en las Fuerzas Especiales y había sido un hombre estricto que exigía obediencia total a su esposa e hijo. Había habido episodios muy desagradables en la temprana adolescencia de Kurt, pero muy pronto él aceptó todas las normas paternas. Luego, su padre murió en los últimos días de la guerra de Vietnam en una operación en Camboya que aún estaba clasificada como secreto de estado. Para su horror, después de la muerte de su padre, su madre se había embarcado en una serie de aventuras amorosas hasta terminar casándose con un remilgado agente de seguros.

El ejército había sido bueno con Kurt. Apreció su capacidad y su actitud y siempre se mostró comprensivo con las pequeñas faltas que le hacía cometer su comportamiento agresivo. Había muchas cosas que Kurt no podía tolerar, pero la prostitución y la homosexualidad eran las principales. Y Kurt no era hombre capaz de actuar contra sus principios.

Las cosas le habían ido bien hasta que lo destinaron a Okinawa. En aquella isla miserable, perdió los papeles.

Lentamente, Kurt volvió a mirar a los ojos de Georgina. En Okinawa había conocido a muchas mujeres como ella, tantas, que sintió un llamado religioso para reducir la cantidad de ellas. Fue como si Dios le hubiese hablado directamente. Exterminarlas había sido fácil. Hacía el amor con ellas en un lugar apartado, y luego, cuando osaban hacer gala de su depravación moral pidiéndole dinero, las mataba.

Nunca lo atraparon ni lo acusaron, pero al final las pruebas circunstanciales lo implicaron. El ejército resolvió el problema dándole de baja durante la presidencia de Clinton. Pocos meses después, Kurt respondió a un anuncio y consiguió en el acto el empleo en la clínica Wingate.

Kurt oyó que se abría el portal y un coche que salía. Se acercó a la ventana y abrió la persiana. Pudo divisar las luces traseras de un nuevo modelo de Chevrolet cuando desaparecía por el camino. Miró la hora.

Tras cerrar las persianas, Kurt volvió al escritorio. Miró el rostro ahora conocido de aquella mujer. Había visto la llegada del coche y lo había seguido hasta la casa de Wingate. No era menester ser un genio para saber lo que había pasado allí. Los apropiados fragmentos bíblicos le volvieron a la cabeza y, mientras los recitaba, cerró los puños. Dios volvía a hablarle.

11

10 de mayo de 2001, 7.10 h

Era otra hermosa y clara mañana de primavera mientras las dos mujeres viajaban rumbo al noroeste, de vuelta hacia Bookford donde habían estado solo hacía nueve horas. Ambas estaban exhaustas. A diferencia de lo sucedido el día anterior, hoy no se habían despertado espontáneamente y tuvieron que ser arrancadas de la cama por el despertador.

Cuando llegaron a su casa la noche anterior, pese al cansancio ninguna se fue directamente a la cama. Deborah se puso a limpiar los zapatos, que se le habían enlodado en el sótano de Spencer. Y luego pasó un tiempo preparando la vestimenta para el día siguiente; tendría que usar el mismo vestido ya que toda su otra ropa era de un estilo completamente distinto.

Joanna había telefoneado a David Washburn para repasar lo que tenía que hacer una vez en la sala del ordenador. Ante la insistencia de David, fue a su piso a buscar un software más adecuado. Él le dijo que la consola del ordenador central tal vez requiriese una contraseña para que el teclado se pusiera en funcionamiento. Le mostró cómo usar el software y se lo hizo probar varias veces hasta que se aseguró que ella lo dominaba. Para cuando Joanna llegó a casa, ya pasaba de la medianoche y Deborah dormía a pierna suelta.

Cansadas como estaban, viajaron en silencio y sin prestar atención a las tertulias matinales de la radio. Cuando llegaron a la entrada de Wingate, Deborah usó su tarjeta de acceso. El portal se abrió y entraron. Ya que eran de las primeras empleadas en llegar, había muchas plazas de aparcamiento vacías. Deborah aparcó cerca de la puerta principal.

—¿Te preocupa encontrarte con Spencer? —preguntó Joanna.

—Pues no. Con la resaca que debe de tener, no creo que le veamos el pelo.

—Ya. Además, no recordará mucho de lo sucedido anoche.

—Bueno, que haya suerte, compañera —dijo Deborah.

—Lo mismo te deseo.

—¿Has traído los móviles?

—Por supuesto.

Con determinación y no poca ansiedad, se apearon del coche y entraron en el edificio. De acuerdo con las instrucciones recibidas el día anterior, se dirigieron al cubículo de Helen Masterson donde completaron su documentación. Se sintieron aliviadas cuando comprobaron que no había habido ningún problema con sus números falsos de la seguridad social.

En la oficina de Masterson, se separaron; Joanna se fue al cubículo de Christine Graham, a solo tres compartimientos del de Helen, y Deborah cruzó el vestíbulo central rumbo al despacho de Megan Finnigan.

La mujer estaba en su escritorio de espaldas a la entrada del cubículo. Joanna golpeó en el tabique, pero como estaba insonorizado, ese mínimo ruido no fue suficiente para captar la atención de la mujer. Finalmente Joanna optó por llamarla por su nombre.

Christine recordaba a Joanna del encuentro del día anterior en el comedor. Tenía una copia de su solicitud de empleo en un lado del escritorio.

—Pasa y siéntate, Prudence —dijo Christine y retiró unas carpetas de la silla delante del escritorio—. Bienvenida a Wingate.

Joanna tomó asiento y miró a su jefa. Era una mujer cortada por el mismo patrón que Helen Masterson, de físico parecido y las mismas manos anchas que sugerían antepasados campesinos. Tenía un rostro bondadoso con manchas que parecían pinceladas de rouge en sus amplias mejillas.

Christine le informó sobre sus obligaciones iniciales. Tal como había previsto Joanna, tendría que introducir información relacionada con los pagos de los pacientes. Christine también le dijo que más adelante le daría otras responsabilidades si su trabajo resultaba satisfactorio.

—¿Alguna pregunta? —dijo Christine.

—¿Cuáles son las normas para la hora del café? —preguntó Joanna y sonrió—. Ya sé que es como preguntar sobre las vacaciones el primer día de trabajo, pero quiero saberlo.

—Es una pregunta razonable. Nos gusta que la gente lo haga como prefiera. Lo importante es terminar el trabajo. Por lo general, la gente se toma media hora por la mañana y media por la tarde ya sea de una sola vez o en varias veces. Para el almuerzo también hay media hora de descanso, aunque no somos estrictos al respecto.

Joanna asintió con la cabeza. Le gustó la idea de disponer de media hora, en especial si la podía coordinar con Deborah. Sería entonces cuando trataría de entrar en la sala del ordenador. Si eso no funcionaba, tendría que usar el tiempo del almuerzo.

—Debo recordarte que está prohibido fumar —dijo Christine—. Si quieres hacerlo, debes ir a tu coche.

—No fumo —dijo Joanna.

—En la solicitud, dice que tienes mucha experiencia con ordenadores. Supongo que no es necesario hablar del sistema que usamos. Es bastante sencillo y sé que has hablado con Randy Porter.

—Pienso que no habrá dificultades —dijo Joanna.

—Pues bien, manos a la obra —dijo Christine—. Tengo un cubículo preparado para ti y un montón de papeles que procesar.

Llevó a Joanna hasta un cuarto contra la pared divisoria del vestíbulo central. Quedaba lejos de los ventanales. Tenía un escritorio metálico, un archivador, dos sillas de escritorio y una papelera. Sobre el escritorio había un montón de papeles, un teclado con monitor y un teléfono. Los tabiques estaban totalmente desnudos.

—Me temo que no es muy acogedor, Prudence —dijo Christine—. Pero tú puedes decorarlo como se te ocurra.

—Está bien —dijo Joanna. Puso el bolso en el escritorio y devolvió la sonrisa a la jefa.

Christine le presentó a las empleadas que ocupaban los cubículos vecinos. Daban la impresión de formar un grupo simpático y se acercaron a estrecharle la mano a Joanna.

—Pues bien —dijo Christine—, creo que eso es todo. Recuerda que si necesitas algo, no tienes más que preguntarme.

Joanna dijo que lo haría y Christine se marchó. Sacó el móvil del bolso y llamó a Deborah. Le salió el buzón de voz, por lo que pensó que Deborah aún estaba siendo presentada. Le dejó un mensaje para que llamara en cuanto pudiera.

Luego se sentó ante el teclado. Después de pasar la tarjeta azul por la ranura, la pantalla le pidió la contraseña. Joanna usó la palabra *Anago*, su restaurante favorito en Boston. Una vez en la red, Joanna pasó quince minutos verificando qué accesos tenía. Tal como esperaba, eran muy limitados y entre ellos no estaban los archivos de donantes.

Volvió su atención a los documentos que tenía que procesar. Su intención era hacer el máximo posible de trabajo pendiente de modo que cuando fuese a la sala del ordenador central nadie la buscara por razones de trabajo.

Al poco rato Joanna se dio cuenta de que la clínica generaba mucho dinero, y eso que ella solo veía una pequeña parte de los recibos de una sola mañana. Incluso sin mayor conocimiento de los costes, llegó a la conclusión de que la fecundación era un negocio inmensamente rentable.

Deborah sacudía la cabeza una y otra vez para fingir que prestaba atención. Estaba en el diminuto despacho de Megan Finnigan al lado del laboratorio. Las estanterías estaban llenas de manuales, libros de referencia de laboratorio y pilas de papeles. La supervisora del laboratorio era una mujer corpulenta con un mechón de color ratonil y hebras canas que continuamente le caía sobre los ojos. Cada minuto y medio y con metronómica precisión, echaba la cabeza atrás para quitarse el pelo de su línea de visión. El gesto le dificultaba a Deborah mantener la mirada en la cara de la supervisora. Le daba ganas de zarandearla por los hombros y decirle que parara.

Deborah no pudo dejar de divagar mientras la mujer le daba una aburrida lección sobre técnicas de laboratorio. Se preguntó cómo le iría a Joanna.

—¿Alguna pregunta? —dijo Megan súbitamente.

Como si la hubieran pescado en falta, Deborah se enderezó.

—Creo que no —dijo rápidamente.

—Bien. Si le pasa algo, ya sabe dónde encontrarme. Ahora la pondré en manos de una de nuestras especialistas más experimentadas. Se llama Maureen Jefferson. Ella le enseñará la técnica de transferencia nuclear.

—Estupendo —dijo Deborah.

—Y un último punto —dijo Megan—. Le aconsejo que use zapatos menos espectaculares.

—Oh —exclamó Deborah con tono inocente. Bajó la mirada a los altos tacones que tenían bastante buen aspecto después de los rigores de la noche anterior—. ¿Hay algún problema con estos?

—Digamos que no son apropiados. No quiero que resbale en las baldosas y se rompa una pierna.

—Yo tampoco.

—Mientras nos comprendamos... —dijo Megan. Miró un instante la atrevida minifalda de Deborah, pero no dijo nada. Se puso en pie y Deborah la imitó.

Maureen Jefferson era una chica afroamericana de veintidós años de color café con mucha leche. Tenía pecas sobre el arco de la nariz. Se había peinado hacia atrás para exhibir una impresionante colección de aros. Sus cejas bastante arqueadas le daban una expresión de asombro continuo.

Cuando terminó la presentación, Megan se retiró. Al principio, Maureen se limitó a menear la cabeza mientras Megan se alejaba por el pasillo central. Solo cuando hubo desaparecido en su despacho se volvió hacia Deborah y le dijo:

—Es la pera, ¿no te parece?

—Un poco cuadrada —dijo Deborah.

—Supongo que se despachó con sus exigencias de limpieza en el laboratorio.

—No lo sé. No le presté mucha atención.

Maureen lanzó una carcajada.

—Pienso que nos llevaremos bien, muchacha. ¿Cómo te llaman? ¿Georgina o qué?

—Georgina —dijo Deborah. El uso del alias le aceleró el pulso.

—Mis amigos me llaman Mare.

—Entonces serás Mare para mí. Gracias.

—Pongámonos en marcha. Tengo aquí un microscopio de disección de dos lentes que nos permitirá mirar la misma muestra al mismo tiempo. Voy a buscar unos óvulos a la incubadora.

Mientras Mare se ausentaba, Deborah sacó el móvil y vio que tenía un mensaje, pero en vez de oírlo, marcó el número de Joanna, quien contestó al instante.

—¿Llamaste tú? —preguntó Deborah.

—Sí, y te dejé mensaje de que me llamaras.

—¿Cómo va todo?

—Aburrido pero pasable —dijo Joanna—. Lo primero que hice fue tratar de acceder a los archivos de donantes, pero sin éxito.

—No es ninguna sorpresa.

—Me tomaré media hora libre a las once. ¿Puedes encontrarte conmigo?

—¿Dónde?

—En la fuente del vestíbulo central cerca de la entrada a la sala del ordenador.

—Allí estaré —dijo Deborah, y se guardó el teléfono en el bolso.

Echó una mirada por el laboratorio. Solo había cinco personas visibles en un sitio con cabida para cincuenta. Era obvio que Wingate preveía un crecimiento exponencial.

Mare volvió portando una cápsula cubierta que contenía una pequeña cantidad de líquido. A simple vista, el fluido era claro y uniforme, pero en realidad tenía varias capas. En la superficie había una película de aceite mineral, y debajo distintos cultivos que contenían unos sesenta óvulos femeninos.

Mare se sentó en un taburete delante de una de las lentes y le hizo señas a Deborah para que hiciera lo propio. Puso en funcionamiento la fuente de luz y la ultravioleta. Luego ambas mujeres se inclinaron sobre las respectivas lentes.

Durante la hora siguiente, Deborah presenció una demostración de transferencia nuclear mediante micropipetas. Luego ella misma la practicó. La primera parte implicaba quitar los núcleos de los óvulos. La segunda consistía en introducir células adultas mucho más pequeñas justo por debajo de la superficie de los óvulos. El proceso exigía bastante precisión, pero Deborah le cogió la mano rápidamente y al cabo de una hora lo hacía casi tan bien como Mare.

—Con esto terminamos esta tanda —dijo Mare. Se echó para atrás y estiró los entumecidos brazos—. Has aprendido más rápido de lo que yo esperaba.

—Gracias a una maestra excelente —dijo Deborah, y también estiró los brazos. La delicada operación con las micropipetas requería un control estricto que tensaba los músculos.

—En cuanto lleve este cultivo a la gente de fusión, te traeré otra cápsula que ahora mismo está siendo preparada —dijo Mare—. No veo ninguna razón para que no puedas hacerlo por tu cuenta. Por lo general, se tarda un día o dos, pero tú ya procedes como una profesional.

—Eres demasiado cortés —dijo Deborah—, pero dime algo. ¿Con qué clase de óvulos estamos trabajando? ¿Son de bovinos o de cerdos? —Deborah había visto unos pocos gametos femeninos de diferentes especies en fotomicrográficos o de verdad en el laboratorio de Harvard. Sabía que todos eran asombrosamente parecidos, salvo por el tamaño que podía variar de manera considerable. Por el tamaño de estos, supuso que eran de cerdos ya que tenía la impresión que los de vacunos eran más grandes.

—Ni una cosa ni la otra —le contestó Mare—. Son óvulos humanos.

Aunque Mare contestó con absoluta naturalidad, la información dejó helada a Deborah. En todo el tiempo que había trabajado con aquellas células, nunca se le había pasado por la imaginación que eran humanas. Solo pensarlo la hizo temblar, en especial, cuando a ella le habían pagado cuarenta y cinco mil dólares por un solo óvulo.

—¿Estás segura? —se atrevió a preguntar Deborah.

—Bastante segura —dijo Mare.

—Pero... ¿qué hacemos aquí? —tartamudeó Deborah—. ¿De quiénes son estos óvulos?

—Eso no nos incumbe. Es una clínica de fertilidad con mucho trabajo. Ayudamos a que las clientas queden embarazadas. —Se encogió de hombros—. Son óvulos y células de las clientas.

—Pero al hacerles transferencia nuclear, en realidad los estamos clonando —dijo Deborah—. Si estas son células humanas, entonces estamos clonando seres humanos.

—Técnicamente, es posible —dijo Mare—, pero eso forma parte del protocolo embriónico celular. En clínicas privadas, como Wingate, se nos permite llevar a cabo este tipo de investigación con el material sobrante que no se usa para los tratamientos de fecundidad; de otra manera, se perdería. No tenemos ningún subsidio del gobierno, de modo que quienes estén en contra de esta clase de trabajo no tienen por qué temer que se financie con sus impuestos. Y recuerda una cosa: son gametos sobrantes y las clientas que los crearon están de acuerdo en que se los use. Y lo más importante es que no se permite que las células fusionadas se conviertan en embriones activos. Esas células madre se cosechan en el estadio de blastocistos, antes de que se produzca cualquier diferenciación celular.

—Ya veo —dijo Deborah sacudiendo la cabeza aunque no estaba segura de nada. Era una situación insólita y preocupante.

—Eh, cálmate. No es nada del otro mundo. Hace años que lo hacemos. Confía en mí.

Deborah volvió a menear la cabeza.

—No eres de las que se toman los preceptos religiosos a la tremenda, ¿verdad? —dijo Mare. Se acercó para mirarla a los ojos.

Deborah negó con otro movimiento de cabeza. Al menos, de eso estaba segura.

—Me alegro, porque la investigación con células madre es el futuro de la medicina. Estoy segura que no tengo que decírtelo. —Se bajó del taburete—. Ahora iré a buscar más óvulos —añadió—. Si quieres, seguimos hablando en cuanto vuelva.

—De acuerdo —dijo Deborah agradeciendo tener un momento para pensar. Con los codos sobre la mesa del laboratorio, se cogió la cabeza con las manos. Con los ojos cerrados, trató de imaginar cómo podía la clínica Wingate conseguir tantos óvulos sobrantes. Calculó que ella y Mare habían usado tres o cuatro docenas y la mañana acababa de empezar. Sabiendo todo lo que sabía sobre hiperestimulación ovárica, era algo extraordinario conseguir tantos óvulos. Por lo general, después de un ciclo de estimulación, se obtenían unos diez óvulos y la mayoría de ellos eran usados para fertilización in vitro.

—Hola, señorita Marks —dijo una voz, y le tocaron el hombro. Deborah levantó la mirada y se encontró con los ojos del doctor Saunders—. Me alegra verla y constatar que tiene tan buen aspecto como ayer.

Deborah sonrió como pudo.

—¿Qué le parece su trabajo en el laboratorio?

—Interesante —dijo Deborah.

—Sé que la señorita Jefferson ya la ha metido en materia. Ciertamente es una de nuestras mejores técnicas, de modo que está en tan buenas manos como las mías; por desgracia, no tuve la oportunidad de venir aquí a primera hora de la mañana tal como había previsto.

Deborah asintió. Semejante vanidad le hizo recordar a Spencer; se preguntó si se trataba de una característica universal de los especialistas en fertilidad médica.

—Supongo —siguió Paul— que no es necesario explicarle la importancia que tiene este trabajo para nuestras clientas y para la medicina en general.

—La señorita Jefferson me ha dicho que los óvulos en los que hacemos transferencia nuclear son humanos. Me sorprendió bastante, sabiendo lo escasos que son los óvulos humanos.

—¿Dijo si estaba segura? —preguntó Paul. Se le ensombreció la cara.

—Creo que dijo bastante segura.

—¡Pues son óvulos porcinos! —Con aire ausente, se mesó el pelo—. Últimamente trabajamos mucho con cerdos. ¿Sabe cuál es el principal objetivo de nuestra investigación actual?

—La señorita Jefferson mencionó las células madre —dijo Deborah.

—Forman parte —coincidió Paul—, una parte muy importante, pero no necesariamente la más importante. En este momento, me concentro en cómo se reprograma el citoplasma del oocito convirtiéndose en núcleo adulto. Es la base de las actuales técnicas de clonación de animales. Ya sabe, así se clonó la oveja *Dolly*.

—Sé lo de *Dolly* —dijo Deborah. Se estiró hacia atrás.

Mientras Paul hablaba, le subían los ardores enrojeciéndole las mejillas habitualmente pálidas. Poco a poco, iba acercando su cara a la de Deborah hasta que ella pudo sentir el hálito de cuando pronunciaba consonantes fuertes.

—Estamos en una fantástica encrucijada de la ciencia biológica —dijo Paul bajando la voz como si compartiera un secreto profesional—. ¡Tiene mucha suerte, señorita Marks! Se ha sumado a nosotros en un momento revolucionario y fascinante. Estamos a punto de presenciar avances sin precedentes. ¿Le ha explicado la señorita Masterson nuestro plan de participaciones para los empleados?

—Me parece que no —dijo Deborah, retrocediendo todo lo que pudo sin caerse del taburete.

—La dirección quiere que todos se beneficien de la mina de oro que representará esta investigación —dijo Paul—, de modo que ofrecemos participaciones a todos nuestros empleados competentes, en especial a los que se dedican a tareas de laboratorio. Tan pronto se produzca nuestro descubrimiento y lo anunciemos, probablemente en la revista *Nature*, haremos ampliación de capital mediante nuestra entrada en bolsa. La clínica Wingate pasará de ser una empresa individual a ser una sociedad anónima por acciones. Supongo que puede imaginarse lo que eso representará para el valor de las participaciones.

—Subirán, supongo —dijo Deborah. Ahora Paul estaba tan cerca de ella que podía verle directamente el fondo de las pupilas. Pensó que los ojos de Paul eran muy extraños. No solo los iris tenían colores diferentes, sino que la córnea interior cubría lo suficiente de la superficie de la esclerótica como para hacerlo ligeramente bizco.

—¡Hasta el techo! —dijo lentamente Paul pronunciando cada palabra por separado—. Lo que significa que todos serán millonarios; es decir, todos los que posean participaciones. De modo que lo importante ahora es guardar silencio —dijo Paul llevándose un dedo a los labios—. La discreción es esencial. Por esa razón, nos gustaría que nuestra gente, en especial el personal del laboratorio, viva en la propiedad. Tampoco nos gusta que se hable del trabajo fuera de la organización. Comparamos este esfuerzo con el proyecto Manhattan que creó la bomba atómica. ¿He sido lo bastante claro?

Deborah asintió con un gesto. Él había retrocedido un poco y aunque ella seguía sitiada por su mirada fija e impasible, pudo enderezarse sobre el taburete.

—Confiamos en que usted no hablará con nadie acerca de lo que estamos haciendo aquí —prosiguió Paul—. Es por su propio interés.

—Soy una persona de fiar —dijo Deborah cuando notó que él esperaba su reacción.

—No queremos que otra organización nos gane de mano —continuó Paul—. No después de todo este trabajo. Y hay numerosas empresas en esta misma área de Boston dedicadas a las mismas investigaciones.

Deborah asintió. Sabía bastante de la industria biotecnológica de la zona ya que le esperaba una entrevista inminente con Genzyme.

—¿Puedo hacerle una pregunta?

—Adelante —dijo Paul. Se puso las manos en las caderas y se balanceó sobre los talones. La pose, combinada con el mechón oscuro, le recordó a Deborah el sobrenombre que tenía Helen Masterson para él: Napoleón.

—Me despiertan curiosidad las trabajadoras nicaragüenses. Todas parecen haberse quedado embarazadas al mismo tiempo. ¿Cómo se explica?

—Digamos que nos están ayudando —dijo Paul—. No tiene demasiada importancia y estaré encantado de contarle los detalles en otra ocasión.

Dejó de mirar a los ojos de Deborah y paseó su mirada por el laboratorio. Seguro de que nadie les oía, volvió a concentrarse en ella. Esta vez, su línea de visión pasó rápidamente por las largas y desnudas piernas y el escote antes de regresar al rostro. Fue un fugaz repaso visual que no le pasó inadvertido a Deborah.

—Me alegro de haber tenido la oportunidad de mantener esta charla con usted —dijo Paul bajando la voz—. Me gusta hablar con alguien con quien siento una inteligencia equivalente y con quien tengo fuertes intereses comunes.

Deborah reprimió una risita mordaz. Recordó perfectamente el mismo comentario de intereses comunes de Spencer. Intuitivamente supo que llevaría al mismo objetivo. No se sintió desilusionada. Paul acotó:

—Me encantaría tener la oportunidad de explicarle la investigación apasionante que estamos llevando a cabo, incluyendo lo de las nicaragüenses, pero en privado. Tal vez quiera cenar conmigo esta noche. Cerca de aquí hay un restaurante bastante decente.

—Barn, ¿verdad? —repuso Deborah irónicamente.

Si a Paul le causó alguna sorpresa que ella conociera el nombre del restaurante, no lo demostró. En cambio, se lanzó a una minuciosa descripción de la comida y la romántica decoración y de cuánto le gustaría compartir una cena allí con Deborah. Luego sugirió que después de la cena podían volver a su casa, donde le mostraría los protocolos de los experimentos más importantes que se llevaban a cabo en Wingate.

Deborah reprimió otra risotada. Ser invitada a la casa de Paul a ver los protocolos sonó como una variación más de una infinidad de estratagemas parecidas. Deborah no tenía el menor interés en salir a cenar con aquel pelmazo por más curiosidad que tuviera sobre las investigaciones de Wingate. Declinó la invitación escudándose en Joanna, tal como había hecho con Spencer el día anterior. Para su sorpresa, la reacción de Paul fue casi idéntica a la de Spencer pues enumeró todo lo que Joanna podía hacer durante la cena. Deborah se preguntó si la megalomanía era un requisito indispensable para ser un especialista en reproducción o si el mismo trabajo la creaba. Volvió a rehusar con mayor firmeza.

—¿Y algún otro día de la semana? —insistió Paul—. O incluso en el fin de semana. Yo podría desplazarme a Boston.

El regreso de Mare salvó a Deborah de un ataque de desesperación. Traía otra cápsula de Petri y la colocó ante el microscopio tras haber saludado con deferencia a Paul.

—¿Cómo lo está haciendo nuestra nueva adquisición? —preguntó Paul volviendo con sorprendente habilidad a su modo habitual de condescendencia.

—Excepcionalmente bien —dijo Mare—. Tiene un don natural. En mi opinión, ya está preparada para trabajar a solas.

—Me alegro —comentó Paul. Luego le pidió a Mare para hablar en privado. Ella asintió y ambos se retiraron a un aparte.

Deborah simuló interesarse en la nueva cápsula de Petri, pero estuvo atenta a la conversación entre Mare y Paul. Obviamente él estaba nervioso pues gesticulaba con las manos.

El monólogo duró un minuto, después del cual los dos volvieron al lado de Deborah.

—Hablaré con usted más tarde, señorita Marks —dijo cortante Paul antes de irse—. Mientras tanto, ¡a trabajar!

—Prepararemos la nueva tanda —dijo Mare.

Deborah se concentró en el microscopio y durante los siguientes minutos las dos mujeres trabajaron organizando los oocitos para que Deborah empezara a extraerles el ADN. Como habían hecho con el anterior grupo, movieron todos los óvulos a un lado. Antes, Mare advirtió que no se debía perder ninguno. Cuando acabaron, Mare se inclinó hacia atrás.

—Ya los tienes —dijo Mare pronunciando sus primeras palabras desde que Paul se fuera—. ¡Buena suerte! Si tienes alguna pregunta, dispara. Estaré en la mesa de al lado haciendo otra tanda.

Deborah no pudo dejar de notar la frialdad con que ahora la trataba Mare; se aclaró la garganta y le dijo:

—Perdóname. No sé cómo decirlo...

—Entonces no lo digas —le espetó Mare—. Tengo trabajo que hacer.

—¿Te he hecho quedar mal de algún modo? —le dijo Deborah—. Porque si es así, lo siento.

Mare se dio media vuelta. Se le había ablandado la expresión.

—No es culpa tuya. Me equivoqué.

—¿En qué?

—Estos óvulos —dijo Mare—. Son oocitos de cerdos.

—Oh, sí —dijo Deborah—, ya me lo había dicho el doctor Saunders.

—Bien. Bueno, me voy a trabajar. —Mare señaló otro microscopio. Sonrió débilmente y luego se alejó.

Deborah observó unos instantes a la mujer mientras se disponía a empezar su trabajo. Entonces se inclinó sobre su microscopio. Estudió el cultivo cuyo lado izquierdo estaba lleno de diminutos círculos granulares, cada uno conteniendo una masa fluorescente de ADN, pero por el momento su mente no estaba en el trabajo. En cambio, pensaba en óvulos de distintas especies. Pese a las palabras de Paul y Mare, Deborah creyó estar viendo un grupo de oocitos humanos.

Media hora después, le había quitado los núcleos a más de la mitad de los óvulos. Necesitada de un descanso dada la intensidad de la tarea, se restregó los ojos. Cuando los abrió, se sobresaltó. Debido al grado de concentración con que había trabajado, no oyó que nadie se le acercara y le sorprendió encontrarse ante el rostro contrito de Spencer Wingate. Al fondo vio que Mare levantaba la vista y ponía cara de asombro.

—Buenos días, señorita Marks —dijo él. Tenía la voz más grave que el día anterior. Vestía una larga bata blanca de profesor, camisa blanca bien planchada y un recatado corbatín de seda. La única prueba visible de la borrachera de la noche anterior eran sus ojos llenos de venillas rojas—. ¿Podríamos hablar un momento? —pidió.

—Por supuesto —dijo Deborah con cierta intranquilidad. Su primera preocupación fue que Spencer viniera a causa de la tarjeta azul, pero no lo consideró probable. Se levantó del taburete suponiendo que Spencer quería que ambos se alejaran un poco. Un vistazo en dirección de Mare le reveló que ella los miraba absorta.

Él señaló una ventana y fueron hacia ella.

—Quiero disculparme por lo de anoche —dijo Spencer—. Espero no haberme puesto demasiado pesado. Me temo que no recuerdo mucho.

—Descuide, no se puso nada pesado —dijo Deborah con una forzada sonrisa tratando de quitar leña a la situación—. Estuvo muy divertido.

—Es usted muy amable —dijo Spencer—. Pero para mí, lo peor es haber perdido la ocasión.

—No estoy segura de entenderlo.

—Ya sabe —dijo él bajando aún más la vez—, con usted y su amiga Penélope. —Y guiñó un ojo con picardía.

—Oh, sí —dijo Deborah dándose cuenta que se refería a la ridícula fantasía del *ménage à trois*. Sintió antipatía por Spencer, como antes por Paul, pero refrenó su reacción. Dijo—: Se llama Prudence.

—Por supuesto —dijo Spencer dándose un golpecito en la frente con la palma de la mano—. No sé por qué tengo tantos problemas para recordar su nombre.

—Yo tampoco —dijo Deborah—, pero gracias por su disculpa, aunque creo que no era necesaria. Ahora, será mejor que vuelva al trabajo. —Se dispuso a volver, pero Spencer la detuvo.

—Pensé que podríamos intentarlo esta noche —dijo—. Prometo cuidarme más con el vino. ¿Qué me dice?

Deborah miró sus ojos azules. Buscó una respuesta apropiada, lo que le resultó difícil dado el poco respeto que le tenía. Considerando el desacuerdo entre él y Paul que ella había presenciado el día anterior, tuvo el súbito deseo de contarle que su rival acababa de invitarla con el propósito de avivar el conflicto interno entre los dos. En esas circunstancias, pensó que sería el rechazo más tajante. Pero a la vista de lo que ella y Joanna trataban de hacer, no era muy prudente hacer que el mandamás de la empresa se convirtiera en su enemigo personal.

—No tiene sentido ir en dos coches —dijo Spencer ya que Deborah tardaba en contestar—. Nos podemos encontrar en el aparcamiento a las cinco y cuarto.

—Esta noche no, Spencer. Joanna... quiero decir Prudence y yo necesitamos dormir —dijo sintiendo que le ardían las mejillas y sabiendo que se ruborizaba. Solo había sido un lapsus, pero uno muy importante para decírselo al jefe.

—¿Tal vez el fin de semana? —sugirió Spencer al parecer sin darse cuenta de nada—. ¿Qué me contesta?

—Es una posibilidad —respondió Deborah tratando de sonar positiva—. Una fiesta siempre es mejor cuando al día siguiente no hay que levantarse temprano.

—No podría estar más de acuerdo —dijo Spencer—. Así todos podremos dormir hasta tarde.

—Dormir hasta tarde suena a música celestial —coincidió Deborah.

—Mi número directo es el seis nueve —dijo Spencer con un pícaro guiño—. Espero que me llame.

—Estaremos en contacto —repuso Deborah, aunque no tenía la menor intención de ello.

Spencer se marchó. Deborah miró a Mare, que continuaba observándola. Deborah se encogió de hombros como diciendo que el comportamiento de la dirección no era de su incumbencia. Al volver al taburete, miró la hora. Gracias a Dios no tardaría mucho en ver a Joanna y en poner manos a la obra.

12

10 de mayo de 2001, 10.55 h

A medida que se aproximaba la hora del descanso, Joanna sentía un creciente respeto por la gente que hacía trabajos de oficina. Aunque era verdad que ella había trabajado a tope para quitarse de encima el máximo de trabajo pendiente, el procesamiento de datos era más duro de lo que suponía. La concentración necesaria para evitar errores era intensa y hacer eso todos los días también resultaba difícil de imaginar.

Exactamente cinco minutos antes de las once, se puso de pie y estiró las extremidades. Sonrió a su vecina en el cubículo adyacente, que también se levantó cuando oyó que Joanna movía la silla. La mujer era bastante cotilla y había espiado a Joanna de tanto en tanto durante toda la mañana. Su nombre, Gale Overlook, le pareció idóneo ya que significaba algo parecido a dominar el cotarro.

Joanna había pensado y repensado su plan. Sabía lo primero que haría. La cita con Deborah ya era inminente; cogió el bolso donde llevaba el software necesario para superar el escudo protector del sistema, su teléfono portátil y la tarjeta azul de Wingate. Se encaminó al pasillo entre los cubículos. Su destino era la zona de trabajo del supervisor de faenas informáticas. Deseaba encontrarlo en su sitio por una razón muy simple: si estaba allí, no podía estar también en la sala del ordenador central.

Un rato antes, y en medio de un ataque de ansiedad de que la pillaran en la sala, pensó que probablemente la única persona que entraba allí era Randy Porter. En consecuencia, si él estaba en su cubículo, ella tenía poco que temer.

Sintió alivio cuando pasó delante del cubículo. Allí estaba él, delante de su pantalla. Giró a la izquierda y fue en dirección del vestíbulo principal, donde la esperaba Deborah. A unos cinco metros se veía la puerta al pasillo que llevaba a la sala con el letrero de PROHIBIDA LA ENTRADA.

—Espero que tu mañana haya sido tan interesante como la mía —dijo Deborah cuando Joanna se acercó a tomar un sorbo de agua del surtidor.

—La mía fue tan interesante como mirar cómo se seca la pintura de la pared —dijo Joanna. Echó un vistazo al vestíbulo para asegurarse que nadie las observaba—. No pasó nada, pero yo tampoco quería que pasase nada.

—Han vuelto a invitarnos a Barn dos personas —dijo Deborah con orgullo—. Por partida doble.

—¿Quiénes?

—Spencer Wingate reincidió. Y pidió que fuéramos las dos, no solo yo.

—¿Lo viste personalmente?

—Sí. Vino al laboratorio a disculparse por lo de anoche y luego suplicó una segunda oportunidad. Le dije que yo estaba ocupada, pero que tú estabas disponible.

—Muy graciosa —dijo Joanna—. ¿Y qué aspecto tenía?

—No muy malo, después de todo —dijo Deborah—. No creo que se acuerde de mucho.

—Es comprensible. Espero que no haya mencionado la tarjeta azul.

—Ni palabra.

—¿Quién más nos invitó?

—Paul Saunders. ¿Te imaginas salir con él?

—Solo en caso de que sufriera un ataque de masoquismo —dijo Joanna—. Pero no te creo que me incluyera en la invitación; al menos, no por la forma en que ayer te miraba en la oficina.

Deborah no lo negó. Ella también miró el pasillo para ver si alguien les prestaba atención.

—Manos a la obra —dijo en voz baja—. ¿Tienes algún plan especial para nuestra incursión en la sala o qué?

—Lo tengo. —Bajó la voz y le contó lo que había previsto con Randy Porter.

—Buena idea —dijo Deborah—. La verdad, me preocupa cómo montaré guardia. Sin una salida por atrás, incluso si te hago saber que alguien se aproxima, no tendrás forma de escapar.

—Precisamente. Ahora lo único que tienes que hacer es avisarme si Randy Porter deja su cubículo. En el momento que lo haga, pulsa *yes* en tu teléfono, que habrás programado para que se conecte con el mío. Si mi teléfono suena, yo salgo disparada de la sala.

—De acuerdo —dijo Deborah—. ¿Lo intentamos ahora?

—Sí —dijo Joanna—. Si por alguna razón no funciona, podemos intentarlo a la hora del almuerzo. Y si tampoco funciona, tendremos otra oportunidad por la tarde. Y si hoy no pasa nada, lo intentaremos mañana.

—Pensemos en positivo. —Programó el número de Joanna en su teléfono—. ¡No volveré a usar este vestido por tercer día consecutivo!

—He comprobado que Randy Porter está en su cubículo antes de venir a verte —dijo Joanna—. Internet lo mantendrá ocupado un buen rato.

—¿Tienes todo lo que necesitas?

Joanna dio unas palmaditas a su bolso.

—El software, las instrucciones de David y la tarjeta azul. Esperemos que funcione.

—Funcionará —dijo Deborah—. Yo iré a la zona de administración, y tú quédate por aquí. Si Randy Porter aún está en su sitio, te llamo y dejo sonar dos veces. Esa será la señal de luz verde.

Las dos mujeres se tocaron las manos un segundo. Luego Deborah echó a andar por el pasillo. Cuando llegó a la entrada de la zona de administración, volvió la mirada. Joanna aún estaba al lado del surtidor contra la pared y los brazos cruzados. La saludó con una mano y Deborah le devolvió el saludo.

Deborah no recordaba dónde estaba exactamente Porter en aquel laberinto de cubículos. Después de una rápida busca por donde creía más probable que estuviera, empezó una búsqueda más sistemática. Finalmente, lo encontró y se alegró de verlo absorto delante del monitor. Deborah no se permitió mirarlo mucho, pero tuvo la impresión de que Porter se concentraba en un videojuego.

Deborah abrió el bolso y buscó el móvil. Pulsó *yes*, se lo llevó al oído, oyó los dos tonos de llamada y pulsó *no*. Volvió a guardar el aparato en el bolso.

Con un ojo puesto en el cubículo de Porter, avanzó por el pasillo principal. No había ningún lugar donde pudiera quedarse sin llamar la atención. Por tanto, la única posibilidad era seguir caminando.

Joanna preparó su teléfono después de recibir la señal de Deborah. El ruido la había hecho dar un respingo pese a que lo esperaba. Estaba hecha un amasijo de nervios.

Tras una última y furtiva mirada al pasillo para asegurarse que nadie la veía, traspuso rápidamente la puerta de PROHIBIDA LA ENTRADA y entró en el corto pasillo posterior. Notó que respiraba agitadamente como si hubiera corrido cien metros. Se le aceleró el pulso. Se sintió un poco mareada. De repente, la realidad de aquello la paralizó. Joanna no servía para asaltar una sala de ordenador. Desde luego era más fácil planearlo que hacerlo.

De espaldas a la puerta que daba al vestíbulo central, respiró hondo varias veces. Al final consiguió calmarse lo suficiente para seguir adelante. Avanzó lentamente mientras recuperaba la confianza y desaparecía la sensación de mareo. Llegó a la puerta de la sala. Tras una última mirada atrás, metió una mano en el bolso y sacó la tarjeta azul de Spencer Wingate. La pasó por la ranura. Cualquier duda que tuviera sobre su funcionamiento fue rápidamente borrada por el clic mecánico que oyó. La puerta se abrió y Joanna se abalanzó sobre la consola del servidor.

Lo que más le gustaba a Randy Porter de los ordenadores eran los juegos. Podía jugar el día entero y querer más cuando llegaba a su casa. Era como una adicción. A veces no se acostaba hasta las tres o cuatro de la madrugada porque con la World Wide Web siempre encontraba a alguien dispuesto a jugar. Incluso a las tres o cuatro, detestaba dejarlo y solo lo hacía porque, si no, al día siguiente era una especie de zombi en el trabajo.

Lo bueno de su trabajo en la clínica Wingate era que podía hacerlo en horas de trabajo. Había sido diferente cuando lo contrataron apenas salido de la Universidad de Massachusetts. Había tenido que trabajar largas horas montando la red local de la clínica. Y luego se le había exigido el mejor sistema de seguridad disponible. Para eso, le fue menester hacer trabajo extra e incluso consultas externas. Y finalmente había estado la página web que le costó semanas para montar y luego modificarla hasta que todo el mundo estuvo satisfecho. Pero ahora el asunto iba sobre ruedas; es decir, tenía poco que hacer salvo el ocasional desperfecto de software o hardware. Pero esos problemas se producían porque el personal implicado era tan torpe que no se daba cuenta que hacía cosas increíblemente estúpidas. Por supuesto, Randy nunca emitía semejante juicio. Siempre se mostraba amable y sugería que era culpa de la máquina.

El día normal de Randy daba comienzo ante el teclado. Con la ayuda del Windows 2000 Active Directory verificaba que todos los sistemas funcionaban normalmente y que todas las terminales estaban cerradas. Por lo general, eso le llevaba unos quince minutos.

Después del café de primera hora, volvía a su cubículo y a los juegos de la mañana. Para evitar que lo pillara Christine Parham, la jefa de oficina, frecuentemente se movía entre varias terminales de trabajo que no estaban en uso. Eso hacía que a menudo fuera difícil de encontrar, pero eso nunca le dio problemas ya que todos pensaban que estaba reparando el ordenador de alguien.

El 10 de mayo a las 11.11 horas, Randy se encontraba enzarzado en un combate mortal contra un rival talentoso y escurridizo que se llamaba *screamer*. El juego, *Torneo irreal*, era el actual favorito de Randy. Y en ese preciso instante se encontraba en el punto crítico en el que se trataba de la vida de *screamer* o la suya. Randy tenía las palmas húmedas por la ansiedad, pero seguía adelante seguro de que su experiencia y capacidad le darían finalmente el triunfo.

De repente oyó un pitido inesperado. Randy reaccionó casi saltando de la silla ergonómica. En la esquina inferior derecha, había aparecido una pequeña ventana donde parpadeaban las palabras ABIERTA LA SALA DEL ORDENADOR CENTRAL. A continuación oyó un zumbido siniestro que le hizo volver la atención a la ventana principal. Para su desgracia, la vista era de un techo. Un segundo después apareció el rostro de su adversario mirándolo desde arriba con una horrible sonrisa en los labios. El cerebro de Randy tardó menos que un procesador Pentiun 4 para computar que era hombre muerto.

—¡Mierda! —exclamó Randy.

Era la primera vez que alguien lo mataba en más de una semana; menudo disgusto. Irritado, volvió la vista a la ventana parpadeante responsable de distraerle en medio de una situación crítica. Alguien había abierto la puerta del servidor. A Randy no le gustaba que nadie entrara en la sala para curiosear. Aquella sala era su reino. No había ninguna razón para que alguien estuviera allí a menos que fuera el servicio de IBM, pero si eso sucedía, él tenía la responsabilidad de estar personalmente con ellos.

Randy salió del *Torneo irreal* y escondió el *joystick* detrás del monitor. Luego se dispuso a ir a ver quién diablos estaba en la sala del servidor. Fuera quien fuese, era el responsable de que lo hubieran matado.

Cuando sonó el teléfono móvil, a Joanna se le subió el corazón a la boca. Había estado luchando contra la ansiedad y los nervios desde el momento que abrió la puerta. Movía los dedos con torpeza por el teclado. Tardaba más de la cuenta para hacer las cosas más simples, lo que le producía más ansiedad y aún más torpeza.

Suponiendo que se trataba de Deborah, Joanna supo que solo tenía segundos para salir de la sala antes de que apareciera Randy Porter. Empezó a salir del sistema. Lo único que tenía que hacer era cancelar la ventana que había puesto en pantalla, pero pareció tardar una eternidad ya que sus movimientos con el ratón eran torpes. Finalmente, desapareció la ventana dejando la pantalla en blanco. Rápidamente metió el software en el bolso; ni siquiera había insertado el CD. El teléfono había sonado unos minutos después de haberse sentado ante el monitor y solo había podido empezar a buscar el acceso.

Frenéticamente, recogió el bolso de la mesa y se precipitó a la puerta. Pero apenas la abrió, oyó la otra puerta abriéndose. Presa del pánico, Joanna dio un paso atrás. Se sintió totalmente atrapada. Desesperada, corrió a las unidades electrónicas dispuestas verticalmente que tenían el tamaño de pequeños archiveros. Escondiéndose detrás de la más alejada, trató de hacerse lo más pequeña posible. No era un sitio idóneo para ocultarse, pero no tenía otra opción.

El corazón le latía tan fuerte que creyó que quien entrara oiría sus latidos. Literalmente le sonaban en los oídos. Pudo sentir el sudor en los puños cerrados que presionaba contra sus mejillas. Trató de prepararse para cuando la pillaran pensando en qué diría. El problema fue que no tenía ninguna coartada.

Desde que Randy dejó su cubículo rumbo a la sala del ordenador central, fue enfureciéndose cada vez más. Lo alteraba más el hecho de haber sido interrumpido y, por ende, batido, de que alguien estuviera en la sala. Para cuando llegó, ya pensaba más en volver a *Torneo irreal* y desafiar a *screamer* que tomarla con la persona que había violado sus dominios.

—¿Qué pasa aquí? —exclamó Randy al ver la puerta abierta y la sala vacía. Miró la puerta exterior del pasillo que él había dejado abierta preguntándose cómo había podido salir la persona que había entrado. Paseó la mirada por la sala por segunda vez. Todo estaba en orden. Luego inspeccionó la consola del servidor. También estaba tal como él la había dejado con el salvapantallas. Luego movió la puerta sobre los goznes. Súbitamente se le ocurrió que la última vez que había estado en la sala, acaso no había cerrado la puerta por completo y que se había abierto sola.

Encogiéndose de hombros, Randy cerró la puerta. Oyó el clic y luego trató de abrirla empujando. Estaba firmemente cerrada. Con un último encogimiento de hombros, se dio media vuelta y con el firme objetivo de volver a su cubículo y a *screamer*, se apresuró a salir del pasillo.

—¡Tranquila! ¡Todo está bien! —repitió Deborah.

Cogía a Joanna por los hombros y trataba de serenarla. Estaban en el laboratorio al lado de la ventana donde esa misma mañana Deborah había hablado con Spencer. Mare las había visto entrar, pero al parecer había notado la agitación de Joanna y, respetando su intimidad, no se había acercado.

Deborah había llamado a Joanna apenas vio asomarse de súbito la cabeza de Randy Porter por el tabique justo antes de que saliera del cubículo. Deborah tuvo que hacer la llamada lo más rápidamente posible ya que Randy se movía con presteza. Sus peores miedos se vieron confirmados cuando él giró hacia el pasillo principal y luego rumbo a la sala del servidor. Temía que Joanna no hubiese tenido tiempo suficiente para escapar de la sala.

Cuando vio a Randy encaminarse directamente a la sala del servidor a toda velocidad, perdió cualquier esperanza de que fuera a otro sitio. Ella también llegó a la primera puerta, pero no supo qué hacer. Incapaz de decidirse, no hizo nada.

Pasaron unos momentos y Deborah pensó en entrar e intentar salvar la situación a la desesperada. Hasta se imaginó entrar cargando, coger a Joanna y salir ambas disparadas hacia el coche. Entonces, para su sorpresa, lo que vio fue a Randy Porter, al parecer más tranquilo de lo que había entrado.

Deborah rápidamente se agachó y tomó un sorbo de agua del surtidor para no levantar sospechas sobre su presencia allí. Randy había pasado por detrás de ella, que notó que aminoraba sus pasos. Pero no se detuvo. Cuando se irguió, Randy ya estaba a cierta distancia. Volvía por el pasillo, pero de pronto se volvió para mirar a Deborah. Cuando vio que ella también lo miraba, le hizo el signo de la victoria. Deborah se había sonrojado porque se dio cuenta de que gran parte de sus nalgas habían quedado expuestas cuando se había inclinado para beber del surtidor. Un momento después, una Joanna fantasmagóricamente pálida había salido por la puerta exterior de la sala del ordenador.

—No sirvo para estas cosas —le dijo Joanna con furia aunque sin saber con quién estaba enfadada. Apretó los labios como si estuviera a punto de llorar—. ¡Lo digo en serio!

Deborah le hizo bajar la voz.

—No estoy hecha para estas cosas —repitió Joanna en voz más baja—. Lo hice todo mal. Fue patético.

—No estoy de acuerdo. Hiciste lo que pudiste y lo hiciste bien. No te pillaron. Cálmate. Estás siendo demasiado exigente contigo misma.

—¿Lo dices de verdad? —Joanna respiró entrecortadamente varias veces.

—Totalmente. A cualquier otra persona, yo incluida, la hubiesen pillado. Pero de algún modo tú lo evitaste. Y aquí estamos, listas para un nuevo intento.

—Yo no vuelvo allí —dijo Joanna—. Olvídate del asunto.

—¿Estás dispuesta a abandonar después de todo el esfuerzo que hemos hecho?

—Entonces, ahora te toca a ti. Entras tú y yo monto guardia.

—Ojalá pudiera hacerlo —dijo Deborah—, pero no tengo

tu experiencia ni tus conocimientos con los ordenadores. Tú me podrías dar todas las instrucciones concebibles y te garantizo que de cualquier modo el resultado sería un desastre.

Joanna la traspasó con la mirada.

—Lamento no ser un genio de la informática —dijo Deborah—, pero no creo que debamos desistir. Las dos queremos averiguar lo sucedido con nuestros óvulos y, además, ahora yo tengo un nuevo interés.

—Supongo que me harás preguntar de qué se trata —masculló Joanna.

Deborah echó un vistazo a Mare para comprobar que no podía escuchar la conversación. Luego le contó a Joanna la cuestión de óvulos humanos y porcinos. Joanna quedó intrigada pese a su disgusto.

—Es muy extraño —dijo.

Un gesto de Deborah sugirió que ella no consideraba que la palabra «extraño» bastase en semejante situación.

—Yo diría increíble —dijo—. Piénsalo. Se gastaron noventa mil dólares por media docena de óvulos nuestros y ahora, en mi primer día de trabajo, me dan varias docenas para que yo haga transferencias nucleares pese a mi falta de experiencia. Es más que extraño.

—Tienes razón; es increíble —dijo Joanna.

—Por tanto, ahora tenemos una razón más para hacer el intento. Quiero saber qué clase de investigación están llevando a cabo y cómo consiguen todos esos óvulos.

Joanna meneó la cabeza.

—Puede que se trate de una motivación justificada, pero no conseguirás convencerme de que vuelva a entrar en esa sala.

—Estamos en una situación mejor que antes —dijo Deborah.

—No veo cómo.

—Si Randy Porter saltó de su silla apenas tú abriste la puerta, eso significa que tiene un sistema de alarma que se activa cuando se abre la puerta. No puede haber sido una coincidencia.

—Ya, pero ¿en qué nos ayuda saberlo?

—En que ahora sabemos que debemos hacer algo más que ver si está en su cubículo —dijo Deborah—. Tenemos que hacerle salir y mantenerle ocupado.

Joanna asintió.

—¿He de suponer que ya tienes un plan al respecto?

—Por supuesto —dijo Deborah con una sonrisa taimada—. Hace unos minutos, cuando pasó a mi lado en el surtidor, prácticamente le dio un ataque de tortícolis de tanto mirarme. Así pues, podría abordarte en el comedor durante el almuerzo y lograr que se pase un buen rato charlando conmigo. Entonces, cuando hayas terminado en la sala del ordenador, me haces una llamada al móvil y me rescatas.

Joanna volvió a sacudir la cabeza, no muy convencida.

—Te cuento cómo funcionará —dijo Deborah notando las dudas de Joanna—. Vuelve a administración y vigila que Porter esté en su cubículo. Cuando se vaya al comedor me llamas. De ese modo yo podré salirle al paso antes de que llegue. Así, me será más fácil que si ya está en una mesa. Tan pronto tome contacto con él y el asunto funcione, te llamo. Entonces tú te metes en la sala y haces lo que tienes que hacer. Cuanto más lo pienso, más convencida estoy de que es mucho mejor hacerlo en la hora del almuerzo. Tiene más sentido. Cuando acabes, ven directamente al comedor. Puedes rescatarme y almorzar conmigo al mismo tiempo.

—Haces que parezca fácil —dijo Joanna.

—Creo que así es. ¿Qué opinas?

—Supongo que es un plan razonable. Pero si empiezas una conversación con él y de repente se levanta y se va, ¿qué pasará? ¿Me avisarás?

—Por supuesto, te llamo al instante —dijo Deborah—. Y recuerda que si está en el comedor, tendrás mucho tiempo para salir de allí. No es lo mismo que cuando está sentado en su cubículo.

Joanna asintió.

—¿Te sientes mejor para volver a intentarlo?

—Sí —contestó Joanna.

—¡Bien! Pongámonos en marcha. Si Porter no está en su sitio cuando llegues, me llamas. Tal vez entonces, si no lo encontramos, tengamos que modificar el plan.

—De acuerdo —dijo Joanna tratando de darse ánimos. Estrechó un instante las manos de su amiga y luego se marchó.

Deborah la miró alejarse. Sabía que había tenido un susto de muerte, pero también sabía que era tenaz. Confió en que cuando llegara el momento, Joanna lo lograría.

Volvió al microscopio y trató de trabajar, pero le fue imposible. Se sentía demasiado agitada para llevar a cabo la meticulosa tarea de quitarle el núcleo a los oocitos. Asimismo, estaba atenta a una posible llamada de Joanna para decirle que Porter no estaba en su cubículo. Cuando pasaron cinco minutos sin recibir esa llamada, Deborah se bajó del taburete y se acercó a Mare. La mujer levantó la vista del microscopio cuando notó su presencia.

—¿De dónde salen estos óvulos con que estamos trabajando? —preguntó Deborah.

Mare hizo una señal por encima del hombro.

—De aquella incubadora en el fondo del laboratorio.

—¿Y de dónde llegan a la incubadora?

Mare echó una mirada a Deborah que no podría calificarse de fulminante, pero tampoco de amistosa.

—Haces demasiadas preguntas.

—Es parte de mi profesión —dijo Deborah—. Como científica, cuando dejas de hacer preguntas, ha sonado la hora del retiro o de buscar otro oficio.

—Los óvulos vienen de ese montaplatos rodante al lado de la incubadora —dijo Mare—. Eso es todo lo que sé. Nunca se me ha pedido que hiciera preguntas ni he tenido interés en hacerlas.

—¿Quién puede saberlo?

—Me imagino que la señorita Finnigan.

Apoyando las manos en ambos brazos de su sillón, Randy Porter se alzó un poco para tener una mejor vista de toda la zona de administración. Quería saber si Christine estaba en su cubículo sin que ella se diera cuenta. Si se levantaba del todo, ella podía verlo, pero si lo hacía despacio podía divisar su gran cabeza de cabellos rizados. ¡Bingo! Allí estaba ella. Randy bajó lentamente hasta desaparecer de la vista.

Sabiendo que la supervisora estaba en las inmediaciones, Randy bajó el volumen de los altavoces de su ordenador. Aunque cuando estaba en casa, los dejaba a todo volumen, en el trabajo era prudente, en especial con Christine a unos pocos cubículos de distancia.

A continuación, Randy sacó el *joystick* y lo introdujo. Se puso bien cómodo en el asiento. Para jugar con total concentración era menester la comodidad. Cuando todo estuvo a su gusto, cogió el ratón para entrar en internet. Pero entonces se detuvo. Había recordado algo.

Randy no solo había programado la puerta de la sala para saber cuándo se abría, sino que la tarjeta de acceso dejaba grabada la identidad del individuo.

Con unos clics en el ratón, Randy abrió la ventana pertinente. Esperaba ver su propio nombre al final de la lista, después del de Helen Masterson. Eso confirmaría sus sospechas de que la puerta se había abierto sola porque no la había cerrado del todo. Pero para su sorpresa, su nombre no era el último, sino el del doctor Spencer Wingate, el padre fundador de la clínica, y la hora era las 11.10 de esa misma mañana.

Randy estudió la pantalla con confusión e incredulidad. Cómo podía ser, se preguntó. Ya que era muy serio en todo lo referido a sus actuaciones en los juegos del ordenador, mantenía un listado meticuloso de sus triunfos e incluso de sus contadas derrotas. Después de minimizar la ventana, abrió el archivo de *Torneo irreal*. Y allí estaba. A Randy lo habían matado a las 11.11 horas.

Respiró hondo y se recostó en el sillón mirando la pantalla mientras pensaba en su reciente visita a la sala del servidor. Calculó que habría tardado uno o dos minutos en llegar desde el cubículo hasta la sala, lo que significaba que había llegado a las 11.12 o 11.13. Si ese era el caso, ¿dónde demonios estaba el doctor Wingate, que había entrado a las 11.10? Y si ese no era rompecabezas suficiente, ¿por qué el médico había dejado abierta la puerta?

Algo muy raro estaba sucediendo, en especial porque se suponía que el doctor Wingate estaba semirretirado, aunque también corrían otros rumores. Randy se rascó la cabeza preguntándose si debía hacer algo. Tenía la obligación de informar al doctor Saunders sobre cualquier fallo en la seguridad, pero no sabía a ciencia cierta si había habido un fallo. En lo que a él concernía, Wingate era el jefe supremo de la empresa, por tanto, ¿cómo podía considerarse un fallo de seguridad cualquier cosa que tuviera que ver con él?

Entonces se le ocurrió una idea. Tal vez tendría que comentarle algo al raro de Kurt Hermann. El jefe de seguridad hizo que Randy le programara su ordenador, de modo que este también registraba todas las entradas con tarjetas de acceso. Eso quería decir que Kurt ya sabía que el doctor Wingate había estado en la sala del servidor. Lo que Kurt no sabía era que el doctor había estado solo dos minutos y que había dejado la puerta abierta.

—¡Oh, mierda! —exclamó Randy en voz alta. Esta preocupación era casi tan mala como trabajar. Lo que realmente quería hacer era volver a encontrarse con *screamer*, de modo que estiró la mano y cogió el ratón.

—¡Señorita Finnigan! —dijo Deborah. Estaba en la puerta del despacho de la supervisora del laboratorio. Había llamado a la puerta pero Finnigan se concentraba tanto en su ordenador que no le contestaba. La mujer levantó la cabeza con expresión de sorpresa. Entonces cerró aceleradamente la ventana en que trabajaba.

—Preferiría que llamara a la puerta.

—Lo he hecho —dijo Deborah.

La mujer echó la cabeza atrás quitándose el mechón de pelo que le cubría los ojos.

—Lo siento. Estaba atareada. ¿Qué puedo hacer por usted?

—Usted me dijo que podía venir si tenía alguna pregunta. Y ahora tengo una.

—¿De qué se trata?

—Siento curiosidad por saber de dónde vienen los óvulos con que trabajamos. Se lo pregunté a Maureen, pero me dijo que no lo sabía. Quiero decir, son muchos óvulos. Yo no sabía que se pudieran conseguir tantos.

—La escasa disponibilidad de óvulos ha sido uno de los factores que limitaron nuestra investigación desde el primer día —dijo Megan—. Dedicamos grandes esfuerzos para resolver el problema y esta ha sido una de las grandes contribuciones de los doctores Saunders y Donaldson en este campo. Pero este trabajo aún no ha sido publicado y, por tanto, todavía está clasificado como secreto. —Megan sonrió condescendiente y volvió a menear la cabeza, algo que molestaba a Deborah—. Después de que haya trabajado aquí un tiempo razonable, y si aún tiene interés, podremos compartir con usted los detalles de nuestro éxito.

—Gracias. Otra pregunta. ¿De qué especies son los óvulos con que trabajamos?

Megan le devolvió la mirada de un modo que dio la impresión de estar sopesando a qué se debía la pregunta. La pausa fue lo bastante larga como para que Deborah se sintiera incómoda.

—¿Por qué lo pregunta? —dijo finalmente Megan.

—Como ya le dije, por curiosidad —respondió Deborah, comprendiendo que no obtendría una respuesta clara y tuvo la sensación de que si seguía haciendo preguntas solo conseguiría despertar más sospechas.

—No estoy segura de con qué protocolo está ahora trabajando Maureen —dijo Megan—. Tendría que averiguarlo, pero en este momento tengo demasiado trabajo pendiente.

—Comprendo. Gracias por concederme su tiempo.

—De nada —contestó Megan con una sonrisa nada sincera.

Deborah sintió alivio de volver a su microscopio. La visita a la supervisora no había sido una buena idea. Volvió al trabajo, pero solo llegó a desnuclearizar un oocito porque su curiosidad, ahora avivada por la conversación con Megan, le impidió concentrarse. Con solo mirar la masa de oocitos en el microscopio, le saltaba a la vista el interrogante sobre su origen, en especial, si se trataba de óvulos humanos tal como sospechaba.

Dirigió una mirada a Mare, quien la ignoraba desde que había discutido con Paul Saunders acerca de la identificación de los óvulos. Un vistazo rápido por la sala del laboratorio convenció a Deborah que nadie de la docena de personas que allí trabajaban le prestaba atención.

Cogiendo el bolso como si fuera al lavabo, bajó del taburete y se encaminó al pasillo central. Creyendo que solo trabajaría un día en la clínica Wingate, decidió que el origen de los óvulos era un misterio lo bastante importante como para no ignorarlo. No sabía si podría desentrañarlo, pero debía averiguar lo que pudiera mientras tuviera una oportunidad.

Avanzó por el pasillo en dirección a la torre central hasta que llegó a la última de las tres puertas de entrada al laboratorio. Desde allí pudo ver a Mare, bastante lejos, inclinada sobre su microscopio. A la derecha de Deborah estaba la sala de la incubadora adonde Mare había ido a buscar las cápsulas de Petri llenas de óvulos. Abrió la puerta de cristal y entró.

El aire era cálido y húmedo. Un gran termómetro y humidificador de pared indicaba 37 °C y cien por cien de humedad. A ambos lados de la estrecha sala había hileras de cápsulas de Petri. Al fondo estaba el montaplatos rodante, muy distinto de los que se usan para llevar comida en un hospital. Era de acero inoxidable, y tenía estantes y una puertecilla de cristal. Del tamaño de una cómoda, tenía sus propios termómetro y humidificador para asegurar que había la temperatura y humedad idóneas.

Deborah empujó el montaplatos para ver si podía moverlo lo suficiente para echar un vistazo al conducto o tubo que tenía incrustado pero no pudo moverlo ni un milímetro. Obviamente se trataba de un armatoste de alta tecnología. Dio un paso atrás para contemplarlo. Supuso que el conducto estaba unido de algún modo a la pared.

Salió de la incubadora, volvió a la sala principal y trató de ver si el tubo del montaplatos rodante estaba empotrado en la pared. Luego fue hasta la escalera próxima a la puerta de incendios que llevaba a la torre central. Subió hasta el segundo piso y allí se llevó una sorpresa.

Aunque recordaba vagamente que la doctora Donaldson había dicho que la vieja institución, salvo por la pequeña área ocupada por Wingate, era como un museo, Deborah no estaba preparada para lo que se encontró. Era como si en algún momento del siglo XIX, todo el mundo, el personal médico y los pacientes, hubieran huido en tropel dejando todo abandonado. Había viejos escritorios, armarios de madera y antiguas sillas de ruedas a un lado del oscuro pasillo. Las telarañas colgaban como guirnaldas de las lámparas victorianas. Incluso había viejos grabados enmarcados de Currier e Ives colgando torcidos de las paredes. El suelo estaba cubierto por una gruesa capa de polvo y trozos de yeso que habían caído del techo levemente abovedado.

Deborah se tapó la boca y trató de respirar lo menos posible mientras avanzaba por el pasillo. Sabía que los microorganismos infecciosos que en un tiempo habían poblado ese lugar hacía tiempo que habían desaparecido, pero aun así se sintió vulnerable e intranquila.

Una vez hubo calculado aproximadamente la posición del montaplatos rodante, entró en la puerta siguiente. No le sorprendió encontrarse en una habitación sin ventilación que había servido de antecocina y estaba llena de alacenas con platos y cubiertos. Hasta había unos grandes hornos con las portezuelas abiertas de par en par; parecían grandes animales muertos con las fauces abiertas.

La entrada al conducto del montaplatos rodante estaba donde ella esperaba. Estaba diseñado para abrirse verticalmente como un montacargas, pero cuando ella tiró de la vieja correa de lona, se dio cuenta de que había un mecanismo de seguridad para que no se moviera hasta que lo activaran.

Quitándose el polvo de las manos, Deborah volvió sobre sus pasos hasta la escalera y subió al tercer y último piso. El panorama allí era similar. Regresó a la escalera y bajó a la planta baja.

Cuando salió de la escalera, supo de inmediato que los óvulos no podían venir de allí. La planta baja había sido remodelada aún más que el primer piso para albergar las actividades médicas de la clínica. En ese momento de la mañana, llegaban a su apogeo y había un flujo constante de médicos, enfermeras y pacientes. Deborah tuvo que apartarse a un lado para dejar pasar una camilla con una mujer.

Moviéndose entre la multitud, fue hasta donde calculaba que podía estar el conducto detrás de la pared. Al dejar el pasillo, se encontró en un área de tratamiento de pacientes. Donde tendría que haber estado la entrada al conducto había un armario de ropa de cama. Así pues, el conducto no tenía ninguna salida en la planta baja.

Un simple proceso de eliminación le indicó que únicamente el sótano podía ser el lugar de origen de los óvulos. Se encaminó a la escalera. Para bajar al sótano había que descender muchos peldaños, pues había una especie de entresuelo entre el sótano y la planta baja con una maraña de cables, cañerías y tuberías.

El sótano tenía el aspecto de una mazmorra iluminada por unas pocas bombillas desnudas. Las paredes eran de ladrillo visto con techos arqueados y suelo de cemento. La angustia que Deborah había sentido en los pisos superiores se magnificó en la penumbra del sótano. También contenía un montón de recordatorios de sus tiempos de clínica antituberculosa, pero aquí parecían aún más decrépitos y abandonados por los rincones. Si aún quedaban agentes infecciosos en el edificio, este era el sitio donde sobrevivían.

Luchando contra su propia imaginación, siguió avanzando lo mejor que pudo. La planta no tenía un simple pasillo central como los pisos de arriba, sino una especie de laberinto que le exigía calcular las distancias mientras marchaba haciendo zigzag entre los gruesos pilares de apoyo.

Cuando cruzó un pasadizo abovedado y una amplia cocina con grandes mesas metálicas, hornos y fregaderos, se encontró con algo inesperado: una moderna puerta metálica sin picaporte, goznes o siquiera cerradura.

Vacilante, Deborah estiró una mano en la penumbra y tocó ligeramente la brillante superficie. Supuso que era de acero inoxidable. Sin embargo, no sintió frío al tocarla, sino más bien una agradable calidez. Miró en la semioscuridad los viejos equipos de cocina y luego la moderna puerta. La incongruencia resultaba chocante. Pegando una oreja a la plancha de acero oyó el zumbido de maquinaria en funcionamiento. Escuchó unos momentos esperando oír voces, en vano. Al alejarse de la puerta, vio una ranura para tarjetas igual a la de la sala del servidor. Deseó tener consigo la tarjeta de Wingate.

Tras un momento de indecisión y una breve discusión consigo misma, llamó con los nudillos. Sonó como si la puerta fuera muy gruesa. No sabía si quería que alguien le contestase, pero nadie lo hizo. Ganando confianza, empujó la puerta pero era inamovible. Usando el lado del puño golpeó por la periferia de la puerta para determinar dónde estaba el pestillo. No lo logró.

Encogiéndose de hombros ante barrera tan impenetrable, se dio media vuelta y volvió sobre sus pasos hasta la escalera. Ya era casi mediodía, hora de volver a esperar la llamada de Joanna. Había descubierto muy poco, pero al menos lo había intentado. Pensó que si todo iba bien, podría volver con la tarjeta de Wingate. La puerta de acero inoxidable y lo que hubiese detrás de ella habían picado su curiosidad.

13

A primera hora de la mañana, Joanna había aprendido a respetar a los empleados que procesaban textos. Ahora sentía un respeto incluso mucho mayor por los ladrones. No podía imaginar hacer algo parecido a esto para ganarse la vida. Deborah la había convencido de intentarlo de nuevo con argumentos y planes que ahora parecían funcionar. Hacía veintidós minutos que Joanna estaba en la sala del servidor y nadie la había molestado. Su mayor enemigo había sido ella misma.

El pánico fulminante que había sentido en su primera visita aumentó en cuanto volvió a poner pie en la puerta exterior de la sala; le costó seguir adelante. La peor parte había sido la espera angustiosa para que el sofware que había traído descubriera la contraseña para abrir el sistema. Mientras, Joanna se había visto reducida a una masa patética y temblorosa de ansiedad intermitentemente sobresaltada por ruidos inocuos o fruto de su imaginación. Se sorprendió de sí misma. Había tenido la errónea impresión de que se comportaría de forma serena y controlada en circunstancias extremas de presión como esta.

Una vez en el sistema, el miedo se redujo un grado por el mero hecho de hacer algo en vez de esperar. El problema principal habían sido sus temblores. Le dificultaban el uso del teclado y el ratón.

A medida que progresaba, Joanna había agradecido en silencio a Randy Porter que le hubiese facilitado el trabajo al no esconder en criptas inexpugnables lo que buscaba. En la primera ventana que abrió había encontrado una unidad de servidor llamado Data D que sonó prometedora. Al abrirla, vio un conjunto de carpetas convenientemente clasificadas. Una de ellas se llamaba *Donantes*. Hizo clic en la carpeta, seleccionó *Propiedades* y vio que el acceso estaba muy limitado. De hecho, además de Randy Porter como administrador de la red, solo Paul Saunders y Sheila Donaldson tenían entrada autorizada.

Segura de haber encontrado la carpeta buscada, Joanna se añadió a la lista de usuarios. Eso solo requería teclear su clave de usuaria además de su dominio de office. Justo cuando iba a hacer clic en el botón de añadir, oyó que se abría una puerta en la distancia que le hizo palpitar el corazón. Un sudor frío le empapó la frente.

Durante varios segundos, no pudo moverse ni respirar mientras se esforzaba por oír los pasos fatídicos en el pasillo que llevaba a la sala del servidor. Pero no oyó nada. Aun así, esperaba encontrarse con alguien a sus espaldas. Lentamente se dio media vuelta. Sintió alivio cuando no vio a nadie. Se puso de pie, dio unos pasos y miró desde la puerta la otra puerta del pasillo. Estaba cerrada.

Tengo que salir de aquí, se dijo. Rápidamente volvió al teclado y con mano temblorosa marcó la tecla de añadirse a la lista de acceso al archivo de donantes. Con rapidez, volvió por las ventanas que había abierto sucesivamente hasta llegar al monitor del servidor y, por último, al pedido de contraseña. Agarró el bolso y estaba a punto de marcharse cuando recordó que el software auxiliar que había traído aún estaba en la consola. Temblando más ahora que estaba a pocos segundos del éxito, extrajo el CD y lo guardó en el bolso. Ahora sí podía irse.

Cerró la puerta de la sala del servidor y corrió los pocos metros hasta la puerta exterior. Por desgracia no había modo de saber si era buen momento para salir al pasillo central o no.

Todo dependía de quien estuviese allí en ese instante. Respiró hondo y cruzó los dedos. Con un solo movimiento, abrió, salió y cerró la puerta. Evitó mirar a los lados del pasillo y se encaminó directamente al surtidor de agua. No es que sintiera sed pese a que tenía la boca reseca. Solo quería hacer algo en vez de comportarse como una ladrona que escapa de la escena del crimen.

Se irguió después de beber, sin oír ninguna voz. Cuando miró en ambas direcciones, comprobó que había elegido el mejor momento para salir. Era una de las pocas ocasiones en que el pasillo estaba absolutamente vacío.

Joanna se apresuró a volver a su cubículo en la zona de administración. Ya que era la hora del almuerzo, no había casi nadie a la vista. Entró y puso en funcionamiento su terminal. Con mayor destreza que la mostrada en la sala del servidor, Joanna llegó rápidamente a la carpeta de donantes. Cuando tecleó la orden para que se abriera, contuvo el aliento.

—Bingo —musitó. Ya estaba dentro. Sintió ganas de dar un grito de júbilo, pero se contuvo, y gracias a Dios que lo hizo.

—¿Bingo, qué? —preguntó una voz—. ¿Qué pasa aquí?

Volviendo a experimentar el terror sentido en la sala, Joanna miró a la derecha. Tal como se temía, se encontró con el antipático rostro de Gale Overlook.

—¿Qué? ¿Has ganado la lotería? —preguntó Gale. Tenía un modo de hablar que todo lo que decía sonaba ofensivo.

Joanna tragó saliva. De repente fue consciente de otra debilidad personal. Aunque se creía razonablemente ingeniosa y capaz de replicar a lo que fuera, el sentirse ansiosa y culpable como en ese momento la dejó en blanco.

—¿Qué tienes en pantalla? —preguntó Gale interesándose aún más a la luz del desasosiego de Joanna. Estiró la cabeza tratando de ver lo que había.

Aunque Joanna estaba momentáneamente sin palabras, tuvo la entereza de cerrar esa ventana y volver a la posición original.

—¿Estabas en internet? —preguntó acusadoramente Gale.

—Sí —contestó Joanna cuando finalmente recuperó el habla—, quería ver la cotización de unas acciones en bolsa.

—A Christine no le va a gustar —dijo Gale—. No consiente que la gente entre en internet por razones personales en horas de trabajo.

—Gracias por decírmelo —dijo Joanna. Se puso de pie, sonrió fríamente y se fue.

Joanna caminó con paso vivo. Pese a estar enfadada consigo misma por comportarse de forma tan sospechosa e irritada con Gale Overlook por su intromisión, logró refrenar su desbocada ansiedad. Cuando se encaminó al comedor, empezó a sentirse mejor. Y cuando llegó a la pesada puerta que llevaba a la zona de la torre del edificio, se había recuperado lo suficiente como para incluso tener un poco de hambre.

Se detuvo un instante en la puerta del comedor para buscar a Deborah. Había mucha más gente que el día anterior. Vio a Spencer Wingate y apartó la vista. No tenía ganas de encontrarse con ese hombre. En otra mesa vio a Paul Saunders y Sheila Donaldson, y también desvió la mirada. Entonces vio a Deborah sentada con Randy Porter. Parecían enfrascados en una conversación.

Fue en dirección de Deborah pero intentando ocultar la cara a Sheila Donaldson dentro de lo posible. Hasta que Joanna llegó a la mesa, Deborah no se dio cuenta de su presencia.

—Hola, Prudence —dijo Deborah en tono cordial—. Recuerdas a Randy Porter, ¿verdad?

Randy sonrió tímidamente y le estrechó la mano, pero no se levantó. Joanna no se sorprendió. Hacía tiempo que se había acostumbrado a que cierto tipo de hombres no tiene la menor idea sobre cortesía.

—Hemos tenido una conversación interesante —dijo Deborah—. Yo no sabía que el mundo de los juegos de ordenador fuera tan atractivo. Parece que me he perdido algo importante, ¿verdad, Randy?

—Sin duda —dijo él y se recostó en el respaldo de la silla con una ancha sonrisa de satisfacción.

—¿Sabes qué, Randy? —dijo Deborah—. ¿Y si más tarde paso por tu terminal y me muestras *Torneo irreal*? ¿Te parece bien?

—Me parece muy bien —dijo Randy muy pagado de sí.

—Me ha encantado hablar contigo, Randy —añadió Deborah—. Ha sido divertido. —Sacudió la cabeza y sonrió esperando que Randy se diera cuenta de la indirecta, pero él no se enteró de nada.

—Tengo un par de *joysticks* en el coche —dijo Randy—. Puedo hacer que las dos juguéis en un abrir y cerrar de ojos.

—No lo dudo —dijo Deborah perdiendo la paciencia—. Pero ahora a Prudence y a mí nos gustaría hablar de algo.

—De acuerdo —dijo Randy, pero no se movió.

—En privado —dijo Deborah.

—Oh —exclamó Randy. Miró a una y a otra como confundido, y finalmente captó el mensaje. Estrujó la servilleta antes de levantarse—. Ya nos veremos.

—Muy bien —dijo Deborah.

Randy se alejó y Joanna ocupó su asiento.

—No le han enseñado maneras —comentó Joanna.

Deborah lanzó una carcajada burlona.

—Y tú seguramente piensas que te has llevado la peor parte teniendo que ir a la sala del ordenador.

—¿Fue tan desastroso?

—Está chalado por la informática. No sabe hablar de otra cosa. ¡Absolutamente de nada más! Pero ya pertenece al pasado. —Se aclaró la garganta, se inclinó y en voz baja preguntó—: ¿Qué pasó? ¿Lo hiciste o qué?

Joanna también se inclinó. Sus rostros estaban a pocos centímetros de distancia.

—Hecho.

—¡Fantástico! ¡Felicidades! ¿Y qué has averiguado?

—Todavía nada. Pero por lo que vi en la sala del servidor y luego en mi terminal, sé que tengo la carpeta indicada. Hasta vi tu nombre en la lista de direcciones.

—¿Y por qué aún no has visto nada?

—Porque me interrumpió la entrometida de mi vecina

—dijo Joanna—. Está al quite siempre que digo o hago algo fuera de lo normal. Pensé que estaría comiendo cuando regresé, pero estaba equivocada.

Se acercó una de las camareras nicaragüenses y Joanna pidió ensalada y sopa a sugerencia de Deborah, quien dijo que sería lo más rápido.

—Me muero por llegar a tu terminal —dijo Deborah cuando la camarera se hubo alejado—. Estoy obsesionada con todo esto. Lo curioso es que ahora tengo tanto interés en averiguar algo sobre la investigación que hacen aquí como sobre lo sucedido a nuestros óvulos.

—Será un problema. Primero debemos librarnos de esa entrometida. Lo mejor será no abrir la carpeta de las donantes hasta que ella se haya ido.

—Entonces hagámoslo en el laboratorio. Hay muchas terminales disponibles. Y allí no tendremos que preocuparnos de que alguien nos espíe.

—No podemos usar una terminal del laboratorio —dijo Joanna—. El acceso que abrí solo sirve para dominio de office.

—¡Dios santo! —exclamó Deborah—. ¡Por qué todo es tan complicado! Pues muy bien. Usemos tu terminal e ignoremos a tu vecina. Diablos, me puedo interponer entre ella y la pantalla. Tan pronto termines de comer, nos largamos de aquí y lo hacemos.

—Hay otro problema —dijo Joanna—. El único acceso de que dispongo es a la carpeta de donantes. Había otras carpetas como *Protocolos de investigación* y *Resultados de investigación*, pero no abrí los accesos.

—¿Por qué no? —repuso Deborah y frunció el entrecejo.

—Porque temí que tardaría demasiado.

—¡Oh, por todos los santos! ¡No me lo puedo creer! Estabas allí con los archivos delante de tus narices. ¿Cómo pudiste no hacerlo? —Deborah sacudió la cabeza con irritación.

—No imaginas lo nerviosa que estaba —dijo Joanna—. Tengo suerte de haber podido hacer algo en esa sala.

—¿Cuánto tiempo más habrías tardado?

—No mucho, pero te digo que me sentí aterrorizada. Ha sido una lección muy dura, pero aprendí que no sirvo para cometer delitos. Sabes que hemos cometido un delito, ¿verdad?

—Supongo —dijo Deborah, desilusionada.

—En el peor de los casos y si nos pillan, al menos si podemos probar que solo buscábamos información sobre nuestros propios óvulos, eso representaría una atenuante. Pero no lo sería si nos pescan robando los protocolos de investigación.

—Puede que tengas razón. De cualquier modo, yo tengo otro plan. Dame la tarjeta azul de Wingate.

—¿Para qué? —preguntó Joanna. Miró a su amiga con recelo. Sabía que Deborah podía ser impulsiva.

En ese momento llegó la comida. La camarera la sirvió y se retiró. Deborah volvió a inclinarse y le contó la historia de su búsqueda del lugar de procedencia de los óvulos. Le dijo que había encontrado una hermética puerta de acero inoxidable completamente fuera de lugar en la vieja y decrépita cocina del sótano. Cuando acabó, dijo simplemente:

—Quiero ver que hay detrás de esa puerta.

Joanna tragó un bocado de ensalada, y a continuación miró a Deborah con exasperación.

—¡No pienso darte la tarjeta de Wingate!

—¡Qué! —explotó Deborah.

Joanna la hizo callar para comprobar si el exabrupto de Deborah había atraído la atención. Por suerte, no era así.

—No voy a darte la tarjeta de Wingate —repitió Joanna casi susurrando—. Estamos aquí para descubrir qué pasó con nuestros óvulos. Ese fue el objetivo desde el principio. Por más imperioso que te resulte averiguar lo que están haciendo aquí, no podemos poner en peligro lo que ya hemos hecho. Si esa puerta del sótano se abre con una tarjeta y tú entras, hay una gran probabilidad de que se active alguna alarma electrónica tal como sucede en la sala del servidor. Y si eso ocurre, intuyo que estaremos metidas hasta el cuello en gravísimos problemas.

Deborah, irritada, le sostuvo la mirada, pero luego su expresión se suavizó. Aunque no le gustaba escucharlo, lo que decía Joanna tenía un retintín de verdad. Aun así, Deborah se sintió frustrada. Pocos minutos antes había pensado que tenía dos vías igualmente prometedoras de acceso a lo que consideraba un misterio importante. Su intuición le indicaba que la clínica Wingate, en el mejor de los casos, llevaba a cabo una investigación éticamente cuestionable y, en el peor, violaba la ley.

Como bióloga al tanto de los temas biomédicos, Deborah sabía que las clínicas de fertilidad como la Wingate operaban en un mundo médico carente de regulaciones. De hecho, las pacientes desesperadas de esas clínicas a menudo rogaban ser tratadas con procedimientos aún no aprobados por la comunidad científica. En ese medio, ninguna paciente se opone a servir de conejillo de indias e ignora cualquier posible consecuencia negativa para sí misma o la sociedad en general siempre y cuando exista la posibilidad de procrear un hijo. Semejante paciente tiende a poner al médico en un pedestal, lo que anima al doctor a creer que está más allá de la ética e incluso de las leyes.

—Siento no haber hecho más —dijo Joanna—. Supongo que te he desilusionado. Ojalá no me hubiera desquiciado tanto en esa sala. Pero hice lo que pude en esas circunstancias.

—Por supuesto que sí —dijo Deborah. Ahora se sentía culpable de haberse enfadado con Joanna, quien en realidad había hecho algo bastante arriesgado. Pese a todo su enojo, se preguntó sinceramente si ella hubiera podido hacerlo, de haber sabido más de informática. Aguantar un rato a Randy había sido una molestia, no un reto peligroso.

—Lo que tenemos que discutir es si accedemos ya mismo a la carpeta de donantes —dijo Joanna tomando otro bocado de ensalada.

—Explícate.

—Me sentiría más tranquila si lo hiciéramos esta noche en casa por medio del módem —dijo Joanna—. Puede ser más seguro, pero hay problemas.

—¿Como qué?

—Si se detecta que hemos sacado un archivo protegido,

lo podrían rastrear hasta nuestro ordenador por medio de internet.

—Algo peligroso —comentó Deborah.

—También existe la posibilidad de que si esperamos, se descubra mi acceso y se elimine antes de que tengamos la oportunidad de abrirlo.

—¿Y ahora me lo dices? No tenía ni idea. ¿Qué posibilidad hay de que suceda?

—No muchas —admitió Joanna—. Randy tendría que tener alguna razón concreta para buscarlo.

—Entonces todo indica que tenemos que hacerlo aquí —dijo Deborah.

—De acuerdo. Esta tarde, en algún momento. Pero deberíamos irnos de inmediato. Si Randy detecta la descarga y descubre que proviene del propio sistema, puede encontrar el camino hasta la terminal de Prudence Heatherly.

—Lo que significa que para entonces debemos estar lejos de aquí —dijo Deborah—. De acuerdo, ya tengo una idea. ¿Has terminado de comer?

Joanna miró su sopa y ensalada a medio terminar.

—¿Tienes prisa?

—No es eso —dijo Deborah—, pero todo el tiempo que he estado aquí, incluyendo la media hora con mi nuevo amigo Randy, el jefe de seguridad me ha estado observando.

Joanna empezó a darse la vuelta, pero Deborah la advirtió:

—¡No mires!

—¿Por qué no?

—No lo sé exactamente. Pero me da mala espina y prefiero simular que no me doy cuenta que no deja de mirarme. Seguramente se trata de este maldito vestido una vez más. Lo que al principio solo era una diversión se está convirtiendo en un dolor de cabeza.

—¿Cómo sabes que es el jefe de seguridad?

—No estoy segura —admitió Deborah—, pero puede ser. ¿Recuerdas ayer cuando tratábamos de entrar y estaban los camiones cortando el paso? El problema finalmente se resolvió cuando ese tipo salió y dio orden de dejarlos pasar. Cuando pasamos en el coche, estaba al lado de Spencer. Vestía todo de negro y tenía un aspecto bastante impresionante y atemorizador.

—Pues no me acuerdo de él —dijo Joanna—. Recuerda que prestaba toda mi atención a Spencer cuando tuve la idea extravagante de que se parecía a mi padre.

Deborah rió.

—¡Extravagante, esa es la palabra! Pero volvamos al asunto. ¿Y tu comida? Hace unos minutos que solo la mueves de un lado a otro del plato.

Joanna arrojó la servilleta sobre la mesa y se puso de pie.

—Estoy lista. Vamos.

Salvo por el comedor, Kurt Hermann frecuentaba muy poco el edificio de la clínica Wingate. Prefería permanecer en la casa de guardia o paseando por el campo o en su apartamento en la zona residencial. El problema era que sabía que en la clínica pasaban algunas cosas inaceptables, pero su mentalidad castrense le permitiría compartimentar sus ideas. Si no iba por la clínica todo aquello quedaba fuera de su campo de visión mental y, por tanto, no necesitaba pensar en ello.

Pero había ocasiones en que tenía que entrar en la clínica, y su actual preocupación con Georgina Marks era una de ellas. Usando sus contactos y los pocos datos de la solicitud de empleo además del registro del coche que conducía, había pedido información sobre ella. El resultado de estas indagaciones fue tan confuso como para resultar inquietante. De entrada, había pensado abordarla en el comedor, pero cambió de opinión. Le pareció obvio que ella le había echado el anzuelo a aquel pirado informático con quien había llegado, y lo último que deseaba Kurt era que una persona como ella lo rechazara.

De repente, la situación dio un giro de ciento ochenta grados. Apareció la amiga de Georgina y, a la distancia, dio la impresión de que se quitaban rápidamente de encima al tonto de los ordenadores. Kurt quiso saber por qué.

—¿No está en su cubículo? —preguntó Christine Parham, la jefa de oficina.

Kurt desvió la mirada para evitar responder una pregunta tan estúpida. Acababa de decirle a la mujer que Randy Porter no estaba en su sitio. Lentamente Kurt volvió a mirarla con el ceño fruncido. No tuvo que contestar.

—¿Quiere que lo haga buscar? —preguntó Christine.

Kurt asintió con un gesto. Para él, cuanto menos se dijera, mejor. Solía decirle a la gente lo que pensaba de ella cuando se sentía irritado, y Georgina Marks le había irritado.

Christine se puso al teléfono. Mientras esperaba que le contestasen, le preguntó a Kurt si seguridad tenía algún problema con los ordenadores. Kurt negó con la cabeza y miró la hora. Se dio cinco minutos más. Si Randy Porter no aparecía por entonces, dejaría órdenes para que ese cretino se presentara en la casa de guardia. Kurt no quería estar fuera de su despacho mucho tiempo. Con la cantidad de pesquisas que tenía en marcha sobre Georgina Marks y las llamadas que esperaba, quería estar allí para ocuparse personalmente.

—Qué buen tiempo hace, ¿eh? —dijo Christine.

Kurt no contestó, pero ella se salvó de tener que seguir dándole conversación porque su teléfono empezó a sonar. Era Randy quien informó que estaba trabajando en el ordenador de alguien de contabilidad, pero que acudiría de inmediato si lo necesitaban. Christine le dijo que el jefe de seguridad lo esperaba, de modo que lo mejor sería que viniese.

—Lo esperaré en su mesa —dijo Kurt antes de que Christine hubiera colgado. Ella tuvo tiempo de transmitirle el mensaje a Randy Porter.

Kurt enfiló el laberinto de cubículos de la administración. Tomó asiento en la silla para las visitas y contempló con desprecio las muestras de arte de ciencia-ficción que decoraban los lados del cubículo. Sacó el *joystick* que estaba como escondido detrás del monitor. Pensó que a ese muchacho le vendría de perlas una temporada en un campamento de entrenamiento militar, algo que pensaba de todos los jóvenes que no habían pasado por esa instructiva experiencia.

—Hola, señor Hermann —dijo Randy con la respiración agitada al entrar en el cubículo. Su actitud servil con gente como Kurt era similar a la de un perro en presencia de un amo cruel—. ¿Tiene algún ordenador averiado? —Se dejó caer en su silla como si fuera una barandilla a la que se aferra un patinador para evitar darse contra el muro.

—Los ordenadores funcionan —dijo Kurt—. Estoy aquí para hablar sobre su cita de este mediodía en el comedor.

—¿Georgina Marks?

Kurt miró en otra dirección tal como había hecho momentos antes con Christine. Rumió sobre por qué todo el mundo le contestaba una pregunta con exactamente la misma pregunta. Era de locos.

—¿Qué quiere saber de ella?—preguntó Randy con desenvoltura.

—¿Piensa que usted le gusta?

Randy meneó la cabeza.

—Más o menos —dijo.

—¿Le hizo alguna proposición?

—¿Qué quiere decir?

Kurt volvió a desviar la mirada brevemente. Era difícil hablar con la mayoría del personal; con Porter, en especial, quien tenía el aspecto y actuaba como si aún fuese un colegial.

—Me refiero a si ella le ofreció sexo a cambio de dinero o servicios.

A Randy siempre le había parecido que el jefe de personal era un tipo muy raro, pero aquello era el colmo. No supo qué decir ya que intuía que el tipo estaba enfadado y que se pondría hecho un basilisco.

—¿Le importaría contestarme? —gruñó Kurt.

—¿Por qué habría ella de ofrecerme sexo? —pudo decir Randy.

Kurt volvió a mirar a otro lado. Otra pregunta que generaba una siguiente pregunta, lo que desgraciadamente le recordó las charlas obligatorias que tuvo que padecer con un psiquiatra antes de dejar el ejército. Respiró hondo y volvió a repetir la pregunta de forma lenta y amenazadora.

—¡En absoluto! —replicó Randy—. No hablamos de sexo. Solo hablamos de juegos de ordenador. ¿Por qué querría hablarme de sexo?

—Porque esa clase de mujer practica el sexo.

—Es bióloga —dijo Randy a la defensiva.

—Extraña forma de vestirse para una bióloga —repuso Kurt con sorna—. ¿Alguna otra bióloga va con esa pinta?

—En este momento de su pesquisa, Kurt no estaba seguro de que Georgina fuera bióloga ni de que se llamara Georgina, pero no lo mencionó. Ahora no quería hablar con ella ni alertarla hasta que hubiera terminado su investigación. Creía firmemente que ella estaba en Wingate por algún motivo turbio, y, vestida de forma tan provocadora, se inclinaba a creer que se trataba de prostitución. Después de todo, esa había sido su primera impresión y ella al parecer se había acostado con Spencer Wingate el mismo día que lo había conocido a la entrada de la clínica.

—A mí me gusta su forma de vestir —dijo Randy.

—Sí, seguro que sí —espetó Kurt—. ¿Y por qué se fue tan abruptamente este mediodía? ¿Le rechazó por algún motivo? ¿Sucedió cuando ella le preguntó si estaba interesado en algo especial?

—¡No! —protestó Randy—. Le estoy diciendo que en ningún momento el sexo fue tema de conversación. Luego apareció su amiga; ellas querían hablar a solas y, por tanto, me fui.

Kurt observó al delgaducho informático. Su experiencia en interrogatorios le hizo presentir que aquel mequetrefe decía la verdad. El problema era que no cuadraba con nada de lo que Kurt creía sobre la nueva empleada. Se estaba convirtiendo en un misterio mayor del esperado.

—Hay algo de lo que me gustaría hablar con usted —dijo Randy ansioso por dejar de hablar sobre Georgina Marks. Y le contó el extraño episodio que implicaba al doctor Spencer Wingate y la sala del servidor.

Kurt meneó la cabeza mientras asimilaba la información. No se le ocurrió ninguna explicación ni qué hacer al respecto. En los últimos años había estado a las órdenes de Paul Saunders, no de Spencer Wingate. Como militar, detestaba las situaciones con jerarquías poco claras.

—Hágame saber si vuelve a ocurrir —dijo Kurt—. Hágame saber si vuelve a tener contacto con Georgina Marks o su amiga. Y no hay necesidad de decirle que esta conversación queda entre usted y yo. ¿Está claro?

Randy asintió.

Kurt se levantó y, sin decir palabra, se fue del cubículo de Randy.

Deborah dejó de intentar trabajar. Con la cabeza en febril actividad, era imposible concentrarse, y ya que ella y Joanna se irían de la clínica lo más pronto posible, no tenía sentido hacerlo. Hacía una hora que esperaba la llamada de Joanna para avisarle que su entrometida vecina se había ido y que no había moros en la costa para acceder al archivo de donantes, pero al parecer la entrometida no se movía de su sitio.

Deborah repiqueteó los dedos sobre el escritorio. Nunca había sido una persona muy paciente y esta espera innecesaria le estaba poniendo los nervios de punta.

—¡Al infierno con ella! —dijo de pronto entre dientes.

Se apartó del microscopio, cogió el bolso y se encaminó a la puerta. Había aguantado demasiado tiempo la ojeriza y la paranoia de Joanna con la empleada de al lado. Después de todo, ¿qué importaba? Tan pronto obtuvieran la información, se largarían de allí. Además como había sugerido, ella podía bloquear la pantalla con su cuerpo y la mujer no podría ver nada.

Evitando mirar a la poca gente del laboratorio que había conocido, Deborah salió de la sala como si fuera al lavabo. Poco después llegó al cubículo de Joanna, que cumplía a rajatabla con su tarea.

Por gestos, Deborah le preguntó en qué dirección estaba Gale Overlook.

Joanna señaló a la derecha.

Deborah se acercó y echó un vistazo. Era un cubículo idéntico al de Joanna, pero allí no había nadie.

—¡Aquí no hay nadie! —exclamó.

Con expresión de duda, Joanna también miró.

—Diablos —dijo—, estaba hace un minuto.

—Muy conveniente —dijo Deborah y se frotó las manos de satisfacción—. ¿Y si hacemos nuestra brujería ahora mismo? Veamos las noticias sobre nuestra progenie y salgamos disparadas de aquí.

Joanna se asomó a la entrada de su cubículo y miró en todas direcciones. Luego tomó asiento delante del teclado. Vacilante, miró a Deborah.

—Mantendré la vigilancia —le dijo Deborah tranquilizándola. Y añadió—: Después de todo este esfuerzo, espero que este sea el intento definitivo.

Joanna, con unos rápidos tecleos y unos movimientos del ratón, abrió la primera página del documento de donantes. Entre los primeros nombres constaba el de Deborah Cochrane.

—Hagamos el tuyo primero —dijo Joanna.

—De acuerdo.

Joanna hizo clic sobre el nombre de Deborah y se abrió el documento. Ambas leyeron el texto que incluía antecedentes e información médica. Al final de la página había una anotación subrayada diciendo que ella se obstinaba en recibir anestesia local durante la intervención.

—No hay duda que se tomaron muy en serio el asunto de la anestesia —señaló Deborah.

—¿Has terminado con esta página?

—Sí, vayamos al grano.

Joanna hizo clic en la siguiente, que resultó ser la última página. Arriba, en la casilla *Número de óvulos extirpados*, había un cero.

—¿Qué demonios significa esto? —exclamó Deborah—. Dice que no me sacaron ningún óvulo.

—Pero te dijeron que lo habían hecho.

—Por supuesto que sí —confirmó Deborah.

—Es muy extraño —dijo Joanna—. Veamos mi entrada. —Volvió al directorio y buscó la letra M. Al encontrar su apellido, hizo clic. Tardaron unos segundos en leer un texto similar al de la primera página de Deborah, pero en la siguiente se encontraron con una sorpresa mayor que la anterior. En el documento de Joanna se leía que le habían sacado 378 óvulos.

—No sé qué pensar —dijo Joanna—. Me dijeron que habían obtenido cinco o seis, pero no cientos.

—¿Qué pone después de cada óvulo? —preguntó Deborah. El tamaño de las letras era demasiado pequeño.

Joanna aumentó el tamaño. Después de cada óvulo, constaba el nombre del cliente junto a la fecha de una transferencia de embriones. Después estaba el nombre de Paul Saunders seguido por una breve descripción del resultado.

—Según dice aquí, cada óvulo fue para una receptora diferente —dijo Deborah—. Hasta eso es extraño. Yo pensaba que cada paciente recibía múltiples óvulos para maximizar las probabilidades de implantación.

—Yo también creía lo mismo —dijo Joanna—. No sé qué pensar. Quiero decir, no solo había demasiados óvulos, sino que ninguno tuvo éxito. —Pasó un dedo por el largo listado donde había anotaciones de fracaso en la implantación o fecha de aborto.

—¡Espera! Hay uno que funcionó —dijo Deborah. Lo señaló.

Era el óvulo treinta y siete. La fecha del parto era 14 de septiembre de 2000. Seguía el nombre de la madre, un número de teléfono y la apostilla de que se trataba de un varón sano.

—Bueno, al menos hay uno —dijo Joanna con alivio.

—Aquí tienes otro. Óvulo cuarenta y ocho con fecha 1 de octubre de 2000. También varón y sano.

—Muy bien, dos. —Se animó hasta que ambas acabaron de repasar toda la lista.

De los 378, solo había otros dos positivos, los 220 y 241, ambos implantados en enero. Cada uno tenía el comentario de que el embarazo progresaba con normalidad.

—¿Cómo pudieron haberlos implantado hace tan poco?

—Supongo que los congelan —dijo Deborah.

Joanna se echó hacia atrás y la miró.

—Yo no esperaba nada de esto.

—Y yo tampoco —añadió Deborah.

—Si esto es correcto, el índice de éxito es del uno por ciento. Eso no dice nada bueno acerca de mis óvulos.

—No hay manera de que hayan podido sacarte casi cuatrocientos óvulos. Tiene que ser algún tipo de chanchullo a saber por qué razón. ¡Casi cuatrocientos óvulos son tantos como los que podrías generar en toda tu vida!

—¿Piensas que todo esto es un invento?

—Yo diría que sí —dijo Deborah. Aquí pasan cosas muy extrañas, como ya sabemos. A la vista de todo esto, no me sorprendería comprobar falsificaciones de datos. Diablos, eso sucede en las mejores instituciones; mucho más en un sitio como este. Pero te digo una cosa. Ahora que nos hemos enterado de estas irregularidades, me desconsuela no haber podido entrar en sus archivos de investigación.

Joanna empezó a teclear.

—¿Ahora qué haces? —preguntó Deborah.

—Voy a imprimir todo este documento. Luego lo cogemos y nos largamos. Estoy atónita con estos resultados.

—¡Tú estás atónita! —dijo Deborah—. Y a mí me operaron para no sacarme ningún óvulo. Al menos, de ti pensaron lo bastante bien como para atribuirte unos cuantos niños saludables.

Joanna la miró. Tal como esperaba, su amiga sonreía. Gracias a su dinámica personalidad, mantenía el sentido de humor en cualquier circunstancia. Pero Joanna no lo encontraba nada divertido.

—Mira —dijo Deborah—. En tus óvulos no se menciona al donante de esperma.

—Supongo que se trata del marido de la clienta —dijo Joanna. Acabó de preparar la impresora e hizo clic en *imprimir*—. Con el tamaño del documento, tardará unos minutos. Si quieres hacer algo más, hazlo ahora mismo porque una vez tengamos la impresión, yo quiero irme de inmediato.

—Yo ya estoy preparada —dijo Deborah.

—Un asco de día —se lamentó Randy.

Agradecía haberse quitado de encima a Kurt Hermann, pero le inquietaba haber tenido una conversación tan insólita con él. Ese hombre era como un tigre enjaulado con esa conducta tan parsimoniosa y el lento modo en que se movía y hablaba. Randy se estremeció solo de recordar la conversación mantenida.

Randy volvía de arreglar la terminal de contabilidad cuando le mandaron presentarse ante el jefe de seguridad. Faltaba poco para las dos de la tarde y solo quería meterse en su cubículo. Ahora tendría que aguantar a Kurt. Pero eso no era lo peor del día; lo peor era haber perdido jugando con *screamer*; Randy quería una revancha.

Después de la conversación con Kurt, Randy hizo uso de su habitual estratagema para ver si Christine se encontraba en las inmediaciones. Se alegró de que no estuviera, algo normal a esa hora de la tarde en que ella asistía a la reunión de jefes de departamento. Eso significaba que podía permitirse un poco más de volumen. Al sentarse, sacó el *joystick* de detrás del monitor. Luego tecleó su contraseña; en cuanto lo hizo, volvió a ver el mismo parpadeo en la esquina inferior derecha de la pantalla, el responsable de su muerte de esta mañana. ¡Alguien había vuelto a entrar en la sala del servidor!

Con tecleos furiosos, Randy abrió la ventana correspondiente. La puerta había sido abierta a las 12.02 horas, y otra vez más a las 12.28, lo que significaba que quien había entrado había permanecido allí veintiséis minutos. Randy sabía que una visita de veintiséis minutos no podía haber sido por una minucia y eso le molestó. En veintiséis minutos, un intruso podía causar muchos problemas.

Lo siguiente que hizo fue comprobar quién había estado allí. Se quedó estupefacto de ver que había vuelto a ser el doctor Wingate. Randy se reclinó en el respaldo y contempló el nombre del patriarca mientras intentaba decidir qué hacer. Le había contado a Kurt el primer incidente, pero el jefe de seguridad apenas se había mostrado impresionado aunque pidió que se le informara si volvía a suceder.

Randy volvió a inclinarse hacia delante. Decidió llamar al jefe de seguridad, pero solo después de intentar descubrir algún cambio en el sistema. Lo primero que se le ocurrió fue un cambio en los niveles de usuarios. Con movimientos rápidos del ratón, obtuvo acceso a su Active Directory. Al cabo de unos minutos tenía la respuesta: el doctor Wingate había añadido a Prudence Heatherly en la lista de acceso al archivo de donantes del servidor.

Randy volvió a pensar. Se preguntó por qué el jefe de la clínica iba a añadir el nombre de una nueva empleada a un archivo de seguridad para el que ni siquiera el doctor Saunders tenía acceso. No tenía sentido a menos que Prudence Heatherly trabajara para él en alguna misión secreta.

—Esto es irreal —se dijo Randy.

En cierta manera, disfrutaba. Era como un juego de ordenador en el que él trataba de descubrir la estrategia del oponente. No era tan divertido como *Torneo irreal*, pero pocas cosas lo eran. Siguió sentado un par de minutos mientras pensaba qué hacer.

Sin alcanzar una explicación posible, Randy cogió el teléfono. No le gustaba tener que volver a hablar con Kurt, pero al menos esta vez sería por teléfono, no en persona. También decidió informarle ciñéndose a los hechos y no decirle ni una palabra sobre sus suposiciones. Mientras marcaba la extensión, se fijó en la hora. Eran las dos en punto.

14

Joanna trató de actuar con normalidad pese a la sensación de que la vigilaban mientras bajaba la escalinata de la entrada de la clínica Wingate y se dirigía hacia el Chevy Malibu. Deborah ya estaba en el coche y Joanna podía ver la forma de su cabeza en el asiento del conductor. Ya que aún faltaba mucho tiempo para acabar la jornada de trabajo, decidieron que atraerían menos atención si iban por separado que juntas. Hasta ahora parecía funcionar. Al parecer, Deborah había llegado sana y salva y nadie le salió al paso a Joanna.

Llevaba el bolso sobre el hombro derecho y en la mano izquierda portaba un sobre que contenía la copia impresa del archivo de donantes. Mientras caminaba, debió luchar contra el impulso de echar a correr. Una vez más, se sintió como una ladrona que escapaba, pero en esta ocasión llevaba consigo el botín.

Llegó al coche y fue al lado del acompañante. Subió lo más rápido que pudo.

—¡Salgamos disparadas de aquí! —exclamó Joanna.

—¿No sería fantástico que el coche se negara a ponerse en marcha? —bromeó Deborah cuando iba a encender el motor.

Joanna le dio un golpecito cariñoso dando rienda suelta a la tensión que tenía.

—¡Ni lo menciones, bromista! ¡Adelante!

Deborah puso la marcha atrás y retrocedió para salir del aparcamiento.

—Bueno, lo conseguido ha valido la pena —dijo Deborah mientras maniobraba para iniciar el largo descenso de curvas—. Pienso que debemos ponernos todas las medallas aunque el premio haya acabado en una gran desilusión.

—No lo lograremos del todo hasta no haber pasado sanas y salvas por la puerta de vigilancia —dijo Joanna.

—Supongo que técnicamente tienes razón —dijo Deborah y detuvo el coche delante del portal.

Joanna contuvo el aliento durante el corto intervalo en que la puerta empezó su lenta apertura.

Un momento después, estaban en el camino exterior.

Joanna se tranquilizó visiblemente y Deborah lo notó.

—¿Estabas preocupada de verdad? —preguntó.

—Lo he estado todo el día —admitió Joanna. Abrió el sobre y sacó el fajo de papeles.

Deborah le echó una mirada mientras giraba en la calle Pierce rumbo a Bookford.

—¿Qué vas a hacer? ¿Un poco de agradable lectura camino a casa?

—Tengo una idea —dijo Joanna—. Y bastante buena. —Empezó a hojear las páginas buscando dos en especial .

—¿Me vas a dar una pista o esta gran idea es un secreto? —preguntó Deborah, ligeramente molesta con el largo silencio de su amiga.

Joanna sonrió para sí. Se dio cuenta de que al no completar su idea sometía a Deborah al mismo trato que esta le daba continuamente. Disfrutando de su venganza, Joanna no contestó hasta que hubo encontrado las páginas buscadas y puesto el resto en el asiento de atrás.

—*Voilà!* —exclamó y sostuvo los papeles en alto.

Deborah desvió la mirada del camino lo suficiente para ver que las páginas eran las dedicadas a los dos niños supuestamente nacidos de sus óvulos.

—Muy bien, ahora ya veo de qué se trata. ¿Y cuál es la gran idea?

—Estos dos niños deben de tener ahora siete u ocho meses —dijo Joanna—. Es decir, si existen.

—¿Y qué?

—Aquí tenemos los nombres, las direcciones y los teléfonos. Sugiero que los llamemos y si la familia está de acuerdo, les hagamos una visita.

Deborah le echó una rápida mirada de incredulidad.

—¿Estás bromeando? —dijo—. Dime que estás bromeando.

—No estoy bromeando. Tú misma dijiste que este listado era un chanchullo. Verifiquemos si es así. Al menos, una de estas direcciones está aquí, en Bookford.

Deborah se detuvo en el arcén. Veían la biblioteca en la esquina de Pierce y Main.

—Lamento contrariarte, pero no creo que visitar a esta gente sea una buena idea. Una llamada telefónica, de acuerdo, pero no una visita.

—Primero llamamos —dijo Joanna—. Pero si los niños existen, quiero verlos.

—Eso nunca formó parte de nuestro plan. Solo íbamos a averiguar si habían nacido unas criaturas. Jamás hablamos de visitarlas. No es sano ni creo que los padres estén de acuerdo.

—No les pienso decir que fui la donante, si eso es lo que te preocupa.

—Me preocupas tú —dijo Deborah—. Una cosa es saber que existe un niño; verlo es otra. No creo que debas ponerte en esa situación. Es buscarse problemas emocionales.

—No me causará ningún problema emocional —dijo Joanna—. Es tranquilizador. Hará que me sienta bien.

—Eso es exactamente lo que dice el adicto a su primera dosis de heroína. Si esos chicos existen y tú los ves, querrás verlos otra vez, y eso no es justo para nadie.

—No me vas a convencer —dijo Joanna. Cogió el móvil y marcó el número de los señores Sard. Miró a Deborah cuando el aparato empezó a llamar. El hecho de que sonara significaba que el número era real.

—¿Señora Sard? —preguntó Joanna cuando contestaron su llamada.

—Sí, ¿quién es?

—Soy Prudence Heatherly, de la clínica Wingate —dijo Joanna—. ¿Cómo va el pequeño?

—Jason está estupendamente —dijo la señora Sard—. Estamos muy contentos. Empieza a gatear.

Joanna arqueó las cejas hacia Deborah.

—¡Eso es maravilloso! Escuche, señora Sard, la razón de mi llamada es que queremos seguir el proceso de Jason. ¿Le importaría si yo y otra empleada de la clínica pasamos a ver un momento al niño?

—¡Por supuesto que no! —dijo la señora Sard—. Si no fuera por el buen trabajo que hacen ustedes, nosotros no tendríamos esta felicidad. Hacía tanto tiempo que queríamos un niño... ¿Cuándo quieren pasar?

—¿Estaría bien en la próxima media hora?

—Perfecto. Se acaba de despertar de su siesta de modo que está de buen humor. ¿Tiene la dirección?

—La tenemos, pero indíquenos cómo llegar —dijo Joanna.

Resultó sencillo. Solo había que girar a la izquierda en la calle Mayor, ir en dirección del pueblo y luego coger la primera a la izquierda en la tienda RiteSmart. La casa era de estilo años sesenta, con tejado de dos aguas, y con la fachada necesitada de una mano de pintura. En contraste, un nuevo columpio infantil resplandecía en el sol del atardecer a un lado de la modesta vivienda.

Deborah aparcó detrás de una vieja furgoneta Ford.

—Un columpio nuevo para una criatura de seis meses. Eso sí que demuestra que hay padres ansiosos.

—La mujer dijo que hacía mucho tiempo que deseaban tener un hijo.

—No da la sensación de ser la casa de gente capaz de pagar los precios de la clínica Wingate.

Joanna asintió.

—La esterilidad desespera a las parejas. A menudo hipotecan la casa o piden créditos, pero esta casa no da para ninguna de esas opciones.

Deborah se volvió hacia Joanna.

—Lo que significa que probablemente acabaron sin dinero debido a la carga financiera de costearse un niño. ¿Estás segura que quieres pasar por esto? Quiero decir que el panorama allí adentro puede ser bastante deprimente. Mi consejo es darnos media vuelta e irnos.

—Quiero ver al niño —dijo Joanna—. ¡Confía en mí! Puedo hacerlo.

Abrió la puerta y bajó del coche. Deborah hizo lo mismo y las dos se encaminaron a la puerta. Con sus altos tacones, Deborah cuidó de no pisar las muchas grietas que había en el pavimento. Aun así, perdió un zapato, lo que la obligó a agacharse para recuperarlo.

—Hazme el favor de doblar las rodillas cuando haces eso —dijo Joanna—. Ya sé cómo llamaste la atención de Randy en aquel surtidor.

—Tus celos no conocen límites —dijo Deborah devolviéndole la broma.

Y las dos subieron los escalones.

—¿Estás lista? —preguntó Deborah con un dedo cerca del timbre.

—Pulsa ese maldito timbre —ordenó Joanna—. Estás exagerando la nota.

Deborah llamó a la puerta. Se oyó el timbre en el interior. Duró unos segundos sonando como una melodía.

—Todo un detalle —dijo sarcásticamente Deborah.

—No seas tan prejuiciosa.

Se abrió la puerta y a través del sucio cristal de la contrapuerta, tuvieron a una mujer moderadamente obesa y en bata llevando en brazos a un bebé con un mechón de pelo blanco. Cuando se abrió la contrapuerta, las dos se quedaron boquiabiertas. Deborah incluso trastabilló sobre sus tacones y solo aferrándose a una barandilla pudo mantener el equilibrio.

Paul Saunders tenía cosas más importantes que hacer que hablar con Kurt Hermann. Hasta tuvo que posponer la autopsia que iba a hacer con Greg Lynch a las crías de la cerda.

Pero Kurt había dicho que necesitaba hablar con él con extrema urgencia y Paul había aceptado hacerlo sin la menor gana, en especial porque Kurt insistió en que se reunieran en la casa de los guardias, en la entrada. Paul sabía que eso significaba problemas, pero no se preocupó. Tenía confianza en la capacidad y discreción de Kurt, por las que se le pagaba mucho dinero. ¡Muchísimo dinero!

Cuando se acercaba a la compacta construcción, recordó la última vez que había estado allí. Hacía más de un año del desastre con la anestesia. No pudo dejar de recordar la eficacia y el aplomo con que Kurt había resuelto aquella crisis; ese recuerdo contribuyó a tranquilizarlo.

En la puerta, Paul se quitó el lodo de las botas que había cogido para la caminata por el césped. Una vez dentro, encontró a su jefe de seguridad en el escritorio de su ascético despacho. Paul cogió una silla y tomó asiento.

—Tenemos problemas de seguridad —dijo Kurt con su característica ecuanimidad. Apoyaba los codos en el escritorio con las manos entrelazadas en el aire. Señaló a Paul con los índices para subrayar sus palabras, pero no denotó ninguna otra señal de emoción.

—Le escucho —dijo Paul.

—Hoy han empezado a trabajar dos nuevas empleadas —dijo Kurt—. Georgina Marks y Prudence Heatherly. Supongo que usted las entrevistó como es habitual.

—Por supuesto. —De inmediato se imaginó a Georgina y su cuerpo voluptuoso.

—He llevado a cabo algunas pesquisas. No son quienes dicen ser.

—Explíquese.

—Usan nombres falsos —dijo Kurt—. Georgina Marks y Prudence Heatherly eran de la zona de Boston pero ambas fallecieron recientemente.

Paul tragó saliva.

—¿Quiénes son? —preguntó y se aclaró la garganta.

—Sabemos el nombre de una de ellas —dijo Kurt—. Deborah Cochrane. El coche que usan está registrado a ese nombre. Aún desconocemos el nombre de la otra, pero pronto lo sabremos. La dirección que dieron no existe, pero al menos tenemos la dirección real de Deborah Cochrane. Y creo que es la dirección correcta de ambas.

—Felicitaciones por haber descubierto todo esto en tan poco tiempo —dijo Paul.

—Todavía no es momento de felicitaciones —dijo Kurt—. Hay más.

—Prosiga —dijo Paul, y se puso algo nervioso. Por el momento, le preocupaba que un hombre de la capacidad de Kurt pudiese descubrir que había invitado a cenar a la llamada Georgina y que había sido rechazado.

—Randy Porter ha descubierto que la falsa Prudence Heatherly ha abierto e impreso uno de los archivos de seguridad. Es uno titulado *Donantes*.

—¡Pero...! —exclamó Paul—. ¿Cómo pudo haber ocurrido algo semejante? Ese informático me aseguró que mis archivos estaban a salvo de cualquier contingencia.

—Yo no sé mucho de informática —dijo Kurt—, pero Randy teme que ella recibió la ayuda del doctor Spencer Wingate, a quien creo que sedujo.

Paul tuvo que agarrarse de ambos lados de la silla. Sabía que Spencer estaba rabioso y contrariado, pero esto era demasiado.

—¿Y cómo la ayudó?

—Añadiendo su nombre a la lista de usuarios del archivo. No fue fácil obtener esa información de Randy, pero eso dijo.

—Muy bien —replicó Paul sintiendo que se le enrojecían las mejillas—. Hablaré con Spencer y llegaré al fondo de todo esto aunque quizá también necesite su ayuda. Mientras tanto, hágase cargo de las dos mujeres y sea tan eficaz como lo fue con el desgraciado incidente de la anestesia, ya me entiende. No quiero que estas mujeres salgan de la clínica. Y quiero recuperar ese archivo que imprimieron. —Cuando acabó la parrafada, prácticamente estaba chillando.

—Por desgracia, ya se han ido —dijo Kurt manteniendo la calma pese a la creciente indignación de Paul—. Apenas me enteré de lo sucedido, traté de detenerlas en el acto, pero ya se habían marchado.

—¡Quiero que las encuentre y arregle este desaguisado! —gritó Paul mientras lo señalaba repetidas veces con un dedo—. ¡No quiero saber cómo lo hace, pero hágalo! Y hágalo de un modo que no implique a Wingate. ¡Tenemos que parar esto!

—De acuerdo —dijo Kurt—. Y como me lo he pensado un poco, creo que será bastante fácil. Primero, contamos con su dirección. Segundo, ellas saben que su comportamiento ha sido delictivo y por tanto no creo que se lo hayan contado a nadie. Asimismo, al menos una de ellas fue donante de óvulos, con lo cual el motivo para conseguir el archivo puede ser solo personal. Así que, si bien se ha producido un grave fallo en la seguridad, al menos podemos resolverlo si actuamos de inmediato.

—¡Entonces hágalo! —gritó Paul—. Quiero esto resuelto esta misma noche. ¡Esas mujeres pueden ocasionarnos problemas!

—Ya he tomado medidas para trasladarme a Boston —dijo Kurt. Se puso de pie y mientras lo hacía, se aseguró que Paul viera la pistola Glock con silenciador que sacó del cajón de su escritorio. Quería hacer ver lo grave que consideraba esta situación.

Pero la reacción de Paul fue distinta a la esperada por Kurt. En vez de simular que no la veía, le preguntó si tenía otra que él pudiera usar esa noche. A Kurt le encantó satisfacerlo. Esperaba que Paul resolviera por sí solo el problema Spencer Wingate. Después de todo, dos jefes máximos enemistados podían crear una situación muy complicada.

Joanna aún temblaba de la conmoción que le produjo aquella realidad y le pareció que Deborah compartía sus sentimientos con igual intensidad. La señora Sard las invitó a pasar a la sala e insistió en darles café. Pero Joanna no tocó la taza. La casa estaba tan sucia que le dio miedo. Manchas de lo que parecía yogur habían estropeado el sofá del lado en que Joanna estaba sentada. Juguetes y ropas sucias se veían por todas partes. El olor de pañales sucios impregnaba el ambiente. En la cocina, a la que Joanna echó un vistazo cuando entraron, había montones de platos grasientos.

La señora Sard no paraba de hablar sobre el bebé, que se aferraba a ella como un marsupial. Estaba visiblemente contenta por la inesperada visita y a Joanna le dio la impresión de ser una persona muy necesitada de compañía.

—De modo que el bebé goza de buena salud —dijo Deborah cuando la anfitriona hizo una pausa.

—Bastante buena —dijo esta—, aunque recientemente nos han dicho que sufre una ligera pérdida senorineuronal de audición.

Joanna no tenía ni idea de qué era una pérdida senorineuronal y aunque todavía no había abierto la boca, se las arregló para preguntar.

—Es una sordera provocada por un problema en el nervio auditivo —le explicó Deborah.

Joanna asintió meneando la cabeza, pero aún no estaba segura de entender. Pero no insistió. En cambio, se miró las manos. Temblaban. Se cubrió una con la otra. Lo que en realidad quería era irse de inmediato.

—¿Qué más les puedo contar de este pequeñín? —dijo la señora Sard. Con orgullo, levantó al bebé por encima de los hombros y luego lo hizo brincar sobre las rodillas.

Joanna pensó que era un encanto como cualquier bebé, pero que sería más encantador de haber estado limpio. El pijama cerrado que llevaba estaba inmundo en la pechera, sus cabellos se veían hediondos y algo de cereal le embadurnaba las mejillas.

—Creo que ya tenemos toda la información que necesitamos —dijo Deborah y se puso de pie. Joanna, agradecida, hizo lo mismo.

—¿No quieren más café? —ofreció la señora Sard con un deje de desesperación en la voz.

—Ya hemos abusado de su hospitalidad —dijo Deborah.

La mujer trató de protestar, pero Deborah se mostró inflexible. De modo que la señora Sard las acompañó hasta la puerta y permaneció en el porche mientras ellas bajaban los escalones. Cuando llegaron al coche, solo Deborah miró hacia atrás y, cuando lo hizo, la mujer hizo que el niño agitase la mano en gesto de despedida.

—Vámonos de aquí —dijo Joanna en cuanto cerraron las puertas, evitando volver a mirar al niño.

Deborah puso el motor en marcha y volvió a la calle.

Anduvieron unos minutos en silencio. Ambas se alegraban de haberse ido.

—Estoy horrorizada —dijo Joanna rompiendo finalmente el silencio.

—No se me ocurre quién no lo estaría —dijo Deborah.

—Me asombra que esa mujer actúe como si no supiera nada —dijo Joanna.

—Quizá sea así. Pero incluso si sabe algo, probablemente quería un hijo desde hace tanto tiempo que no le importa. Las parejas estériles llegan a la desesperación.

—¿Te diste cuenta enseguida? —preguntó Joanna.

—Obvio. Casi me caigo de culo en el porche.

—¿Qué te dio la pista?

—Supongo que el conjunto —dijo Deborah—. Pero si tengo que estrechar el círculo, creo que el mechón de pelo blanco del bebé me abrió definitivamente los ojos. Quiero decir, es algo bastante espectacular, en especial en un niño de seis meses.

—¿Le viste los ojos? —Joanna se estremeció.

—Claro. Me recordaron al perro husky que tenía un tío mío, aunque los del chucho tenían incluso más color.

—Lo que más me molesta es que probablemente el primer clon humano haya sido engendrado con uno de mis óvulos.

—Sé cómo te sientes —dijo Deborah—, pero a mí más me molesta quién lo hizo y a quién clonó. Paul Saunders no es la clase de persona de la que el mundo necesite una copia. Clonarse a sí mismo representa que es más egocéntrico, fatuo y arrogante de lo que yo jamás podría haber imaginado, aunque luego él intente explicar que lo hizo por la ciencia o la humanidad o alguna otra ridícula justificación.

—Al menos ese niño no tiene nada de mí —dijo Joanna. Por el momento, no podía ver más allá del aspecto personal de esta calamidad.

—Probablemente te equivocas —dijo Deborah—. El óvulo contribuye al ADN de las mitocondrias. Esa criatura porta tus mitocondrias.

—Ni siquiera voy a preguntarte qué son las mitocondrias —dijo Joanna—. No quiero saberlo porque no puedo admitir que ese chico lleve algo mío.

—Pues bien, ahora sabemos por qué el índice de éxito con tus óvulos era tan bajo. La clonación mediante transferencia de núcleos es así. Lo positivo es que han superado lo hecho por los que clonaron a la oveja *Dolly*. Deben de haber realizado unos doscientos intentos antes de lograr uno positivo. Tú conseguiste cuatro positivos en menos de trescientas.

—¿Tratas de hacerme una broma pesada? —repuso Joanna—. Yo no le veo ninguna gracia.

—Hablo en serio. Deben de estar haciéndolo correctamente. Su estadística es dos veces mejor que las demás.

—Pues yo no les daré ningún otro óvulo. Todo este asunto me enferma. Ojalá no hubiera ido nunca a ese lugar; así de mal me siento.

—Jamás te diría lo que acabo de decirte —bromeó Deborah—. Nunca haría algo semejante. Sería demasiado cruel.

Joanna sonrió a su pesar. La asombraba que en cualquier circunstancia Deborah pudiera tomarle el pelo.

—Pero sí tengo otra sugerencia que hacer si piensas que puedes soportarla.

—Detesto preguntar qué se te ha ocurrido —dijo Joanna.

—Pienso que debemos visitar a un segundo bebé para comprobar si nuestros miedos están justificados.

Siguieron adelante en silencio mientras Joanna se pensaba la nueva propuesta.

—No va a empeorar las cosas —dijo finalmente Deborah—. Ya hemos experimentado la conmoción. Nos puede ayudar a decidir qué haremos al respecto, si es que hacemos algo, ya que hasta ahora hemos ignorado el problema olímpicamente.

Joanna asintió. En ese sentido, Deborah tenía razón. No solo no habían hablado de lo que tendrían que hacer, sino que Joanna había evitado a propósito pensar en ello. Además de recurrir a la prensa, que sin duda las implicaría, ¿a quién más se lo podían contar? El problema estribaba en que habían conseguido la información mediante un delito. Joanna no sabía mucho de leyes, pero sí sabía que obtener información de forma delictiva invalidaba dicha información. Además, ni siquiera sabía si clonar seres humanos en una clínica privada violaba la ley.

—De acuerdo —dijo impulsivamente—, intentémoslo con el segundo niño, pero si es la misma situación, no entraremos. —Buscó la segunda página y el móvil.

El apellido del segundo bebé era Webster y vivía en un pueblo más cerca de Boston que de Bookford. Joanna marcó el número. El teléfono sonó más de cinco veces. Estaba a punto de cortar cuando contestó una mujer de respiración agitada.

La conversación con la señora Webster fue casi un calco de la mantenida con la Sard. Explicó que había tenido que correr porque acababa de sacar del baño a Stuart. Se mostró encantada de recibirlas y le explicó exactamente cómo llegar.

—Al menos este bebé estará limpio —dijo Joanna mientras cerraba el teléfono.

Media hora después llegaban a una casa que era la antítesis de la de los Sard. La de los Webster era una mansión de ladrillos y estilo colonial con grandes chimeneas. Las mujeres contemplaron la casa y el cuidado jardín ornamentado con un montón de magnolias y escaramujos en flor.

—Caray, el doctor Saunders es bastante ecléctico a la hora de elegir padres —comentó Deborah—. Es decir, si este niño también ha sido clonado.

—Vamos —dijo Joanna—. Acabemos con este asunto.

Las dos caminaron por el sendero de entrada con reservas. Ninguna estaba segura de querer hacer esa visita; sin embargo, se sentían obligadas. Joanna llamó al timbre.

Una vez más, ambas supieron al instante que se trataba de otro clon de Paul Saunders El bebé era idéntico al de los Sard, el mismo mechón de pelo blanco, los mismos iris heterocromáticos, la misma nariz de ancha base.

La señora Webster resultó tan amable como la Sard, pero sin la aparente necesidad de compañía. Las invitó a entrar, pero ambas declinaron.

Ya que Joanna había conseguido recuperarse del anterior shock, pudo participar más en la breve conversación. Además, al ver un niño limpio en un entorno favorable para el bienestar del bebé hizo que el episodio fuera más soportable. Por mera curiosidad, Joanna preguntó si el bebé tenía algún problema auditivo. La mujer contestó que sí; un problema similar al del bebé de los Sard.

Tras abandonar la casa de los Webster, ambas guardaron silencio, cada una concentrada en sus propios pensamientos. Hasta que no llegaron a la carretera y cogieron velocidad Deborah no rompió el silencio.

—No quiero volver sobre el tema, pero ahora puedes ver por qué me desilusionó tanto no haber podido hacernos con los archivos de la investigación. Mi intuición me dice que allí están haciendo algo muy gordo y que estas clonaciones solo son la punta del iceberg. Con el grado de arrogancia que tiene el doctor Saunders, el cielo es el límite.

—Clonar seres humanos ya es bastante malo.

—No creo que sea suficiente para que encierren a Saunders y sus compinches —dijo Deborah—. De hecho, si los medios denuncian que allí ofrecen clonaciones, se puede producir una estampida de gente estéril en dirección a la clínica.

—Lo siento —musitó Joanna—. Como ya te dije, hice lo que pude con aquel ordenador.

—No te culpo.

—¡Sí que lo haces!

—Pues bien, quizá un poquito. Es muy frustrante.

Volvieron a guardar silencio. Solo se oía el zumbido del motor. A la distancia, apareció Boston en el horizonte.

—¡Espera un segundo! —exclamó de repente Deborah

sobresaltando a Joanna—. Descubrir las clonaciones nos ha hecho olvidar los óvulos.

—¿De qué estás hablando?

—La cantidad de óvulos que presuntamente te sacaron. Cómo pueden obtener cientos a menos que... —Deborah hizo una pausa y miró por la ventanilla con expresión de horror.

—¿A menos que qué? —inquirió Joanna. En esas circunstancias, le irritó sobremanera que Deborah volviera a las andadas.

—Mira el archivo de donantes. Fíjate si hay más donantes que hayan ofrecido cientos de óvulos.

Mascullando entre dientes, Joanna estiró una mano hasta el asiento trasero y con un gruñido se colocó el montón de papeles sobre el regazo. Empezó desde el principio y no tuvo que pasar muchas páginas.

—Hay muchas. Y aquí hay una todavía más impresionante. ¡A Ana Álvarez se le adjudican cuatro mil doscientos nueve!

—¡Tienes que estar bromeando!

—No lo estoy —dijo Joanna—. Aquí hay otra donante de varios miles. Marta Arriaga. Y otra más: María Artiavia.

—Esos apellidos parecen hispanos.

—Sí —coincidió Joanna—. Aquí hay otra todavía más extraordinaria. Según dice aquí, ¡Mercedes Ávila donó ocho mil setecientos veintiún óvulos!

—Fíjate si pone que todos esos óvulos fueron implantados individualmente como los tuyos.

Joanna pasó la página de Mercedes Ávila y deslizó un dedo por la columna.

—Así parece.

—Entonces probablemente fueron destinados a transferencias de núcleos para clones —dijo Deborah—. ¿Consta el nombre de Saunders al lado?

—En casi todos —dijo Joanna—, aunque algunos también llevan el nombre de Sheila Donaldson.

—Tendría que habérmelo imaginado —dijo Deborah—. Eso quiere decir que trabajan juntos. Pero dime una cosa,

¿hay muchos apellidos hispanos o se trata de una excepción en la letra A?

Joanna revisó las páginas. Tardó varios minutos.

—Sí, hay bastantes y todos figuran como donantes de miles de óvulos.

—¿Será esa la conexión nicaragüense? —preguntó Deborah con un estremecimiento.

—¿Cómo puede ser?

—Los embriones femeninos tienen una cantidad máxima de óvulos en el ovario que duran toda la vida del individuo —explicó Deborah—. En alguna parte leí que en cierto momento del desarrollo embrionario tiene cerca de siete u ocho millones; en el momento del nacimiento se reduce a un millón, y en la pubertad, a trescientos o cuatrocientos mil. Algunas mentes enfermizas como las de Paul Saunders y Sheila Donaldson pueden considerar que el embrión femenino es una mina de oro.

—No me gusta lo que estás sugiriendo —dijo Joanna.

—A mí tampoco —dijo Deborah—, pero lo que digo es coherente. Esas nicaragüenses acaso permitan que las implanten y luego las hagan abortar a las veinte semanas nada más que para extraerles los óvulos.

Joanna miró por la ventanilla mientras sentía repulsión. Lo que decía Deborah era tan horroroso como la clonación, con las implicaciones sobre el papel de la mujer y la falta de respeto por la vida humana. Con dificultad, reprimió sus emociones. Se encontró deseando no haber tenido nunca nada que ver con la clínica Wingate. Haberse implicado como donante la hizo sentirse cómplice de ese tinglado.

—El problema con esta situación, si realmente sucede lo que pienso, es que es legal. Puede ser reprobable que esto acontezca en una clínica de fertilidad, pero nadie podría hacer nada si esas mujeres no están siendo obligadas a hacerlo.

—¿Pagarles no es una forma de coerción? —replicó Joanna—. ¡Estas mujeres son pobres y provienen de un país del Tercer Mundo!

—Eh, calma. Solo estamos cambiando opiniones.

—¡No me voy a calmar! —espetó Joanna—. ¿Y qué idea tenías sobre mis óvulos que no completaste? Detesto cuando me dejas colgada con algo así.

—Oh, lo siento. La conexión nicaragüense me hizo cambiar de tema. Quería decir que para quitarte tantos óvulos, tienen que haberte extirpando todo el ovario.

Joanna sintió como si la hubiesen abofeteado. Tuvo que serenarse para poder pensar. Con voz trémula, pidió que repitiese lo que acababa de decir para cerciorarse de haberlo entendido bien.

Deborah echó una rápida mirada a su amiga. Por la voz de Joanna, supo que estaba a punto de hundirse.

—Solo he pensado en voz alta —explicó—. No te lo tomes tan a pecho.

—Tengo derecho a molestarme si tú sugieres que me extirparon el ovario —dijo Joanna lentamente.

—Entonces busca tú una explicación alternativa para todos esos óvulos —repuso Deborah en son de desafío—. Estamos hablando para tratar de comprender la poca información que tenemos.

Joanna se serenó e intentó dar con alguna alternativa tal como había sugerido su amiga. Pero con sus escasos conocimientos de biología no se le ocurrió nada.

—Que yo sepa, el máximo de óvulos obtenidos con una hiperestimulación ovárica fueron unos veinte —dijo Deborah—. Conseguir cientos me sugiere la existencia de algún tipo de cultivo de tejidos ováricos.

—¿Es posible hacer un cultivo de tejidos de ovario? —preguntó Joanna.

Su amiga se encogió de hombros.

—No tengo la menor idea. Soy una bióloga molecular, no celular. Pero podría ser.

—Si me sacaron un ovario —dijo Joanna—, ¿en qué me afectará?

—Veamos —dijo Deborah poniendo cara de gran concentración—, con la mitad de tu producción normal de estrógenos, casi casi se doblará tu nivel de adrenalina. Eso quiere decir que probablemente te crecerá la barba, se te caerán los pechos y te quedarás calva.

Joanna la miró con renovado pavor.

—¡Es una broma! —exclamó Deborah—. Tendrías que reírte.

—Pues no le veo la gracia.

—La verdad es que probablemente casi no habrá efecto —dijo Deborah—. Tal vez puede haber un mínimo bajón en tu fertilidad ya que ovularás con un solo ovario, pero ni siquiera estoy segura de eso.

—Aun así, el hecho de que me hayan escamoteado un ovario no es nada agradable —dijo Joanna—. Es como una violación, pero aún peor.

—Totalmente de acuerdo —dijo Deborah.

—¿Por qué solo yo y no tú?

—Buena pregunta —dijo Deborah—. Supongo que se debe a haberme negado a la anestesia general. Para quitar un ovario deben usar un procedimiento laparoscópico como mínimo, no una mera aguja magnética.

Joanna cerró un instante los ojos. Deseó entonces no haber sido tan cobarde con los procedimientos médicos en el momento de la donación. Tendría que haber seguido el consejo de Deborah.

—Se me acaba de ocurrir algo—dijo Deborah.

Joanna no pronunció palabra. Juró que no preguntaría de qué se trataba. Continuaron en silencio casi dos minutos.

—¿No estás interesada? —preguntó Deborah.

—Solo si me lo dices.

—Si podemos probar que te han extraído un ovario, entonces tendremos algo. Si lo hicieron, tendríamos la ley de nuestra parte. Quiero decir que extraer un ovario sin consentimiento constituye técnicamente un delito.

—Sí. ¿Y bien? ¿Cómo probarlo? —dijo Joanna sin entusiasmo—. ¿Qué tendrían que hacer? ¿Abrirme y mirar? ¿Sabes qué? No, gracias, pero no.

—No creo que tengan que operarte. Pienso que lo pueden hacer con una resonancia magnética. Lo que propongo es que llames a Carlton, le expliques el asunto y le digas que necesitas averiguar si te falta un ovario.

—Me parece bastante irónico que tú me propongas que llame a Carlton —comentó Joanna.

—No te estoy sugiriendo que te cases con él, por todos los santos. Solo que aproveches que es médico de un hospital. Esos se conocen entre sí, son como una hermandad. Estoy segura de que puede conseguir que te hagan una prueba de resonancia.

—Hace tres días que estoy en casa y aún no lo he llamado ni una vez. Me sentiría culpable si lo llamo de improviso para pedirle un favor.

—¡No seas así! —exclamó Deborah—. Vuelves a dar muestras de tu pasado de niña bien de Houston. Cuántas veces he de decirte que se puede utilizar a los hombres del mismo modo que ellos utilizan a las mujeres. Esta vez, en lugar de usarlo como diversión, lo usas para conseguir una prueba de resonancia. No pasa nada.

Joanna se imaginó cómo sería la conversación con Carlton. Desde su perspectiva, no resultaría tan fácil como mantenía Deborah. Pero quería comprobar si había sido violada internamente o no. De hecho, cuanto más lo pensaba, más quería saberlo.

—¡Muy bien! —dijo. Cogió el teléfono móvil—. Le llamaré.

—Buena chica.

15

10 de mayo de 2001, 18.30 h

La plaza Louisburg quedaba en lo alto de la cuesta de Beacon Hill. Se llegaba por la calle Mount Vernon y se giraba en la calle de doble dirección de la plaza. No se trataba de un cuadrado, sino más bien de un largo rectángulo flanqueado por una serie de casas de ladrillo con fachadas curvilíneas y ventanales con persianas. El centro de la plaza estaba formado por un parterre de hierbas anémicas y pisoteadas rodeada por una verja de hierro forjado y unos viejos olmos que de algún modo habían sobrevivido a una enfermedad. En cada punta había modestos matojos junto a una estatua.

Kurt había encontrado la plaza sin dificultad pese a que no conocía bien Boston ni la profusión de calles de Beacon Hill en particular. El aparcamiento de la plaza tenía un discreto cartel de PRIVADO con la amenaza de que quienquiera que aparcase sin permiso se las vería con la grúa. A Kurt no le interesaba que la grúa se llevase el vehículo. Usaba una de las negras furgonetas de seguridad de la clínica con un compartimiento hermético detrás. En ese compartimiento llevaba los distintos y variados instrumentos que podía usar con pasajeros poco cooperativos.

El plan de Kurt se reducía básicamente a volver a Wingate con las dos mujeres. Pensó que primero debía localizarlas y luego improvisar. De momento solo reconocía el lugar. Era su tercera pasada por la plaza. En la primera, había ubicado el edificio. Era el primero a la derecha. Constaba de cinco pisos con un tejado de buhardillas, con una entrada de cinco escalones. Supuso que habría una puerta trasera, pero un muro de ladrillo no dejaba ver la parte de atrás.

En la segunda pasada, prestó atención a la actividad en la zona. Varios edificios estaban siendo reparados y se veían numerosos obreros y vehículos de construcción por todas partes. En la propia plaza había varios chicos de entre cuatro y doce años. Unas pocas madres charlaban entre ellas o prestaban atención a sus retoños.

En su tercera pasada, Kurt intentaba decidir dónde aparcar la furgoneta. La mayoría de los obreros de la construcción ya se habían marchado, lo que dejaba varios sitios libres. Decidió que lo más idóneo era al final de Mount Vernon pese al cartel de PROHIBIDO APARCAR; después de todo, la grúa no se había llevado los coches de los obreros. Dio vuelta a la manzana y aparcó cerca de la verja. Desde allí obtuvo una vista privilegiada del edificio en cuestión.

Para entonces, la única preocupación de Kurt era no haber visto todavía el Chevy Malibu. Había memorizado el número de la matrícula y pensaba que se lo encontraría en una u otra punta de la plaza, pero no fue así.

Pese a la adrenalina que le fluía por las venas, Kurt mantenía una calma aparente. Sabía que era peligroso ponerse nervioso en una misión semejante. Era fundamental ser precavido y metódico para evitar equivocaciones. Al mismo tiempo, debía mantenerse alerta como una serpiente enroscada, listo para atacar en cuanto se presentase la ocasión.

Kurt sacó la Glock y volvió a verificar el cargador. Satisfecho, la guardó en la cartuchera. Luego tocó el cuchillo que llevaba atado a la pantorrilla. En el bolsillo derecho del pantalón tenía varios guantes de látex, y en el izquierdo una máscara de esquiador. En el bolsillo derecho de la chaqueta portaba su colección de ganzúas, con las que había practicado hasta convertirse en un experto; en el izquierdo, jeringas con un potente sedante.

Tras media hora sentado en la furgoneta, decidió que ya era la hora. En la plaza había disminuido el nivel de actividad, pero no lo suficiente como para hacerlo demasiado visible. Kurt salió de la furgoneta y la cerró con llave. Después de echar una última mirada al lugar, se encaminó al número uno de la plaza Louisburg.

Con las llaves de la furgoneta en la mano, Kurt subió los escalones hasta la entrada. Maniobrando con las llaves como si tuviera dificultades con la cerradura, se puso a trabajar con las ganzúas. Tardó más de lo esperado, pero finalmente el cilindro cedió a sus esfuerzos. Sin mirar atrás, entró en el edificio.

Los chillidos de los niños en la plaza se amortiguaron tras la puerta cerrada. Sin prisas, Kurt guardó las herramientas y empezó a subir las escaleras. Sabía por los buzones que Deborah Cochrane y Joanna Meissner vivían en la tercera planta. Supuso que Joanna Meissner era Prudence Heatherly, pero quiso confirmar este supuesto.

A medida que pasaba cada piso crecía su exaltación. Le encantaba llevar a cabo este tipo de misiones. En su imaginación podía ver a Georgina Marks con su vestimenta abominablemente provocativa. La quería con vida y la quería en su casa de la clínica Wingate.

Al llegar al tercer piso, se puso los guantes de goma. Entonces cogió la Glok pero sin desenfundarla. Con la mano izquierda a punto de golpear a la puerta, oyó que se abría el portal de la planta baja. No se puso nervioso como habría hecho alguien con menos experiencia. Simplemente se asomó por la barandilla y miró por el hueco de la escalera. Pensó que podría tratarse de las dos mujeres, pero no fue así. Era un hombre solitario que subía los escalones después de una jornada de trabajo. Kurt no vio al individuo sino una mano que iba cogiendo la barandilla.

Se preparó para cualquier confrontación que pudiera ocurrir. Pensó bajar las escaleras si el hombre llegaba al segundo piso y seguía subiendo. Pero no fue necesario. El hombre se paró en el primero, abrió una puerta y entró. En el pasillo volvió a reinar el silencio.

Kurt volvió a la puerta del apartamento. Clamó con fuerza suficiente para que le oyera cualquier ocupante, pero no lo bastante para atraer la atención de los demás vecinos. Esperó, y cuando nadie respondió y no oyó el menor ruido en el interior, volvió a usar las ganzúas. Tal como sabía por experiencia, una puerta de apartamento era más difícil de abrir que la de una entrada básicamente porque tenía dos cerraduras: una normal y otra especial de seguridad.

La normal resultó fácil, pero la especial requirió paciencia. Finalmente, cedió y se abrió. Un instante después, Kurt ya estaba dentro y la puerta cerrada. Con una velocidad que contrastaba con sus anteriores movimientos lentos y deliberados, Kurt recorrió el apartamento y se aseguró que estaba vacío. No quería darle a nadie la oportunidad de llamar al 091. Miró en cada habitación, en cada armario y hasta debajo de las camas.

Una vez seguro de estar a solas, vio si había una salida alternativa. Era una escalera de incendios que zigzagueaba por la pared trasera del edificio. Tenía acceso por la ventana del dormitorio del fondo. Al pasar por allí, vio la fotografía de una joven pareja. La mujer se parecía lo suficiente a Prudence Heatherly, pese al pelo largo, como para que Kurt estuviera seguro de que las dos mujeres que buscaba vivían allí y que Joanna Meissner era Prudence Heatherly.

Pasando por el dormitorio y el pasillo, llegó a la sala. En el escritorio, buscó cualquier papel que las relacionase con la clínica Wingate. No encontró ninguno, pero sí uno relacionado con los alias que habían usado las mujeres. Kurt se lo guardó en un bolsillo.

En el otro dormitorio encontró una foto de Georgina. Prefería llamarla Georgina y no Deborah. En la foto, ella tenía un brazo por encima del hombro de una mujer mayor que Kurt supuso sería su madre. Le sorprendió el aspecto tan distinto que tenía con el pelo negro y un atuendo recatado. Sin duda, su lasciva transformación era obra del demonio.

Volvió a dejar la foto en su sitio y abrió el cajón de arriba de una cómoda. Metió una mano y sacó unas bragas de seda. Pese a los guantes de látex, esa lencería lo excitó.

Al dejar el dormitorio, volvió a cruzar la sala y entró en la cocina. Abrió la nevera en busca de una cerveza, pero el hecho de que no la hubiera le irritó sobremanera.

En la sala, sacó la pistola y la posó en el apoyabrazos del sofá y se sentó. Ya pasaba de las siete y se preguntó cuánto tiempo tendría que esperar a Georgina y Prudence.

—Se denomina síndrome de Waardenburg —dijo Carlton. Sacudió la cabeza como si se pusiera de acuerdo consigo mismo y se sentó con expresión de orgullo en su rostro juvenil.

Los tres estaban sentados a una mesa de fórmica en la cafetería del sótano del hospital general donde él las había llevado a cenar algo, ya que ninguno había comido nada. Esa noche, Carlton hacía guardia y les había advertido que en cualquier momento podían llamarlo de urgencias.

—¿Qué demonios es el síndrome de Waardenburg? —preguntó Joanna con impaciencia. Por la respuesta de Carlton, le pareció que él no había prestado mucha atención a su pregunta. Le acababa de describir la conmoción que ambas habían experimentado al ver a los dos niños clonados.

—El síndrome de Waardenburg es una anomalía en el crecimiento —explicó Carlton—. Se caracteriza por un mechón de pelo blanco, pérdida congénita de audición, distopía en la córnea e iris heterocromáticos.

Joanna miró a Deborah quien le hizo un gesto de perplejidad. Era como si Carlton fuera de otro planeta.

—¡Carlton, escucha! —dijo Joanna, tratando de no alterarse—. No entendemos lo que dices. No te estamos examinando, de modo que no tienes que abrumarnos con jerga médica. Lo importante es el bosque, no un árbol.

—Pensé que queríais saber lo que tiene ese médico que acabáis de describirme. Es una enfermedad hereditaria que implica la salida de las células auditivas del lugar correspondiente en el cerebro. No es nada extraño que los niños clonados la padezcan. Sus hijos naturales también la tendrían.

—¿Tratas de decirnos que esos chicos no son clones? —preguntó Joanna.

—¡Vale!, lo más probable es que se trate de clones —dijo Carlton—. Con el flujo genético normal que habría en un óvulo normalmente fertilizado, se produciría una penetración variable de incluso los genes dominantes. Los chicos no tendrían un aspecto idéntico. Habría una variación significativa de las mismas características.

—¿Tratas de ser incomprensible a propósito? —inquirió Joanna.

—No; trato de ayudar.

—Entonces piensas que esas criaturas son clones, ¿no es así? —intervino Deborah.

—Tal como los habéis descrito, sí —admitió Carlton.

—¿No te perturba? —preguntó Joanna—. No estamos hablando de moscas ni de ovejas. Estamos hablando de clonar seres humanos.

—La verdad, no me sorprende en absoluto —dijo Carlton y se inclinó hacia delante—. En lo que a mí respecta, eso era una cuestión de tiempo. Una vez se clonó a *Dolly,* pensé que tendría lugar la clonación humana y que sucedería en una clínica de fertilidad privada. La mayoría de los expertos en fecundación, en especial los aventureros, han echado las campanas al vuelo con la clonación y amenazado con hacerlo desde que se anunció lo de *Dolly.*

—Me escandaliza que lo digas así —apuntó Joanna.

Antes de que Carlton pudiera contestar, sonó su busca. Tras mirarlo, se revolvió en la silla.

—He de hacer una llamada. Vuelvo enseguida.

Joanna y Deborah lo vieron atravesar el comedor rumbo a uno de los teléfonos de pared.

—Tu analogía del bosque y el árbol fue maravillosamente apropiada —comentó Deborah.

Joanna asintió.

—Él mismo ha admitido que aquí está muy aislado. Con la cabeza llena de información como el síndrome de Waardenburg, no me sorprende que no tenga tiempo para pensar en lo que sucede en el mundo o en lo que es ético. Analiza con frialdad el tema de la clonación.

—Ni siquiera le afectó lo que le contamos de las nicaragüenses —dijo Deborah—. Tampoco lo que te pasó.

Joanna asintió. Carlton no se había mostrado nada conmovido. Cuando llegaron, a Joanna le habían preocupado sus sentimientos y se había disculpado por no haberlo llamado antes. Aunque Carlton había excusado esa falta de contacto, Joanna seguía sintiendo culpa por pedirle un favor, pero ese sentimiento había desaparecido con la falta de emoción demostrada por Carlton.

Las dos habían decidido que lo mejor era contarle todo a Carlton a partir de la donación de óvulos. Él había escuchado con atención y sin interrumpir hasta que llegaron al trabajo en los Wingate, las identidades falsas y los disfraces.

—¡Espera un momento! —había exclamado y mirado a Deborah—. ¿Por esa razón te has teñido el pelo y te has puesto ese vestido tan llamativo?

—No pensé que te darías cuenta —había dicho Deborah, lo que provocó una risita de Carlton como diciendo que era imposible no darse cuenta.

Entonces, Joanna le había preguntado qué le parecía su disfraz. Para disgusto de Joanna, Carlton le había preguntado qué disfraz.

La única parte de la historia que realmente había cautivado a Carlton fue el criadero de óvulos.

Cuando supo la cantidad de óvulos implicados, dijo que seguramente Wingate había desarrollado con éxito una técnica de cultivo de tejidos ováricos junto con la capacidad de madurar oocitos inmaduros. Les había dicho que un avance semejante representaría un hito en la ciencia.

Cuando le dijeron que la razón de su presencia era conseguir que le hicieran una resonancia magnética a Joanna para ver si le habían extirpado un ovario, dijo que lo intentaría e hizo varias llamadas. El hecho de que no mostrase mayor reacción emocional sorprendió a ambas amigas.

—No quiero equivocarme —dijo Deborah al verlo en el

teléfono—, pero ahora me siento más satisfecha que antes de que no sigas comprometida con ese hombre.

—No te equivocas —le aseguró Joanna.

Carlton colgó el teléfono y regresó. Cuando se acercaba, hizo el signo de la victoria.

—Ya está —dijo al llegar a la mesa, pero no dio muestras de querer sentarse—. Era una de las residentes de radiología que está de guardia. Ha arreglado lo de la resonancia.

—¿Cuándo? —preguntó Deborah.

—¡Ahora mismo! El aparato ya está encendido y listo para funcionar.

Las dos se pusieron de pie y recogieron todas sus pertenencias.

—Nunca me han hecho una resonancia —dijo Joanna—. ¿Duele? Odio las inyecciones.

—No te vas a enterar —le dijo Carlton—. No hay jeringas de por medio. Lo peor es el gel, pero solo porque es viscoso, aunque por suerte es soluble en agua.

Subieron en ascensor hasta el piso de radiología. Carlton sostuvo la puerta para dejarlas pasar y señaló en una dirección del pasillo. Después de una serie de giros en aquel laberinto, llegaron a la unidad de resonancias. En la sala de espera no había ni un alma. Una empleada limpiaba el suelo con una potente aspiradora.

—¿Espero aquí? —preguntó Deborah.

—No —contestó Carlton—. Cuantos más seamos, más nos reiremos.

Las condujo pasando una mesa de registro a una sala con varias puertas a ambos lados. Cada puerta daba a una unidad de resonancia separada, vacía y a oscuras. Las dos siguieron a Carlton casi hasta el final, donde salía luz de una de las habitaciones.

Allí una mujer de bata blanca se presentó antes de que Carlton pudiera hacer los honores. Era la doctora Shirley Oaks. Movía la cabeza de forma bastante parecida a Joanna. En contraste con Carlton, se mostró preocupada por la posible pérdida de un ovario y así lo hizo constar.

Joanna le dio las gracias y echó una mirada de reproche a Carlton ya que le había pedido que fuera lo más discreto posible.

—No le conté toda la historia —dijo Carlton a la defensiva—, pero tenía que decirle lo que buscamos.

—Tampoco quiero saber toda la historia —dijo Shirley y palmeó la camilla de resonancias para animar a Joanna a subirse. La cubrió con papel de un rollo en la parte delantera—. Debemos darnos prisa —añadió—. Estaba a punto de hacer otra resonancia, además de que en cualquier momento pueden llamarme de urgencias.

Joanna iba a subir a la camilla, pero Shirley la retuvo.

—Será más fácil si te quitas la falda y te desabrochas la blusa.

—Muy bien —dijo Joanna.

—Esperaré fuera si quieres un poco de intimidad —dijo Carlton.

—Por mí no es necesario —dijo Joanna mientras se quitaba la falda y se la pasaba a Deborah—. No hay nada que no hayas visto.

Joanna se tendió en la camilla y Shirley le dejó al descubierto parte del abdomen subiéndole la blusa y bajándole un poco las bragas. Apenas visibles, allí se veían tres diminutas cicatrices de una laparotomía.

—¿Son cicatrices normales de laparotomía? —preguntó Shirley a Carlton mientras se disponía a ponerle el gel.

Carlton se agachó para ver más de cerca.

—Pues sí, tienen el tamaño normal y han cicatrizado con toda normalidad.

—¿Se puede sacar un ovario por una incisión tan pequeña? —preguntó Shirley.

—Claro que sí. Una piel joven y sana como la de Joanna es sorprendentemente elástica. No sería ningún problema.

—Acabemos con esto —dijo Joanna.

—Por supuesto —dijo Shirley y le puso una generosa cantidad de gel sobre el abdomen.

—¡Ay, qué frío! —exclamó Joanna.

—Oh, sí. Lo siento. Me olvidé de calentarlo tal como hacen las enfermeras o los técnicos.

Shirley enfocó las luces con un pedal de pie y aplicó la sonda en el abdomen de Joanna. El monitor estaba a un lado y en una posición que podía mirarlo todo el mundo, incluida Joanna.

—Bien, allá vamos —se dijo Shirley a sí misma—. Podemos ver los ligamentos y los tubos. Ese es el ovario izquierdo.

—Lo veo —dijo Carlton—. Aspecto normal.

—Muy normal —dijo Shirley—. Ahora volvamos al útero. Está bien. Ahora a la derecha.

Joanna miraba la pantalla esperando reconocer algo, pero sabía muy poco de sus entrañas y prefería seguir en su ignorancia siempre y cuando todo funcionase normalmente.

Shirley movió la sonda magnética en un círculo por la derecha del abdomen. Luego empezó a presionar hasta producir cierta incomodidad.

—Ay —dijo Joanna—, empieza a doler.

—Un segundo más —dijo Shirley. Luego se detuvo, se irguió y miró a Carlton—. Por lo que veo, no hay ovario derecho.

—¿No podría estar hundido o algo así? —preguntó Carlton.

—No está aquí —dijo Shirley—. Eso seguro.

—¿Está bien si me siento? —preguntó Joanna.

—Por supuesto —dijo Shirley y le dio unos papeles para quitarse el gel.

Joanna se bajó de la camilla y se abrochó la blusa.

—¿Qué posibilidades hay de que Joanna siempre haya tenido solo un ovario?—preguntó Deborah.

—No es mala pregunta —dijo Carlton, y se encogió de hombros—. No lo sé.

—Llama a uno de ginecología —aconsejó Shirley—. Ellos deben saberlo.

—De acuerdo —dijo Carlton.

—Si me necesitáis, no tenéis más que llamarme —dijo Shirley—. Tengo que irme.

Los tres dieron las gracias a la radióloga, que se marchó. Joanna se alisó las arrugas de la falda.

—Vamos a recepción en cuanto estés lista —dijo Carlton—. Desde allí llamaré a ginecología. —Salió al pasillo y desapareció.

—Bueno, se han confirmado nuestros temores —dijo Deborah dándole una mano a Joanna mientras esta se ponía la falda.

Ahora que estaba a solas con Deborah, Joanna sintió la necesidad de dar rienda suelta a sus emociones y soltó unas lágrimas.

—No sé por qué lloro —dijo tras una breve y única risita—. Supongo que he tenido una larga e íntima relación con ese ovario y ni siquiera sabía que se había ido.

Deborah sonrió.

—Me sorprende tu sentido del humor.

—Estoy tan cansada que reír me resulta más fácil que llorar.

—Pues, ¡qué osadía han tenido Paul Saunders y Sheila Donaldson para hacerle algo semejante a una persona! —Contando con los dedos, prosiguió—: Considera lo que presuntamente están haciendo. Uno, robándole los ovarios a mujeres que no lo saben; dos, clonándose a sí mismos para mayor gloria de sus egos; tres, embarazando a esas pobres nicaragüenses y haciéndolas abortar para obtener sus óvulos. Y esas no son más que nuestras sospechas. Tenemos que hacer algo al respecto.

Joanna se ajustó la falda y la blusa y se puso los zapatos.

—Yo sé lo que voy a hacer. Me voy a casa y a la cama. Después de once o doce horas de sueño quizá pueda pensar algo apropiado para la clínica Wingate.

—¿Sabes qué podríamos hacer? —dijo Deborah.

Joanna recogió el bolso. No se sentía de humor para seguirle el juego a Deborah y no contestó. Salió de la habitación.

Deborah la siguió.

—Te diré lo que deberíamos hacer aunque no quieras saberlo. Deberíamos volver esta misma noche a la clínica y averiguar qué hay en la sala de los óvulos. Allí puede haber pruebas irrefutables. Diablos, hasta podríamos encontrar tu ovario. Y si no funciona, podemos entrar en la sala del servidor y conseguir los archivos de la investigación. A estas horas no tendríamos que lidiar con Randy Porter.

Joanna se dio la vuelta.

—¡Es la idea más demencial que he oído en mucho tiempo! ¿Por qué habríamos de volver allí esta misma noche?

—¡Porque podemos!

—Debes de estar tan cansada como yo. ¿Qué respuesta es esa?

—Aún tenemos las tarjetas de acceso —replicó Deborah—. Hoy nos fuimos temprano y estoy segura que lo descubrieron, de modo que hemos perdido el empleo. Pero conociendo las burocracias, las tarjetas aún deben de funcionar. Eso cambiará mañana, pero me sorprendería mucho que no funcionasen esta noche. Todavía tenemos la tarjeta de Spencer y eso tampoco durará para siempre. Lo único que digo es que si no vamos esta misma noche, no habrá otra oportunidad. Tenemos esta mínima oportunidad que todavía podríamos usar.

—Supongo que algo de razón tienes —dijo Joanna con agobio—, pero estamos demasiado agotadas. —Siguió avanzando por el pasillo.

Deborah la siguió sobre sus tacones tratando de convencerla de que tenían una responsabilidad moral. Cuando llegaron a la sala de espera, aún discutían. Carlton tuvo que pedirles que bajaran la voz para poder oír ya que estaba al teléfono.

—¿De qué estáis discutiendo? —preguntó cuando colgó. Joanna y Deborah intercambiaron miradas indignadas.

—Intenta convencerme para volver esta noche a la clínica Wingate —le explicó Joanna—. Quiere entrar en lo que llama sala de óvulos y quiere que abra los archivos de la investigación.

—¿Queréis, señoras, conocer mi opinión? —preguntó Carlton.

—Depende —dijo Deborah—. ¿Estás a favor o en contra?

—En contra.

—Entonces no quiero oírla.

—Yo sí —dijo Joanna.

—Pienso que no debéis seguir violando la ley como hasta ahora —dijo Carlton—. Habéis tenido suerte de que nos os hayan pillado, pero ya es hora de que los profesionales se hagan cargo. Recurrid a las autoridades.

—¿Como quién? —dijo desafiante Deborah—. ¿La policía de Bookford? ¿Qué puede hacer? ¿El FBI? No tenemos ninguna prueba de que se trate de un delito federal que pudiera justificar una orden de allanamiento. Y estoy segura de que Saunders y Donaldson han previsto qué hacer si hay actuaciones de esta índole. ¿Las autoridades médicas? No van a hacer nada porque jamás lo han hecho. Para ellos, las clínicas de fertilidad son algo ajeno a sus actividades.

—¿Qué te dijo tu colega de ginecología? —preguntó Joanna.

—Que la ausencia congénita de un ovario es una tremenda rareza —dijo Carlton—. Me dijo que ella nunca lo había visto ni nunca había oído hablar ni leído de algo semejante, pero piensa que puede suceder.

—¡Te han robado el condenado ovario! —exclamó Deborah—. Está más claro que el agua. Eh, ahora creo que vas a ser tú quien trate de convencerme de volver allí esta noche.

—Eso piensas tú, pero yo tengo más sentido común que tú.

Sonó el busca de Carlton. En la desierta sala de espera, sonó más fuerte que en la cafetería del sótano. Usó el teléfono.

—No debemos perder esta oportunidad —insistió Deborah.

—Muy bien, ahora mismo voy —dijo Carlton. Colgó—. Lamento perderme la fiesta, pero me llaman de urgencias. Hubo un accidente en Storrow Drive y las ambulancias ya están de camino.

Carlton las acompañó hasta el ascensor, donde las dos siguieron discutiendo en voz baja. Incluso persistieron por el pasillo central hasta la puerta del hospital.

—Aquí es donde debo dejaros —dijo Carlton interrumpiéndolas y señalando la sala de urgencias. Mirando a Joanna, añadió—: Ha sido un placer verte. Y lamento lo del ovario.

—Gracias por lo de la resonancia —dijo Joanna.

—Me alegro de haber podido ayudar. Te llamaré más tarde.

—Hazlo —replicó Joanna y sonrió. Él hizo lo mismo, agitó una mano en son de despedida y desapareció por las puertas giratorias.

Deborah hizo el gesto de meterse los dedos en la garganta como para vomitar.

—Venga —dijo Joanna—. No es tan desagradable.

—¿Y quién lo dice? ¡«Lamento lo del ovario»! ¡Qué cosa más insensible y cruel para decir en estas circunstancias! ¡Es como si hubieras perdido tu tortuguita de compañía y no parte de tu identidad como mujer!

Las dos salieron del hospital y fueron al aparcamiento. La noche había caído y las farolas de las calles estaban encendidas. Se podían oír a la distancia las sirenas de las ambulancias que se acercaban.

—Los médicos viven cada día tragedias mucho más graves que perder un ovario —dijo Joanna—. No ven el mundo como tú y yo. Además, tú misma dijiste que la pérdida de un ovario no me afectaría.

—Tú eras su prometida. No eres una paciente más. Pero ¿sabes qué? Olvídate de todo. Es tu problema, no el mío. Yo voy a ir esta noche a Wingate. No puedo hacer nada con el servidor, pero al menos podré entrar en esa sala de óvulos y si allí hay alguna prueba incriminatoria, la encontraré.

—No vas a ir sola a ninguna parte —repuso Joanna.

—¿De verdad? —replicó Deborah levantando una ceja—. ¿Y cómo lo vas a conseguir? ¿Pinchando una rueda del coche? ¿Encerrándome en mi habitación? Porque tendrás que hacer una cosa o la otra.

—No puedo creer que seas tan terca con una idea tan idiota y cretina.

—Bien —exclamó sarcástica Deborah—. Me da la impresión de que notas hasta qué punto lo voy a hacer. Estoy impresionada. Muy perspicaz de tu parte.

Al sentirse irritadas la una con la otra y ante la escalada de los comentarios hirientes, ambas optaron por guardar silencio mientras subían al piso del aparcamiento donde estaba el coche, se montaban y salían del lugar.

El silencio duró hasta que divisaron la plaza Louisburg. Joanna fue la primera en romper el silencio.

—¿Y si llegamos a un compromiso? —dijo—. ¿Es posible?

—Te escucho —dijo Deborah.

—Voy contigo, pero nos limitamos a ver lo que hay en la sala de óvulos o como se llame.

—¿Y si allí no hay pruebas suficientes?

—Es un riesgo que deberemos correr.

—¿Qué hay de malo en volver a la sala del servidor si ya estamos allí?

—Randy Porter habrá hecho cambios en el sistema, lo que significa que volver a esa sala representará un grave peligro. Habrá detectado mi intrusión en los archivos de seguridad y se habrá percatado que lo hice por la consola de la sala del servidor. Por tanto, habrá reforzado y cambiado la seguridad del servidor. Dudo que pueda entrar en ese nuevo sistema.

—¿Por qué no lo dijiste antes?

—Porque pienso que ir allí es idiota, así de simple —dijo Joanna—. Pero no voy a permitir que vayas sola aunque sea idiota, como tú no permitirías que yo fuera sola. Así pues, ¿pactamos un compromiso o qué?

—De acuerdo, pactemos —dijo Deborah mientras aparcaba al final de la plaza. Maldijo entre dientes porque sabía que en un sitio tan estrecho Joanna y ella tendrían problemas para salir del coche. El problema era una furgoneta negra aparcada en el sitio donde ella normalmente lo hacía.

—No podré salir del coche —dijo Joanna al ver la furgoneta a pocos centímetros.

—Me lo temía —dijo Deborah. Miró por encima del hombro y dio marcha atrás para que Joanna bajase. Luego volvió a colocar el coche en ese sitio, pero con el otro vehículo aún más cerca que del lado del acompañante. Abriendo la puerta contra la furgoneta negra, pudo finalmente apearse.

16

Kurt sintió que una renovada descarga de adrenalina le fluía por el cuerpo cuando divisó cierto coche acercándose por la calle Mount Vernon.

A medida que pasaba el tiempo, le había preocupado que las mujeres no volviesen directamente a su casa. A las nueve y media, se sentía lo bastante preocupado como para pasearse por la habitación, una actividad nada propia de él y contraria a su habitual serenidad. De haber podido leer, la espera habría sido más soportable, pero no quiso encender las luces. Al final, Kurt tuvo que contentarse con mirar la plaza iluminada por farolas desde la ventana preguntándose qué significaba la ausencia de las mujeres y cuánto debería esperar antes de trazar un plan alternativo. Solo hacía cinco minutos que estaba en la ventana cuando apareció un Chevy Malibu y fue a aparcar al lado de su furgoneta.

Kurt estaba casi seguro de que eran las dos mujeres, pero se cercioró del todo cuando el coche dio marcha atrás para dejar salir a la acompañante antes de volver a meterse de morros. La mujer que bajó era Prudence Heatherly, la casta. Kurt le vio nítidamente el rostro gracias a la luz de una farola. Luego vio a Georgina que salía apretujándose entre el coche y la furgoneta. En el proceso, le quedó un pecho al descubierto. Kurt pudo ver que soltaba una carcajada mientras se cubría.

—¡Puta! —susurró Kurt. Esa mujer carecía de vergüenza, pero él pronto le mostraría las consecuencias de su lascivia. Sin embargo, Kurt no quiso reconocer que aquella breve visión lo había excitado sexualmente.

A punto de dejar la ventana para acabar de organizar el recibimiento a las mujeres, la escena de abajo volvió a captar su atención. En vez de encaminarse a la puerta, las mujeres se enzarzaron en una discusión que rápidamente subió de tono. Incluso desde lo alto y con el cristal de por medio, pudo oír retazos de la conversación. Se trataba definitivamente de una agria discusión.

Fascinado por el inesperado giro de los acontecimientos, Kurt se acercó al cristal de la ventana para conseguir una mejor vista de la escena. Georgina estaba a medio camino entre el coche y la casa, pero Prudence seguía al lado del vehículo y lo señaló varias veces.

De repente, Georgina elevó los brazos al cielo y volvió al coche. Con la misma dificultad con que había bajado del coche, ahora subió. Cuando Prudence la imitó, él soltó un juramento. Y cuando el coche se fue por la calle Mount Vernon, bramó de furia.

Kurt volvió a pasearse por la habitación. Una misión que había previsto fácil ya no lo era, y además amenazaba con escapársele de las manos. ¿Adónde irían esas mujeres a las diez de la noche? Tal vez a cenar, pero desechó la idea porque seguramente la cena era lo que las había retrasado tanto. ¿Y cuánto tiempo tardarían ahora? ¿Volverían? El último interrogante revestía una importancia capital.

Kurt carecía de respuestas y los minutos pasaban. Volvió a la ventana. Las únicas personas a la vista paseaban sus perros. El Chevy Malibu había desaparecido.

Sacó su teléfono móvil. Aunque le molestaba no poder comunicar su éxito, pensó que lo mejor era poner al jefe al corriente de lo sucedido. Paul Saunders contestó a la segunda llamada.

—¿Puede hablar? —preguntó Kurt.

—Lo posible en un móvil —contestó Paul.

—De acuerdo. Estoy en casa de mis clientes. Regresaron hace un momento, pero no subieron y volvieron a irse en el coche. Destino desconocido.

Paul guardó silencio unos instantes.

—¿Resultó difícil llegar a la casa de los clientes?

—Fácil.

—Entonces regrese aquí —ordenó Paul—. Luego puede regresar a por los clientes. Ahora el problema es Spencer. Necesito su ayuda.

—Ahora mismo salgo —dijo Kurt no sin cierta desilusión. Su encuentro con Georgina tendría que esperar.

Kurt pensó que tenía que hacerse con otro juego de ganzúas. Cuando regresara, quería entrar más rápidamente que la primera vez.

—Aún no sé por qué no me dejas ir al apartamento a cambiarme —se quejó Deborah—. Solo tardaría cinco minutos. —Ella y Joanna estaban en uno de los pasillos de un drugstore, más un supermercado que una tienda de barrio. Vendían desde medicinas hasta productos para automóviles o materiales de lavado industrial.

—¡Oh, sí, solo cinco minutos! —dijo Joanna con sorna—. ¿Cuándo fue la última vez que te cambiaste en menos de media hora? Y ya son más de diez. Si volvemos a Wingate, ha de ser inmediatamente.

—No me gusta tener que hacer el trabajo de detective con estos tacones.

—Entonces ponte las zapatillas —dijo Joanna—. Tú misma dijiste que en el baúl del coche llevabas ropa de trabajo.

—¿Debo usar zapatillas con una minifalda?

—No vamos a desfilar en una pasarela. ¡Venga, por Dios, Deborah! Ya tienes todo lo que necesitas; por tanto, ¡en marcha!

—Vale —dijo Deborah. Llevaba varias linternas, pilas y una cámara desechable—. Ayúdame. ¿Debo comprar algo más? No puedo pensar.

—Si tienes algo de sentido común, por favor, no lo olvides.

—Muy graciosa —dijo Deborah—. Te comportas como una malcriada. Bien, vamos allá.

En la caja registradora, Deborah cogió un paquete de chicles y unos caramelos en el momento de pagar. Acto seguido, las dos regresaron al coche y minutos más tarde volvían a salir de la ciudad.

Tras la intensa discusión previa, viajaron en silencio. Sin tráfico, hicieron el trayecto en la mitad del tiempo que anteriormente. Bookford estaba desierto cuando pasaron por la calle Main. Solo vieron dos parejas en la puerta de una pizzería. La única otra señal de actividad eran los focos encendidos en el campo de fútbol detrás del ayuntamiento.

—En cierta manera, espero que no funcionen nuestras tarjetas —dijo Joanna al llegar al giro.

—Qué pesimista.

Se acercaron a la casa de vigilancia, que parecía más lóbrega y siniestra que la noche anterior.

—¿Qué tarjeta hemos de usar? —preguntó Joanna—. ¿Una de las nuestras o la de Spencer?

—Lo intentaré con la mía —contestó Deborah. Frenó el coche ante la ranura y pasó la tarjeta. El portal se abrió—. Ningún problema con las tarjetas. Lo irónico es que nunca había pensado que un día agradecería la ineficacia burocrática, pero ahora se me ha presentado una buena ocasión.

Joanna no tenía nada que agradecer. Después de entrar en la propiedad y enfilar el camino de la cuesta, se dio la vuelta y contempló con ansiedad el portal que se cerraba. Ahora estaban encerradas y ella no podía sacudirse la sensación de que estaban cometiendo una terrible equivocación.

Cuando sonó su teléfono móvil, Kurt había estado absorto en sus pensamientos y se sobresaltó. Involuntariamente, giró el volante de la furgoneta y por un instante tuvo que esforzarse por controlar el vehículo. Iba a más de cien rumbo al norte y se aproximaba al cruce de Bookford.

Con el vehículo bajo control, trató sin éxito de sacar el teléfono que sonaba con insistencia en el bolsillo de su chaqueta. Se desabrochó el cinturón de seguridad y pudo coger el aparato.

—Buenas noticias —dijo una voz.

Kurt la reconoció. Era Bruno Debianco, el número dos de Kurt que trabajaba como supervisor de seguridad en el turno de noche. Había servido en las fuerzas especiales al mismo tiempo que Kurt y, al igual que él, le habían dado la baja en circunstancias muy poco honorables.

—Hable —respondió Kurt.

—El Chevy Malibu con las dos mujeres acaba de entrar.

Un estremecimiento de excitación le recorrió la espina dorsal. La ligera desilusión que había sentido al ser llamado a lidiar con Spencer Wingate desapareció al instante. Tener las mujeres en la finca significaba que se las podría detener sin el menor problema.

—¿Ha oído? —preguntó Bruno cuando Kurt no contestó en el acto.

—He oído —dijo Kurt con naturalidad para esconder su excitación—. Sígalas, pero no establezca contacto. ¿Está claro?

—Sí señor —dijo Bruno.

—Otra cosa —dijo Kurt como si se le acabase de ocurrir—. Si tratan de ponerse en contacto con Wingate, impídalo. ¿Comprendido?

—Perfectamente.

—Llegaré en veinte minutos —añadió Kurt.

—Entendido.

Kurt cortó la comunicación. Esbozó una sonrisa. La tarde, que había empezado tan promisoria, se había estropeado pero ahora volvía a ser de color rosa. Ya era un hecho que en una hora ambas mujeres estarían encerradas en la celda que él había hecho construir en el sótano de su propia vivienda y las dos estarían indefensas y a su disposición.

Con una mano en el volante, Kurt marcó el número especial para llamar a Paul.

—Buenas noticias —dijo en cuanto Paul contestó—. Los clientes han vuelto a la base por propia voluntad.

—¡Excelente! —exclamó Paul—. ¡Buen trabajo!

—Gracias, señor —dijo Kurt, orgulloso.

—Ocúpese de todo; luego afrontaremos el problema Wingate. Llámeme cuando esté libre.

—¡Sí, señor! —dijo Kurt. Como un perro condicionado de Pavlov, sintió la casi irresistible necesidad de hacer el saludo militar.

—Esto no es lo que esperaba —dijo Deborah.

—No sé qué esperabas —repuso Joanna.

Las dos estaban en el coche en el aparcamiento de la clínica. El coche encaraba el ala sur del edificio con el motor todavía en marcha. Podían divisar la parte trasera del edificio. Las ventanas del segundo piso estaban iluminadas.

—El laboratorio tiene luz —dijo Deborah—. Pensé que de noche ese sitio sería como un cementerio. Me pregunto si trabajan a destajo.

—Si allí sucede algo —dijo Joanna—, evidentemente no quieren que la gente se entere. Por tanto, lo mejor es hacerlo cuando no hay moros en la costa.

—Supongo que sí.

—¿Qué vamos a hacer?

Antes de que Deborah pudiera contestar, vieron que los focos de un coche aparecían al pie de la cuesta y empezaban a ascender.

—Ay, ay, ay —dijo Deborah—. Tenemos compañía.

—¿Qué hacemos? —preguntó Joanna presa del pánico.

—¡Mantener la calma! No creo que por el momento debamos hacer nada más que escondernos lo mejor que podamos.

Bruno supo que se trataba del coche de las mujeres incluso antes de distinguir que era un Chevy Malibu. Estaba aparcado mirando la entrada de la clínica. Lo que le llamó la atención fue que aunque los faros delanteros estaban apagados, las luces de freno aún brillaban. Una de las dos tenía un pie sobre el freno.

Cuando la furgoneta negra de seguridad de Bruno llegó al aparcamiento y los faros apuntaron al coche en cuestión, pudo ver parte de dos cabezas en el asiento delantero. Bruno no aminoró la marcha. Cruzó el aparcamiento y descendió por el camino del otro lado como si fuera a las viviendas.

Tan pronto estuvo fuera de la vista, aparcó a un lado del camino, apagó las luces y se apeó. Vestido de negro como Kurt, era invisible en la oscuridad. Corrió rápidamente volviendo por el mismo camino y luego bordeó la zona del aparcamiento. Al cabo de pocos minutos, tenía el Chevy a la vista y vio que las dos mujeres aún estaban en el interior.

—Tengo los nervios a flor de piel —admitió Joanna—. ¿Por qué no nos vamos? Tú misma dijiste que no esperabas que el sitio estuviera lleno de gente; así no podemos hacer nada. Ahora nos verán si entramos. ¿Y qué vamos a decir?

—Cálmate —dijo Deborah—. Solo acaba de pasar una furgoneta. Ni redujo la velocidad ni frenó. Todo va bien.

—Nada va bien. Ahora estamos sin autorización en una propiedad privada; lo cual se añade a nuestra lista de delitos. Deberíamos irnos.

—Yo no me voy hasta no conseguir una prueba concreta —dijo Deborah—. Puedes quedarte en el coche si quieres, pero yo voy a entrar después de ponerme las zapatillas.

Abrió la puerta y salió al aire fresco de la noche. Fue hasta el maletero, sacó las zapatillas y volvió al interior del coche.

—He visto a alguien en una ventana del segundo piso —dijo Joanna, nerviosa.

—¿Y qué? —Se puso las zapatillas y se las ató—. Tendré una pinta ridícula con zapatillas y minifalda, pero qué más da.

—No puedo creer que mantengas la calma.

—Basta de esa cantinela —repuso Deborah—. ¿Vienes o no?

—Voy —dijo Joanna sin mayor entusiasmo.

—¿Qué debemos llevar?

—Lo menos posible, considerando que tal vez debamos salir disparadas. Quizá debemos poner en coche en dirección a la salida para el caso de que debamos huir a toda pastilla.

—No es una mala idea —dijo Deborah.

Puso en marcha el coche, lo giró y volvió a ponerlo en el mismo lugar.

—¿Satisfecha?

—Decir que estoy satisfecha sería una terrible exageración —dijo Joanna—. Cojamos las linternas, las tarjetas y la cámara.

—De acuerdo.

Deborah sacó del asiento trasero la bolsa de la tienda. Dio una linterna a Joanna y ella cogió otra y la cámara.

—¿Lista?

—Sí.

—Espera un momento —dijo Deborah—. Acabo de tener una idea.

Joanna hizo una mueca. Deborah estaba loca si pensaba que en esas circunstancias ella iba a tratar de predecir lo que tenía en mente.

—¿No quieres saber qué idea es?

—Solo si está relacionada con marcharnos inmediatamente.

—¡Pues no es eso! Oye, la primera vez que vinimos aquí a donar, dejamos los abrigos en un guardarropa. Allí había batas blancas de médico. Deberíamos hacernos con un par. Nos darán más aspecto de profesionales, en especial a mí, con esta minifalda.

Finalmente las dos salieron del coche y avanzaron hasta el edificio. Allí tuvieron que usar las tarjetas para entrar, pero volvieron a funcionar, como en la entrada. Dentro, vieron que la gran sala de recepción estaba a oscuras y desierta. Entraron en el guardarropa y encendieron las luces.

La buena memoria de Deborah le fue útil. Había numerosas batas blancas aunque pocas de talla pequeña. Tardaron unos minutos en encontrar dos de tallas apropiadas. Usaron los bolsillos para las linternas, las tarjetas de acceso y la cámara. Luego apagaron las luces y salieron a la recepción.

—Te sigo —susurró Joanna.

Deborah asintió. Pasó por el escritorio de la recepcionista y avanzó por el pasillo principal a oscuras pasando delante de la sala donde los pacientes se cambiaban la ropa y donde hacía un año y medio ellas habían donado sus óvulos. El destino de Deborah era la primera escalera y allí llegaron sin contratiempos. El único ruido era el de sus pasos.

Las dos lanzaron un suspiro de alivio una vez en la escalera. Parecía más segura que el vestíbulo, al menos hasta que bajaron y traspusieron la puerta del húmedo y tenebroso sótano.

—No hay luces —dijo Deborah—. Pero estamos preparadas. —Sacó una linterna y la encendió.

Joanna hizo lo mismo y en cuanto su linterna iluminó el sótano, que parecía un mausoleo, contuvo el aliento.

—¿Qué te pasa? —le preguntó Deborah.

—¡Dios santo! Mira todo este viejo material de hospital. —Pasó la luz por una profusión de vetustas sillas de ruedas, abolladas chatas de cama y destartalados muebles hospitalarios. Una vieja máquina portátil de rayos-X con una bulbosa protuberancia apareció en el haz de luz de Joanna como un objeto de utilería de una vieja película de Frankenstein.

—¿No te dije que había estas cosas? —preguntó Deborah.

—¡Pues no! —contestó irritada Joanna.

—No tienes por qué enfadarte. Parece que el resto del edificio está lleno de objetos de cuando esto era un manicomio y un hospital para tuberculosos.

—Es siniestro. Al menos, podrías haberme preparado para semejante espectáculo.

—Lo siento —dijo Deborah—, pero la doctora Donaldson nos lo dijo desde el principio. Dijo que era una especie de museo, ¿recuerdas? Sigamos adelante. Esto no es más que un montón de basura.

Avanzó por el pasillo. Casi de inmediato el pasillo giraba

a la derecha y luego volvía a virar. Pequeñas puertas con arcadas se abrían en direcciones opuestas.

—¿Sabes adónde vamos? —preguntó Joanna. Seguía de cerca a Deborah.

—No demasiado —admitió Deborah—. La escalera por la que bajamos no es la misma que usé esta mañana. Pero al menos sé que vamos en la dirección correcta.

—¿Por qué habré permitido que me metieras en semejante enredo? —murmuró Joanna justo antes de lanzar un grito apagado.

Deborah se dio vuelta y le enfocó la cara. Joanna la evitó y puso una mano entre ella y la linterna.

—¡No me deslumbres!

—¿Qué demonios te pasa? —preguntó Deborah entre dientes cuando vio que Joanna estaba demudada.

—¡Una rata! —logró decir Joanna—. Vi una rata inmensa de grandes ojos rojos detrás de ese escritorio.

—¡Por favor, Joanna! ¡Contrólate! Se supone que esta es una misión clandestina. Estamos tratando de mantener la serenidad, ¿o no?

—Lo siento. Este lugar me pone los nervios de punta. No puedo evitarlo.

—Bueno, serénate. Me has dado un susto de muerte. —Deborah volvió a avanzar, pero solo pudo dar unos pasos antes de que Joanna la cogiera de un brazo—. ¿Qué? —se quejó Deborah.

—He oído un ruido detrás —dijo Joanna. Apuntó con la linterna por donde habían pasado. Esperando volver a ver la rata, no vio más que la misma basura de antes. Por primera vez, levantó la mirada a la masa enredada de tuberías y conductos.

—Si no cooperas, nos vamos a quedar aquí toda la noche —la recriminó Deborah.

—De acuerdo, perdona.

Anduvieron otros cinco minutos por aquel corredor que daba vueltas hasta llegar a una vieja y enorme batidora conectada a su propio montaplatos rodante. Todo estaba cubierto por una película de polvo. Algunos instrumentos de cocina sobresalían del bol de la batidora. La tapa estaba a un lado y las paletas apuntaban en un ángulo de cuarenta y cinco grados.

—Debemos de estar cerca —dijo Deborah—. La puerta que busco estaba a un lado de la cocina y ahora debemos estar muy cerca de ella.

Al girar en el siguiente recodo, Deborah confirmó que tenía razón. Pronto cruzaron la vieja cocina. Con su linterna, Joanna miró los hornos monstruosos y los enormes fregaderos de piedra. Más arriba, el foco descubrió una hilera de ollas ennegrecidas y estropeadas que colgaban encima de la mesa de cocina.

—Aquí está —anunció Deborah. Señaló un sitio delante. Vieron la puerta de acero inoxidable que parecía resplandecer en la cámara oscura y sucia. Su superficie pulida reflejó el haz de luz que le envió Deborah.

—Tenías razón cuando dijiste que aquí parecía fuera de lugar —comentó Joanna.

Se acercaron a la puerta. Deborah apoyó un oído como había hecho antes.

—Los mismos ruidos de esta mañana —dijo y le indicó a Joanna que pusiera una mano sobre la superficie.

—Está tibio —dijo esta. A continuación, le entregó a Deborah la tarjeta de Spencer Wingate.

—Calculo que dentro hay unos cuarenta grados —dijo Deborah. Cogió la tarjeta, pero no la pasó por la ranura.

—¿Qué pasa? —preguntó Joanna.

Deborah estudiaba la puerta.

—Por supuesto que entraremos —dijo—. Solo intento prepararme para lo que vamos a encontrar.

Después de respirar hondo, pasó la tarjeta. Hubo una breve demora seguida de un escape de aire como si en la cámara hubiese mayor presión. Luego la gruesa y pesada puerta empezó a abrirse lentamente hacia la pared.

17

10 de mayo de 2001, 23.05 h

Maldiciendo entre dientes por haberse golpeado una mejilla contra algún objeto metálico, Bruno avanzaba por el corredor pegado a la pared, tanteando con las manos. Trataba de no tropezar con los trastos, pero le era imposible; cada vez que se llevaba algo por delante, hacía una mueca más por el ruido que por el dolor. Tan pronto sus dedos detectaron una esquina, dio la vuelta. Solo entonces se animó a mirar por donde había pasado. A la distancia, de repente la puerta de acero inoxidable de la cámara de cultivos volvió a cerrarse más rápido de como se había abierto. Pero en ese breve intervalo Bruno pudo divisar a las dos mujeres de pie en el lugar iluminado.

De inmediato, Bruno sacó la linterna, la encendió y se la puso entre los dientes. Dirigió la luz hacia atrás. No quería que las mujeres se dieran la vuelta de repente y vieran la luz si abrían la puerta. Luego sacó el móvil de su bolsillo. Buscó el número de la sala de cultivos y pulsó *yes*.

Aunque en el sótano la recepción no era buena, pudo oír la llamada en estática.

—Vamos, vamos —dijo en voz alta. Finalmente oyó que una voz contestaba.

—Sala de cultivos; aquí, Cindy Drexler.

—Soy Bruno Debianco. ¿Me oye?

—Apenas.

—¿Sabe quién soy?

—Por supuesto. El supervisor de seguridad.

—Entonces, preste atención —dijo Bruno—. Dos mujeres acaban de entrar en la cámara de cultivos. No tengo idea de cómo lo consiguieron. ¿Las ve?

Se hizo una pausa.

—Todavía no —dijo Cindy volviendo a la línea—. Pero no estoy cerca de la entrada.

—Esto es importante. Manténgalas ocupadas unos quince o veinte minutos. Dígales lo que quieran saber, pero que no se muevan de allí. ¿Entiende?

—Supongo —dijo Cindy—. ¿Contarles todo?

—Todo, no importa —dijo Bruno—, pero no las alarme. Kurt Hermann está de camino y quiere detenerlas personalmente. Son intrusas sin autorización.

—Haré cuanto pueda.

—Es todo cuanto pido —dijo Bruno—. Estaremos allí en cuanto llegue Kurt.

Bruno cortó la llamada; luego marcó el número de Kurt. Cuando este contestó, había más estática que en la llamada anterior.

—¿Puede oírme? —preguntó Bruno.

—Lo suficiente —contestó Kurt—. ¿Qué está pasando?

—Estoy en el sótano de la clínica fuera de la puerta de la sala de cultivos. Las mujeres tenían una tarjeta de acceso. He llamado a la técnica para que las mantenga ocupadas en la sala. Usted podrá apresarlas muy fácilmente.

—¿Le vieron?

—No, no sospechan nada.

—¡Perfecto! Estoy entrando en Bookford. Estaré allí en diez minutos. ¿Lleva esposas?

—Negativo.

—Consígalas —ordenó Kurt—. Y espéreme en la puerta. Cogeremos juntos a esas intrusas.

—Muy bien —dijo Bruno.

Las mujeres estuvieron un rato inmóviles y reconociendo el terreno. Las dos esperaban un ambiente futurista que hiciera juego con la moderna puerta que acababan de cruzar, pero se encontraron en un laberinto de habitaciones con la misma decoración general del sótano y separadas entre sí por las mismas puertas con arcada de ladrillos. La diferencia estribaba en la luz brillante que provenía de modernas bombillas fluorescentes, en la temperatura ambiental y en el contenido. En vez de desechos de hospital y de cocina, había un equipo de laboratorio, en particular grandes incubadoras llenas de platillos con cultivos de tejidos. Gran parte de las incubadoras tenían ruedas.

—Esperaba algo más espectacular —dijo Joanna.

—Yo también. Ni siquiera es tan impresionante como el laboratorio de arriba.

—¿Qué temperatura piensas que hace?

—Más de treinta grados —dijo Deborah. Volvió a la puerta de acero. Una caja metálica estaba montada contra la pared justo a la derecha de la puerta. Tenía un panel rojo que sobresalía. Allí se leía en letras negras ABRIR/CERRAR.

»Antes de seguir adelante, quiero asegurarme de que podremos salir de aquí —continuó Deborah—. Tal como se cerró la puerta, quiero comprobar que se abre.

Pulsó ABRIR. La puerta se deslizó como antes. Luego apretó CERRAR y la puerta se cerró en un segundo y su posterior silencio impresionó tanto como su velocidad.

Deborah estaba a punto de hacer un comentario sobre la puerta cuando Joanna la agarró de un brazo y le susurró:

—Tenemos compañía.

La cabeza de Deborah se volvió en la dirección que miraba Joanna. En una de las puertas había una mujer sonriente y de mediana edad con un rostro fino y muy bronceado, con prominentes patas de gallo y arrugas en las comisuras de los labios. Tenía un vestido blanco de algodón. En el pelo llevaba una cofia del mismo material. Del cuello le colgaba una mascarilla de cirugía.

—¡Bienvenidas a la sala de cultivos! —dijo la mujer—. Me llamo Cindy Drexler. ¿Cómo os llamáis?

Deborah y Joanna intercambiaron una breve y confusa mirada llena de miedo.

—Somos las nuevas empleadas —pudo articular finalmente Deborah.

—Oh, qué bien —dijo Cindy. Se adelantó con la mano extendida y se la estrechó a ambas—. ¿Y cómo os llamáis? —volvió a preguntar mirando a Joanna.

Joanna vaciló un segundo buscando a la desesperada saber si usaba su nombre de verdad o no.

—Prudence —espetó al recordar que estaban cometiendo un delito.

—Georgina —dijo Deborah.

—Mucho gusto —dijo Cindy—. Supongo que venís a hacer una visita.

Joanna y Deborah volvieron a intercambiar miradas, pero más de suspicacia que de miedo.

—Nos encantaría hacerla —dijo Deborah—. Nos fascinó tanto la puerta que queríamos ver qué había dentro. —E hizo un gesto en dirección a la puerta de acero.

—No estoy acostumbrada a conducir visitas —dijo Cindy lanzando una risita de disculpa—, pero haré lo que pueda. Aquí, en esta misma habitación que, dicho sea de paso, fue la vieja antecocina en los tiempos de la Cabot, tenemos los óvulos listos para la transferencia nuclear de mañana. Subirán al laboratorio en el montaplatos que está en aquel rincón. Los óvulos están en incubadoras con señal roja. Usamos un sistema de colores para todo. Las incubadoras con la señal azul portan los óvulos fusionados que volverán a la sala de embriones.

—¿Qué clase de embriones son? —preguntó Deborah—. Quiero decir, ¿de qué especie?

—Humanos, por supuesto.

—¿Todos?

—Sí, los óvulos animales son tratados en la sala de cultivos de la granja.

—¿De dónde sacáis tantos óvulos? —preguntó Deborah.

—Vienen de lo que llamamos la sala de órganos.

—¿Podemos verla?

—Sin duda —dijo Cindy—. Seguidme. —E hizo un gesto en dirección de la puerta por la que había venido.

Joanna y Deborah la siguieron.

—Qué suerte hemos tenido de encontrarla —susurró Deborah al oído de Joanna—. Es casi demasiado fácil.

—¡Tienes razón! —musitó Joanna—. Demasiado fácil. Está fingiendo. No me gusta nada. Marchémonos ahora mismo.

—Oh, por todos los santos. ¡Siempre la misma! Aprovechemos esta racha de buena suerte, averigüemos lo que queremos y luego nos largamos.

Tras pasar varias habitaciones de las mismas dimensiones y contenidos que la primera, llegaron a una mucho mayor. Detrás de una fila de incubadoras había más de cincuenta portezuelas antiguas de madera gastada con gruesos pasadores como de neveras frigoríficas. Deborah vaciló.

—Escucha, Cindy. —Señaló las portezuelas—. ¿Son lo que parecen ser?

Cindy se detuvo antes de llegar a una habitación aún más grande. Siguió la dirección del dedo de Deborah.

—Ah, ¿te refieres a esas viejas refrigeradoras de hielo?

—¿Este no era el depósito de cadáveres en otros tiempos?

—Pues sí —dijo Cindy. Volvió sobre sus pasos y con algo de esfuerzo apartó a un lado una incubadora. Abrió una portezuela e hizo deslizar hacia fuera una camilla de madera con ruedecillas—. Interesante, ¿verdad? Tenían que cargar el hielo por el otro lado. No me hubiera gustado nada estar aquí cuando se quedaban sin hielo. ¿Os imagináis? —dijo y lanzó una risita.

Ambas amigas se miraron. Joanna se estremeció.

—Acabemos con esta visita —dijo.

—¿Os gustaría ver el resto? —preguntó Cindy—. La gran sala de autopsias aún está intacta. En el siglo XIX, debe de haber cumplido la función de sala de espectáculos —dijo y volvió a reírse—. En aquellos tiempos, tardaban todo un día para llegar de Boston en carruaje y el personal no tenía mucho que hacer fuera de las horas de trabajo. Dejadme que os la muestre.

Tomó una dirección distinta a la prevista. Deborah la siguió tratando en vano de atraer su atención. Joanna no quiso quedarse sola en la retaguardia.

—¡Cindy! —llamó Deborah apurando el paso—. ¡Queremos ver la sala de órganos!

Cindy, impertérrita, siguió hasta una serie de puertas forradas de cuero y cada una con una ventanilla ovalada. Abrió una, entró y encendió las luces. Un artefacto de varias bombillas, anticuado y con forma de tetera, iluminaba una vieja camilla de autopsias desde lo alto del techo.

Joanna, que seguía a Deborah, contuvo el aliento. Las gradas de los espectadores subían en la penumbra aún más que en el tétrico cuadro *La lección de anatomía* que había visto en la sala de espera antes de su intervención.

—Esto es muy interesante —dijo Deborah con sarcasmo al echar una mirada al recinto—, pero, si no te importa, preferiríamos ver la sala de órganos.

—¿Y si vemos el viejo instrumental de autopsias? —propuso Cindy—. El otro día, un par de colegas y yo bromeábamos y nos propusimos enviarlos a Hollywood para una película de terror.

—Vamos a la sala de órganos —dijo tajante Deborah.

—De acuerdo —respondió Cindy.

Apagó las luces y volvió al pasillo. Miró su reloj, un gesto que Joanna notó, pero que le pasó inadvertido a Deborah. Era la tercera vez que Joanna la veía hacerlo. Deborah no lo había visto porque se había ocupado de mirar hacia atrás por si alguien las seguía.

—¿La sala de órganos no está en la otra dirección? —le gritó Deborah a Cindy, que se había adelantado.

—Se puede ir por los dos lados, pero por aquí es más corto.

Cuando Deborah la alcanzó, vio a un lado una puerta como de montacargas del tamaño de un garaje pequeño. Cuando el grupo pasaba por allí, Deborah preguntó:

—Es el viejo montacargas —dijo Cindy deteniéndose—. Por aquí transportaban los cadáveres de los pisos de arriba.

—Muy divertido —dijo Joanna—. Sigamos.

—En realidad, nos ha sido muy útil —dijo Cindy. Golpeteó cariñosamente las puertas con los nudillos—. Nos sirvió para bajar casi todo el equipo. ¿Os gustaría ver cómo funciona?

—Preferimos ver la sala de órganos —dijo Joanna—. Creo que todas sabemos cómo funciona un montacargas.

—De acuerdo.

Después de cruzar un pasillo de unos cinco metros de largo, el cual, según explicó Cindy, atravesaba los cimientos que sostenían la torre del edificio, se encontraron en el umbral de la mayor sala que habían visto en la zona subterránea. Tenía al menos unos treinta metros de largo y quince de ancho. En ella, había hileras de grandes contenedores de plexiglás de aproximadamente un metro de largo, sesenta centímetros de fondo y treinta de ancho. Cada contenedor tenía múltiples esferas de cristal de unos treinta centímetros de diámetro cada una sumergida en un fluido. De la parte de arriba de cada esfera salía una maraña de tubos y cables eléctricos. Sobre la superficie del fluido flotaba una película de diminutas esferas de cristal.

Por unos segundos, las mujeres contemplaron el espectáculo. Aunque las paredes de la habitación eran de ladrillo visto, la escena se parecía bastante a lo que se habían esperado antes de cruzar la puerta de acero inoxidable. Incluso el techo era más alto que en los demás sitios porque aquí no había cañerías ni conductos en lo alto. La luz era menos brillante debido a que tenía un componente ultravioleta.

Mientras Deborah se quedaba pasmada por la escena, Joanna pescó a Cindy mirando el reloj una vez más. Lo que llamó la atención de Joanna de este gesto repetido fue la aparente amabilidad de la mujer. Si le preocupaba tanto la hora, ¿por qué perdía tanto tiempo con ellas? Era una pregunta a la que no encontraba respuesta, lo que la alteraba cada vez más.

—Exactamente ¿qué estamos viendo aquí? —preguntó Deborah.

—Es la sala de órganos —dijo Cindy—. Estos tanques están a una temperatura constante. Las pequeñas esferas flotantes son para que el agua no se evapore. Las más grandes contienen los ovarios.

—De modo —dijo Deborah— que aquí mantenéis vivos ovarios enteros, supongo, por medio de perfusiones y otras técnicas.

—Más o menos así es. Simulamos su entorno interno habitual con oxígeno, nutrientes y estimulación endocrina. De cualquier modo, cuando lo hacemos bien, los ovarios ovulan constantemente oocitos maduros.

—¿Podemos verlos más de cerca? —pidió Deborah.

Cindy asintió.

Deborah avanzó por el pasillo entre dos hileras de tanques y se detuvo a estudiar una de las esferas. Los ovarios eran del tamaño de una nuez achatada y de superficie irregular. Pequeñas cánulas de perfusión estaban conectadas a los recipientes de ovarios. Un cableado sensible salía de los pequeños órganos.

—También tenemos cultivos tradicionales de oogonia —dijo Cindy—. Os los puedo mostrar.

—Algunas de estas esferas contienen dos ovarios en vez de uno —señaló Deborah.

—Es verdad, pero la mayoría solo tienen uno, como puedes ver. ¿Y si pasamos a la sala de oogonia?

—¿Qué quiere decir cuando hay dos ovarios? —preguntó Joanna.

—Eso es competencia de la doctora Donaldson —dijo Cindy—. Yo solo soy una de las muchas técnicas que los supervisamos y cuidamos.

Joanna y Deborah intercambiaron sus miradas. Al ser amigas tan íntimas, por lo general intuían lo que la otra pensaba.

—Veo que cada esfera está numerada alfabéticamente —dijo Joanna—. ¿Significa que conocéis el origen de cada ovario?

Por primera vez, Cindy dio muestras de sentirse incómoda con la pregunta. Titubeó y trató de cambiar de tema volviendo a los cultivos tradicionales, pero Joanna insistió.

—Tenemos una vaga idea del origen de los ovarios —admitió finalmente Cindy.

—¿Qué quieres decir con *vaga*? —replicó Joanna—. Si yo te diera el nombre de una donante, ¿podrías localizar su ovario?

—Creo que sí —dijo Cindy. Miró la hora y pasó su peso de una pierna a la otra.

—El nombre que me interesa es Joanna Meissner —dijo Joanna.

—Joanna Meissner —repitió Cindy. Miró en derredor como si no supiera dónde estaban las cosas—. Necesitaríamos un terminal de ordenador.

—Hay uno justo a tus espaldas —dijo Joanna.

—Oh, sí —dijo Cindy haciéndose la sorprendida. Dio media vuelta, introdujo su contraseña y tecleó el nombre y apellido de Joanna. La pantalla contestó «JM699»; Cindy garrapateó el código en un trozo de papel y se levantó. Las dos amigas la siguieron. JM699 estaba escrito en el cristal de una esfera con marcador indeleble.

Las dos miraron el pequeño órgano. Estaba mucho más arrugado que el primero que habían visto y Joanna pidió una explicación.

—Es uno de nuestros especímenes más antiguos —dijo Cindy—. Ya está llegando al fin de su vida útil.

—Yo tengo otro nombre —dijo Deborah—. Kristin Overmeyer.

—De acuerdo —dijo amablemente Cindy, como reconciliada con la situación. Volvió a la terminal sin perder la compostura. Tecleó el nombre y el ordenador proporcionó de inmediato el código correspondiente: K0432.

—Por aquí —dijo Cindy haciendo un gesto para que la siguieran. Dio la vuelta por la periferia de la sala antes de volver a la primera hilera. Joanna le susurró a Deborah:

—Sé lo que piensas y es una buena idea.

Deborah asintió

—Aquí está —dijo Cindy con satisfacción ante un tanque. Señaló la esfera—. El K0432. Es un espécimen doble.

—Interesante —dijo Deborah tras echarle un rápido vistazo—. Este espécimen tiene una numeración más baja que el anterior, pero parece más joven. ¿Cómo puede ser?

Cindy miró los dos ovarios. Era evidente que volvía a ponerse nerviosa. Balbuceó un poco al decir:

—De eso no sé nada. Quizá tenga que ver con el método de extracción de los ovarios, pero realmente no lo sé. Estoy segura de que la doctora Donaldson tiene una explicación.

—Tengo otro nombre más —dijo Deborah—. Rebecca Corey.

—¿Seguro que no queréis ver los cultivos de oogonias? —preguntó Cindy—. En ese campo es donde hemos avanzado más. Pronto los cultivos de oogonias dejarán anticuados a los de ovarios completos.

—Es un último nombre —prometió Deborah—. Luego pasamos a los cultivos de oogonias.

Tras volver a mirar la hora, Cindy repitió el procedimiento para conseguir el nuevo código. Luego, las llevó hasta el tanque contiguo al de Kristin Overmeyer y señaló una esfera. Una vez más, se trataba de un espécimen doble.

Joanna y Deborah contemplaron los ovarios que, al igual que los de Kristin, parecían más jóvenes que los de Joanna. Ambas mujeres temblaron al darse cuenta que miraban los ovarios de una mujer presuntamente desaparecida junto a Kristin Overmeyer después de haber recogido a un autostopista.

—El cultivo de oogonias está aquí al lado —dijo Cindy—. ¿Y si nos acercamos?

Joanna y Deborah se miraron a los ojos. El horror que vieron les evidenció que las dos compartían la misma idea. Habían descubierto mucho más de lo esperado y todo aquello era siniestro y aterrador.

—Pienso que ya hemos abusado de tu tiempo —dijo Joanna y le hizo una sonrisa torcida.

—Es verdad —intervino Deborah—. Ha sido muy interesante, pero es hora de continuar nuestro camino. Indícanos la salida y te dejaremos en paz.

—Tengo mucho tiempo —dijo rápidamente Cindy—. No

hay problema, de verdad. He disfrutado rompiendo la rutina y pienso que tendríais que ver todo antes de iros. Vamos, os muestro el cultivo de oogonias. —Trató de coger a Deborah por el brazo, pero esta se zafó.

—Queremos irnos —dijo Deborah con mayor énfasis.

—Os perderéis lo más interesante —dijo Cindy.

—¡Déjalo ya! —espetó Joanna—. ¡Nos largamos de aquí!

—Encontraremos la salida —dijo Deborah. Volvió por donde habían venido. Aunque sabía que quizá no era el atajo más corto, no le importó. Al menos eran territorios ya conocidos.

—No puedo permitir que andéis solas por aquí —dijo Cindy—. Va contra las normas. —Agarró a Joanna del brazo con más fuerza de lo que había hecho con Deborah y la obligó a detenerse.

Joanna miró la mano de la mujer.

—Nos vamos —dijo con fiereza—. ¡Quítame la mano de encima!

—No puedo permitir que andéis solas por aquí —repitió Cindy.

—¡Llévanos entonces a la salida! —dijo Deborah. Le quitó la mano sacándola del brazo de Joanna y le dio un tremendo empujón que la hizo chocar contra contenedor de plexiglás. El golpe hizo que se activara una alarma con luces rojas en el panel de control del tanque.

Mientras Cindy intentaba apagar la alarma, Joanna y Deborah salieron corriendo entre las hileras de tanques. Cuando los pasaron, Deborah puso de manifiesto su condición atlética y adelantó a Joanna pidiéndole que la siguiera. Detrás, podían oír los gritos de Cindy rogando que se detuvieran.

—¡Ya decía yo que no tendríamos que haber venido! —dijo Joanna tratando de seguirle los pasos a Deborah.

—¡Calla y corre! —replicó Deborah.

Corrieron por el pasillo abovedado, pasaron el viejo montacargas y la tétrica sala de autopsias y la serie de habitaciones con las incubadoras. Súbitamente, Deborah se detuvo. Joanna tuvo que realizar un esfuerzo para no atropellarla.

—¿En qué dirección? —preguntó Deborah.

—Creo que por allí —dijo Joanna señalando una serie de arcadas.

—Espero que tengas razón.

Podían oír los pasos de Cindy, que las llamaba, pero el eco impedía saber en qué dirección. Un segundo más tarde, apareció Cindy por una de las arcadas y casi tropieza con ellas. Cogió a Joanna y Deborah como pudo.

—¡Mierda! —gritó Deborah. Con fuerza, apartó la mano de la mujer, que se aferró con las dos manos a Joanna.

Deborah se puso detrás de Cindy y, cogiéndola por el pecho, la apartó de Joanna. Entonces, con un movimiento rápido, le dio un fuerte empujón que la derribó. La mujer se golpeó contra una incubadora y se oyó el ruido de cristales rotos.

Deborah cogió a Joanna de una mano y corrieron en la dirección sugerida por Joanna. Para su alivio, tras pasar varias arcadas, vieron la puerta de acero. Corrieron en su dirección y cuando llegaron Deborah pulsó ABRIR. La puerta empezó su lento movimiento de apertura hacia la izquierda. Ambas miraron por encima del hombro, temerosas de que Cindy apareciese, algo que sucedió de inmediato. Deborah intentó acelerar el movimiento de la puerta empujándola. Apenas se abrió lo suficiente, Deborah empujó a Joanna mientras se aprestaba a lidiar con Cindy.

—¡Oh, no! —exclamó Joanna dando un paso atrás por el espacio abierto de la puerta.

Deborah, que se había vuelto para enfrentarse a Cindy, se dio vuelta para ver la causa de la exclamación de Joanna y se detuvo en seco. Lo que vio por encima del hombro de Joanna, le hizo soltar un gemido involuntario. Dos hombres con sonrisas de suficiencia y vestimenta negra avanzaban por la cocina dilapidada, pero ahora con luces encendidas. Llevaban esposas en una mano y pistolas en la otra. El rubio que iba al frente, al ver a las dos mujeres allí, echó a correr. Deborah lo reconoció. Se trataba del hombre que le había echado miradas lascivas en el comedor, el jefe de seguridad.

18

10 de mayo de 2001, 23.24 h

Deborah reaccionó por instinto pulsando CERRAR en las narices de los hombres. Al mismo tiempo, Cindy la atacó por la espalda tratando de apartarla de la puerta. Deborah se resistió y mantuvo el botón apretado.

—¡Quítame a esta bruja de encima! —gritó Deborah mientras Cindy gritaba a su vez que abriesen la puerta.

»¡Joanna, mantén el botón apretado! —aulló Deborah mientras apartaba a Cindy con una mano.

Tan pronto Joanna lo hizo, Deborah dispuso de ambas manos para enfrentarse a la obstinada técnica. Aunque no había golpeado a nadie desde que se peleara con un chico en quinto curso de primaria, le atizó un tremendo puñetazo en la mejilla derecha. Después de practicar *lacrosse* cuatro años en la universidad, Deborah era considerablemente más fuerte y agresiva de lo que había sido en el colegio y el golpe tumbó a Cindy. Cayó al suelo en cámara lenta y se quedó inerte.

Deborah soltó un grito debido al dolor en la mano, que agitó como una loca unos instantes. Obligándose a recuperar el control, cogió la incubadora más próxima y la empujó hacia la puerta. Joanna entendió lo que Deborah pretendía y ayudó a dirigir la incubadora para que su peso mantuviera apretado el botón que hacía que la puerta permaneciera cerrada.

—¿Qué podemos hacer? —preguntó Joanna con un susurro aterrorizado.

—¡El único escape es el montacargas o el montaplatos! ¡Elige!

—¡El montacargas! —dijo Joanna—. Sabemos dónde está y que las dos cabemos.

A unos pocos pasos, Cindy se las arregló para incorporarse precariamente. Tenía una expresión extraviada como un boxeador que ha recibido demasiados golpes.

—¡De acuerdo! —dijo Deborah tras echar un vistazo a Cindy, que se esforzaba por ponerse de pie—. ¡Vamos!

Ambas se lanzaron por el laberinto de habitaciones. Por desgracia, hicieron un giro equivocado y acabaron en una sala sin salida. Tuvieron que regresar sobre sus pasos y volver a avanzar. Por detrás, oían el ruido inequívoco de las incubadoras que chocaban entre sí seguido por los roncos gritos de los hombres.

—Que Dios nos ayude si ese montacargas no funciona —jadeó Deborah.

Tomaron la última curva, traspusieron la puerta de la sala de autopsias y literalmente se llevaron por delante el montacargas. Una gruesa correa de lona colgaba por el hueco horizontal a la altura del pecho. Deborah la cogió primero, pero Joanna también echó una mano. Con el peso combinado de ambas subieron la puerta superior y bajaron la inferior. Cuando el hueco fue lo bastante grande, se metieron en el interior.

El montacargas era una pesada caja de dos metros cuadrados y medio. A media altura había un tablero de control con seis botones. El suelo era de madera rústica. Arriba, los cables de apoyo desaparecían en la oscuridad; la única luz provenía del pasillo a través de las puertas abiertas. Muy cerca, se oyeron pasos que avanzaban hacia ellas rápidamente.

—¡Las puertas! —gritó Deborah mientras estiraba una mano y cogía la correa de lona atada por dentro a la puerta superior.

Joanna también lo hizo. Una vez más, las dos lograron mover las pesadas puertas. Lentamente al principio, pero con velocidad creciente, empezaron a cerrarse, pero antes de que lo hicieran por completo, aparecieron los hombres. Una mano se coló en la hendidura que se cerraba y logró agarrar la bata de médico de Deborah y tiró de modo que ella se vio empujada hacia la puerta y un trozo de bata quedó fuera de las puertas, que se cerraron y con ellas se fue toda la luz.

—¡Aprieta un botón! —gritó Deborah sin soltar la correa. Fuera, alguien trataba de abrir las puertas, pero para ello tenía que levantar todo el peso de Deborah.

Joanna tanteó el lugar donde había visto el tablero de control.

—¡Date prisa! —gritó Deborah—. ¡Maldita sea! —Sentía que la alzaban del suelo.

Joanna buscó a ciegas hasta encontrar el tablero. En la oscuridad, apretó el primer botón que tocaron sus dedos.

Se oyó un agudo chirrido y, con una sacudida, el viejo montacargas empezó a ascender.

Deborah soltó la correa y, cayendo de rodillas y retorciéndose, pudo quitarse la bata que seguía atrapada entre las puertas cerradas. Un segundo después, la bata desapareció por el resquicio entre la pared de piedra y el elevador y produjo un ruido de lo más desagradable.

—¿Qué ha sido ese ruido? —preguntó Joanna con voz entrecortada.

Deborah temblaba en la oscuridad. Sabía que ese ruido podría haber sido el de su cuerpo aplastado de no haber conseguido quitarse la bata. Ella también tenía la respiración entrecortada.

—Eran las llaves del coche y la linterna que tenía en la bata.

—¿Has perdido las llaves? —gimió Joanna.

—De momento, eso no debe preocuparnos —pudo decir Deborah—. Gracias a Dios este montacargas funciona. Casi nos atrapan. Quiero decir, no podrían haberse acercado más.

Joanna encendió su linterna y enfocó el tablero de control. Había apretado el botón del tercer piso.

—¿Qué hacemos? —preguntó Joanna presa de los nervios—. Vamos al tercer piso. ¿Vemos si podemos pararlo en otro piso?

—Seguro que este no es un ascensor de alta velocidad. El tercero es mejor que el primero y quizá que el segundo. No quiero volver a toparme con esos hombres.

—Ya —dijo Joanna. Con la respiración apenas bajo control, empezó a temblar—. Ya sabemos que en este sitio son capaces de asesinar; y ellos ya deben de saber que lo sabemos. Y aquella bruja de Cindy sabía en todo momento que llegarían los guardias. Por eso fue tan amable con nosotras. Tendríamos que haber sospechado que algo iba mal en cuanto nos ofreció visitar el lugar. ¿Qué nos pasa?

—Ahora es fácil decirlo —dijo Deborah aún jadeante—. Creíamos que violaban normas éticas, no mandamientos. Matar por óvulos es una cosa completamente diferente.

—¡Tenemos que escapar de aquí!

—Sí —dijo Deborah—, pero sin las llaves del coche no iremos a ninguna parte. Tenemos que conseguir un teléfono.

—El problema es que seguramente están esperando que hagamos eso. Al menos, eso es lo que yo pensaría de ser uno de ellos. ¿Y si nos escondemos lo suficiente para pensar un plan de escape?

—Quizá deberíamos escondernos hasta la mañana —sugirió Deborah—. Yo creo que solo una pequeñísima parte del personal está al tanto de lo que realmente se cuece aquí. Los demás estarían tan horrorizados como nosotros. Podríamos pedir ayuda a alguien.

—Pero ¿cómo? Estos hombres van armados.

—Debemos encontrar un escondite para pensar. No nos apresuremos.

—Tenemos a favor que este edificio es inmenso y está lleno de porquerías y de trastos —dijo Deborah—. Debe de haber lugares seguros para esconderse. A menos que pidan mucha ayuda, una búsqueda minuciosa puede llevarles toda la noche.

—Exacto. Creo que primero harán una búsqueda rápida y superficial; si eso fracasa, empezarán una más metódica y completa. Para entonces tenemos que estar fuera de aquí o nos apresarán.

Deborah sacudió la cabeza y respiró hondo.

—Lamento haberte embarcado en este disparate. Todo esto es culpa mía.

—No es momento para recriminaciones —dijo Joanna—. Y además te recuerdo que tú no me embarcaste en nada. Yo vine por voluntad propia.

—Gracias —murmuró Deborah.

Joanna apagó la linterna.

—Será mejor que nos acostumbremos a ver en la oscuridad. No podemos andar por ahí con la linterna encendida.

—Tienes razón —dijo Deborah tratando de recuperar la compostura.

Pocos instantes después, el montacargas se detuvo con una última sacudida y de repente volvió a reinar el silencio. Abrieron la puerta y salieron a un impenetrable muro de oscuridad.

—No hay alternativa. Debo encender la linterna —dijo Joanna. El clic resonó en el silencio y ella paseó el haz por una habitación pequeña y sin ventanas. Era el vestíbulo del montacargas con una ancha puerta doble.

—Sabrán de inmediato que el montacargas está en el tercero —dijo Deborah—. Pronto estarán aquí. Busquemos una escalera y subamos al cuarto. Allí hay muchos lugares para esconderse.

—¡De acuerdo!

Deborah abrió la puerta a un pasillo y Joanna la siguió. Rápidamente inspeccionó el corredor con la linterna. Pese a que ya estaba advertida sobre el viejo instrumental del hospital, la escena la sorprendió. No se había esperado ver grabados enmarcados en las paredes ni un armario de ropa con sábanas pulcramente dobladas en los estantes.

—Es como si hubieran salido disparados antes de un bombardeo y no hubieran regresado nunca.

—Veo una señal de salida —dijo Deborah señalando en una dirección—. Deben de ser escaleras. ¡Vamos!

Joanna puso una mano sobre el foco de la linterna. Quería limitar la luz a lo estrictamente necesario para evitar camillas, carritos de provisiones o viejas sillas de ruedas. Caminaron con presteza. Al llegar a la escalera, Deborah abrió la puerta. Escucharon. Todo estaba en calma.

—¡Vamos! —urgió Deborah.

Subieron corriendo las escaleras, pero de inmediato aminoraron la marcha por el ruido que hacían. Las escaleras eran metálicas y resonaban como timbales en el espacio cerrado.

Cuando llegaron al siguiente rellano ambas quedaron petrificadas. Abajo se abrió una puerta que dio contra la pared. Joanna apagó la linterna.

A continuación, se oyó estrépito de pasos en los escalones metálicos y un hilo de luz se filtró por las escaleras. Uno de los hombres subía corriendo con una linterna.

Joanna y Deborah se apretujaron en el fondo del rellano, contra la pared de ladrillo mientras los ruidos y la luz subían rápidamente. De pronto, uno de los hombres apareció en el rellano del tercer piso a menos de cinco metros de distancia. Estaba tan próximo que pudieron oír su respiración. Por suerte, no levantó la vista sino que entró en el pasillo del tercero en busca del montacargas.

Apenas cerró la puerta de la escalera, Joanna y Deborah reanudaron el ascenso al cuarto piso. Demasiado temerosas para encender la linterna, tuvieron que moverse lentamente mientras luchaban por no caer presas del pánico. El rellano del cuarto fue especialmente difícil porque estaba lleno de cajas vacías de cartón.

Una vez en el pasillo, Joanna volvió a encender la linterna. Avanzaron lo más rápido que pudieron entre objetos diseminados. Ambas sabían que cuanto más lejos estuvieran de las instalaciones de la clínica, más seguras estarían. Trataban de caminar sin hacer ruido por el viejo suelo de madera en deferencia al hombre que las buscaba en el piso de abajo. Llegaron a la puerta que conducía a la torre. Sin vacilar, cruzaron el pasillo y la puerta del otro lado rumbo al ala norte. Salvo por un crujido ocasional, guardaban silencio, cada una consumida por sus propios terrores.

Las salas del ala norte eran idénticas a las del sur y también estaban dispuestas a ambos lados de un pasillo central. Cada sala estaba separada de la contigua por cuartos laterales y cada una tenía unas veinte o treinta camas. La mayoría solo tenía el colchón desnudo, pero en unas pocas había viejas mantas roídas por las polillas.

—¿Alguna idea de dónde escondernos? —susurró Joanna nerviosamente.

—Podríamos subirnos a los armarios en alguna de las muchas salas, pero quizá eso sea demasiado obvio.

—No disponemos de mucho tiempo.

—Tienes razón —dijo Deborah. Hizo que Joanna iluminara la habitación entre las dos últimas salas de la esquina noroeste del edificio. En vez de ser un depósito como las otras, había sido dispuesta como una pequeña sala de intervenciones y tenía una camilla de hierro y un fregadero. En la pared del fondo tenía un gran armario con cristalera e instrumental médico. Al abrir otra puerta, se encontraron con un pequeño depósito de ropa de cama junto con un viejo esterilizador.

Deborah se abalanzó al esterilizador mientras Joanna lo iluminaba. La puerta se resistió, hasta que con un crujido empezó a ceder.

—¿Y aquí? —preguntó Deborah.

El aparato tenía un metro de diámetro y uno setenta de altura. Joanna iluminó el interior. Había varias cajas de acero inoxidable sobre una rejilla metálica.

—Solo entraría una de nosotras si sacáramos todo lo que hay dentro —dijo Joanna—. Y aun así no sobraría espacio.

—Ya —dijo Deborah. Se dirigió a toda prisa a la puerta que daba a la última sala. Joanna la siguió con la linterna. Cuando Deborah abrió la puerta, Joanna apagó la linterna. Allí la luna se filtraba por las ventanas e iluminaba los objetos más grandes.

La sala era idéntica a las demás en superficie y decoración, pero difería en que tenía un gran cilindro horizontal de un metro ochenta de largo colocado sobre patas. Ocupaba el sitio de una las camas que había en hilera contra la pared interior de la sala.

—Perfecto —dijo Deborah.

—¿Qué?

—Este cilindro —dijo Deborah señalándolo—. Se llamaban pulmones de acero y se usaban con pacientes que no podían respirar o aquejados de parálisis infantil en los años cincuenta.

Las mujeres se acercaron a paso vivo al viejo cilindro por la sala en sombras. Parecía gris, pero cuando se acercaron vieron que era amarillo. A los lados, tenía pequeñas y redondas portillas con cristales. La punta que daba a la sala tenía bisagras y contenía una negra abrazadera de goma para sujetar la cabeza del paciente. Justo encima de la abrazadera había un pequeño espejo orientado en un ángulo de cuarenta y cinco grados. Debajo estaba la plataforma para la cabeza del paciente.

Mientras Deborah abría la tapa superior, Joanna miraba el sitio nerviosamente. Temía que no tuvieran tiempo suficiente. Necesitaban un escondite y lo necesitaban ya.

Deborah abrió la puerta del pulmón de acero, que chirrió aunque no tanto como el esterilizador.

—Enciende la linterna —dijo Deborah.

—Deborah, aquí no podemos hacer tonterías —se quejó Joanna.

—¡Enciende la linterna! —repitió Deborah.

Apenas lo hizo Joanna, se oyó el choque de una puerta contra una pared seguido de pasos en el pasillo central.

—Ay, Dios mío —murmuró Joanna al tiempo que apagaba la linterna.

—Vamos —dijo Deborah—. Nos esconderemos aquí. —Cogió una silla de entre las camas y la puso al pie del pulmón de acero. Luego tocó a Joanna en un brazo—. ¡Rápido! ¡Sube tú primero!

Vieron destellos de luz en la puerta abierta que daba al pasillo central.

—¡Rápido! —repitió Deborah.

Con alguna renuencia, pero sabiendo que no había otra alternativa, Joanna se encaramó a la silla. Cogió el borde superior del cilindro y puso un pie adentro. Con Deborah empujándola desde abajo, puso también el otro. Luego introdujo todo el cuerpo.

Deborah cogió la silla y volvió a ponerla en su sitio.

—¿Adónde vas? —le preguntó Joanna en un susurro cuando Deborah salió de su vista.

Usando el puntal entre las dos patas del cilindro como escalón, Deborah se alzó hasta que su pecho superó el borde. Encontrando un pequeño punto de apoyo en una de las patas, se levantó por encima del borde, giró el cuerpo y metió un pie en la abertura del cilindro. Luego tuvo un problema: no supo hacer pasar el resto del cuerpo sin caerse al suelo aunque Joanna la ayudara desde dentro.

—Maldita sea —dijo Deborah. Se retorció a un lado y volvió a caer al suelo.

—Date prisa —susurró Joanna. La luz del pasillo aumentaba y ahora se oían voces. Dos hombres avanzaban por el corredor.

Deborah alzó el torso el máximo posible y metió la cabeza dentro del pulmón.

—Tira de mí —le dijo desesperada a Joanna.

Con un pequeño saltito y la ayuda de Joanna, Deborah se las arregló para entrar en el aparato, no sin rasparse muslos y pantorrillas en el borde del cilindro de metal. Tuvo que dejarse caer. Debido a la estrechez del lugar, las dos mujeres acabaron pegadas la una contra la otra de pies a cabeza.

—Trata de cerrar la puerta —murmuró Deborah.

Joanna estiró una mano y tiró de la abrazadera de goma. La puerta empezó a cerrarse lentamente, pero tan pronto chirrió, Joanna dejó de tirar. Justo a tiempo. Un haz de luz empezó a moverse por la sala. Por un instante, la luz dio de lleno en las tres portillas del lado que daba a la puerta. Luego el haz bajó y siguió buscando debajo de las camas.

Las dos mujeres contuvieron la respiración. Uno de los hombres caminó rápidamente por la sala pasando dos veces a pocos centímetros del pulmón de acero a medio cerrar. Se agachaba y movía la linterna de lado a lado debajo de las camas.

—¿Ves algo? —gritó uno de ellos haciendo que las dos diesen un respingo.

Desde el otro extremo de la sala, el otro dijo que no.

Un momento después, oyeron al hombre abriendo los armarios con violencia y maldiciendo en voz alta. Deborah aún podía ver el parpadeo de su linterna a través de las portillas hasta que salió de la sala y entró en la siguiente.

Casi al unísono, las dos mujeres dejaron escapar un suspiro de alivio y respiraron hondo.

—Por los pelos —susurró Joanna.

—Deben de estar buscando en todo el edificio, como suponías.

—Quedémonos aquí un rato por si llegan a volver. Y será mejor que pensemos cómo salir de aquí.

Pasó el tiempo lentamente, en especial para Deborah que empezó a sentir claustrofobia en aquel estrecho cilindro diseñado para una sola persona. La situación no ayudaba mucho a pensar. El olor del viejo colchón era agrio y el polvo, una molestia continua. En varias ocasiones evitó estornudar a fuerza de voluntad. Después, empezó a sudar y a sentir que le faltaba el aire.

Transcurrida casi media hora, Deborah no aguantó más.

—¿Has oído algo o visto alguna luz? —preguntó.

—La única luz que he visto viene de las ventanas —dijo Joanna—. Fuera hay una luz que no estaba antes.

—¿Nada por los alrededores?

—Nada.

—Tengo que salir de aquí —dijo Deborah—. Abre la puerta.

Joanna empujó la puerta. Se abrió casi por completo sin hacer el menor ruido.

—Voy a salir —dijo Deborah—. Si te pongo la mano en algún sitio que no te guste, pido excusas de antemano.

Tras muchas contorsiones y gemidos, Deborah consiguió salir del cilindro. Pasó la mirada por la sala notando que había una luz fuera, como había dicho Joanna. Se sentía exhausta y agotada, pero sabía que la noche todavía era joven y que aguardaban más peligros. En su mente, visualizó la verja con puntas afiladas y supo que si podían escapar del edificio, abandonar la propiedad no resultaría nada fácil.

—¿Y si me pasas de una vez esa silla? —pidió Joanna.

—Oh, lo siento —dijo Deborah. La habían distraído las preocupaciones. Llevó la silla hasta el pulmón de acero.

—¿Se te ha ocurrido algo para salir de aquí? —preguntó Joanna mientras descendía.

—No podía pensar apretada como una sardina en ese tubo. ¿Y a ti?

—Algo se me ha ocurrido —dijo Joanna—. Quizá la vía de escape sea la central eléctrica.

—¿Cómo?

—Si crean calor para calentar el edificio, el calor tiene que llegar hasta aquí —dijo Joanna—. Tiene que haber un conducto o un túnel.

—¡Tienes razón!

—El tablero del montacargas tenía seis botones —dijo Joanna—. No le di importancia hasta que empecé a pensar en un túnel. Este edificio debe de tener un subsótano. Quizá esa sea nuestra salvación. Llegar a un teléfono de la clínica me parece muy arriesgado.

—Yo no he visto ningún acceso a un subsótano —dijo Deborah—. No había ninguno en las escaleras que usamos esta noche ni en las que usé esta tarde.

—Miremos en el montacargas —dijo Joanna.

—No lo podemos usar. Es demasiado ruidoso.

—No estoy hablando de usarlo —se explicó Joanna—. Por lo general, en el hueco de los ascensores hay una escalera, supongo que para mantenimiento.

—¿Cómo lo sabes? —preguntó Deborah.

—Gracias a Carlton —explicó Joanna—. Es un apasionado de las películas de acción. En un momento u otro, tuve que tragarme la mayoría. Y suelen incluir escenas en huecos de ascensores.

—Supongo que vale la pena intentarlo —dijo Deborah—. ¿Piensas que hemos esperado lo suficiente?

—No hay modo de saberlo, pero no podemos quedarnos aquí toda la noche. Tenemos que hacerlo. Déjame ver la situación en el pasillo.

—Muy bien —dijo Deborah—. Yo miraré de dónde vienen esas luces de fuera.

Mientras Joanna cruzaba con cautela la sala en dirección a la puerta que daba al pasillo, Deborah avanzó hacia las ventanas en la otra dirección. Agachándose para que no se le viera la cabeza, miró por encima del alféizar y se encontró contemplando múltiples faros de coches enfocados para iluminar el edificio. Aunque los coches estaban a una distancia considerable, Deborah se agachó rápidamente para que no la vieran. Había divisado también a varios guardias uniformados con perros. Los dos hombres de negro habían pedido refuerzos.

Deborah se reunió con Joanna, que la esperaba en la puerta y le contó lo que había visto.

—Los perros no son buena noticia —dijo Joanna muy seria—. Esta gente va en serio.

—Creía que ya lo sabíamos.

—También significa que abandonar el edificio por vía subterránea se ha convertido en una necesidad. —E iba a decir que el pasillo central estaba despejado cuando la sorprendió el sonido de un megáfono.

19

11 de mayo de 2001, 0.37 h

—¡Joanna Meissner y Deborah Cochrane! —se oyó una voz metálica enfrente del edificio—. No nos obliguen a entrar con perros en el edificio; lo haremos si no salen por propia voluntad. La policía de Bookford ya está de camino. Repito, ¡salgan inmediatamente del edificio!

—Se acabaron los apodos —dijo Deborah.

—Si creyera que nos van a entregar a la policía de Bookford, saldría de aquí ahora mismo.

—No nos van a entregar a nadie.

—Eso es lo que digo —dijo Joanna—. Vamos. Miremos el montacargas antes de que me vuelva loca.

Volvieron sobre sus pasos por el cuarto piso hasta las escaleras. Al principio, trataron de bajar sin encender la linterna, pero pronto se dieron cuenta que el riesgo de tirar algún objeto por los escalones era mayor que la luz. Volvieron a apagarla antes de entrar en el pasillo del tercero. Mientras estaban en el corredor, volvieron a escuchar las advertencias del megáfono.

Tuvieron que encender la luz una vez más en el vestíbulo del montacargas. Estaba igual a como lo habían dejado, con las puertas semiabiertas. Joanna iluminó el interior. A través de los cables del fondo se veía una escalera en la pared de ladrillo del hueco.

—Tenías razón acerca de la escalera —dijo Deborah—. Pero ¿cómo llegamos a ella?

Joanna enfocó la pared del lado del montacargas. En el mismo aparato había unos peldaños de escalera que llevaban a una trampilla en el techo.

—Lo único que debemos hacer es subir al techo del montacargas —dijo Joanna.

—¿Lo único? —preguntó sarcásticamente Deborah—. ¿De dónde has sacado esa temeridad?

—Me imagino que soy tú —dijo Joanna—. Por tanto, hagámoslo ahora mismo antes de que vuelva a ser yo misma.

Deborah lanzó una burlona carcajada.

Las dos se encaramaron al borde de la puerta inferior del montacargas. Joanna mantuvo encendida la linterna mientras Deborah subía los peldaños. Cuando llegó al más alto abrió la trampilla, que dio contra un tope y se mantuvo abierta.

Joanna le pasó la linterna que Deborah colocó sobre el techo del montacargas antes de impulsarse. El aparato se movió ligeramente cuando se puso de pie en el techo, obligándola a aferrarse a los cables recubiertos de grasa de petróleo. Un momento después, Joanna emergió por la trampilla. Permaneció con las manos y las rodillas en el suelo en vez de levantarse.

La escalera estaba contra la pared del fondo del conducto y solo distaba unos treinta centímetros del montacargas.

—Pues bien, ¿qué piensas? —preguntó Deborah.

—Creo que debemos intentarlo. —Enfocó el hueco. No tenía suficiente luz para llegar al fondo. La escalera simplemente desaparecía en una oscura neblina.

—Primero tú —dijo Deborah—. Y llevas la linterna.

—No podré bajar y sostener la linterna al mismo tiempo —dijo Joanna.

—Lo sé, pero tienes un bolsillo. Yo no.

—De acuerdo —dijo Joanna con resignación.

Estaba acostumbrada a que Deborah tomase la iniciativa en circunstancias parecidas. Apagó la linterna dejándolas en la más completa oscuridad. Guardó la linterna y entonces buscó la escalera. Cuando la encontró, tuvo que luchar contra sí misma para abandonar la relativa seguridad del montacargas. Cogiendo fuertemente el peldaño con ambas manos, trató de no pensar en que estaba suspendida en una escalera vertical a muchos metros del suelo.

—¿Vas bien? —susurró Deborah en la oscuridad cuando no oyó ningún movimiento.

—Esto es angustioso.

—¿Estás en la escalera?

—Sí, pero me da miedo moverme.

—¡Tienes que hacerlo!

Joanna bajó un pie hasta el siguiente peldaño y luego el siguiente. Lo más difícil para ella fue soltar una mano. Finalmente lo hizo y repitió el movimiento con la otra mano. Lentamente al principio, pero con creciente confianza, descendió entre la pared y el montacargas. Apenas había espacio, lo que dificultó aún más el descenso.

—¿Puedes iluminar un poco para ver dónde está la escalera? —pidió Deborah.

—No puedo. No puedo soltarme tanto tiempo.

Deborah lanzó un murmullo de juramentos mientras estiraba a ciegas una mano y con la otra se aferraba a los grasientos cables. Pero la escalera estaba demasiado lejos. Finalmente se puso a cuatro patas como había hecho Joanna y se acercó al borde del techo. Desde allí, pudo coger un peldaño y pasó a la escalera siguiendo los pasos de Joanna.

Las dos se movían lentamente, en especial Joanna. Aunque había ganado confianza, le empezó a preocupar que los peldaños estuvieran podridos, que uno de ellos no aguantara su peso. Antes de apoyarse en el siguiente, le daba una patada para comprobar su solidez.

La oscuridad del hueco ayudó a Joanna, en especial después de pasar el montacargas. Sin poder ver, el descenso solo era un problema mental, no visual.

Deborah tuvo que aminorar el descenso cuando se topó con Joanna.

Al cabo de varios minutos, Deborah quiso reconocer el terreno.

—¿Puedes ver el fondo? —preguntó con un susurro. Empezaban a dolerle los brazos y pensó que a Joanna le pasaría lo mismo.

—¿Bromeas? —dijo Joanna—. No veo ni la punta de mi nariz.

—Quizá deberías encender la linterna. Puedes pasar un brazo por detrás de un peldaño.

—Debemos seguir hasta que toque el suelo con los pies —replicó Joanna.

—¿Quieres descansar?

—No. Sigamos bajando.

Pasaron varios minutos hasta que Joanna tocó con un pie el suelo lleno de basuras. Volvió a subir el pie.

—Hemos llegado —dijo—. Detente. —Pasando un brazo por el peldaño como había sugerido Deborah, sacó la linterna y la encendió. El fondo del hueco estaba lleno de basura como si hubiera sido un vertedero durante años.

—¿Puedes ver si estamos en el subsótano o no? —preguntó Deborah.

—No puedo. Baja e intentemos abrir las puertas.

Joanna apartó la basura con un pie antes de posarse sobre el suelo con ambos pies. Esperó a que bajara Deborah manteniendo una mano sobre el foco de la linterna.

—Uy, qué frío hace aquí —dijo Deborah frotándose los brazos—. Parece un subsótano.

Con cautela, se abrieron paso por la basura —papeles, trapos, trozos de madera y unas pocas latas—. Mientras Joanna sostenía la linterna, Deborah intentó abrir las puertas. Por más fuerza que hizo, no pudo moverlas.

—Qué mala suerte —dijo Joanna.

Deborah cogió la linterna y dio un paso atrás. Enfocó el marco de las puertas. Se detuvo ante una palanca de muelle que sobresalía de la pared justo debajo de las puertas.

—Aquí está —dijo Deborah—. No he visto muchas películas de acción, pero eso debe de ser un mecanismo que mantiene las puertas cerradas hasta que el montacargas está delante de las puertas.

—¿Lo que significa que...?

—Que una de las dos debe apretarlo mientras la otra abre las puertas.

—Tú eres más pesada que yo —dijo Joanna—. Tú te pones sobre la palanca.

Un momento después, se abrieron las puertas aunque la inferior no lo hizo hasta que Joanna apoyó todo su peso sobre ella. Deborah iluminó el espacio abierto.

—Es el subsótano —dijo Joanna. Toda la planta no era más que arcos de apoyo por los que corría un entramado de cañerías de desagüe y calefacción. No había puertas ni habitaciones. Las paredes eran de ladrillo como en el piso de arriba, pero los arcos eran más planos y las columnas más gruesas.

Un pasillo abovedado con el techo más alto conducía desde el montacargas hasta una intersección donde empezaba otro pasillo similar que se extendía por toda la superficie del edificio. De lo alto de la bóveda colgaban cables y bombillas eléctricas.

Se detuvieron en la intersección y enfocaron la linterna en ambas direcciones. En cada una de ellas, se veían en perspectiva las bóvedas que se alejaban en la oscuridad hasta donde iluminaba el débil haz.

—¿Por dónde? —preguntó Joanna.

—A la izquierda. Nos llevará hacia la torre del edificio. Está en el medio.

—Pero si vamos a la derecha, iremos en dirección del generador eléctrico —dijo Joanna—. El generador está en dirección sureste. —Y señaló a unos cuarenta y cinco grados del eje del pasillo central.

—¿Cómo lo decidimos? —preguntó Deborah mirando en ambas direcciones.

—Ilumina el suelo. —Joanna se arrodilló. El suelo del pasillo del montacargas así como el del pasillo central estaban pavimentados con azulejos de cerámica mientras que el resto era del mismo ladrillo que las paredes y los techos abovedados.

—Hay más indicios de tráfico en dirección a la derecha —dijo Joanna—. Los azulejos muestran más uso en esa dirección. Me sugiere que el túnel está a la derecha, y que se ha usado no solo para calefacción, sino para muchas más cosas.

—Caramba —dijo Deborah—, creo que estás en lo cierto. ¿Es otro truco aprendido en las películas de acción con Carlton?

—No, es solo sentido común.

—Muchas gracias —dijo sarcásticamente Deborah.

Las dos avanzaron rápidamente hacia el sur. Deborah sostenía la linterna. Los pasos resonaban en los techos abovedados.

—Esto parece una catacumba —comentó Joanna.

—Tal vez no deba preguntarlo, pero ¿en qué pensabas cuando dijiste que esto no solo se usaba para calefacción?

—Se me ocurrió que este túnel también servirá para llevar los cadáveres del depósito al crematorio.

—No se trata de una idea muy estimulante que digamos —dijo Deborah.

—Oh —dijo Joanna—. Quizá hablamos antes de tiempo. Parece que nuestro túnel llega a su fin.

A unos diez metros delante, la linterna iluminó un muro de ladrillo.

—Vaya por Dios —dijo Deborah después de haber dado unos cuantos pasos más—. Sigue a la izquierda.

Cuando llegaron al muro, el pasillo no solo hacía un giro a la izquierda, sino que bajaba de modo relativamente abrupto. A lo largo del pasillo, bajaba también un tubo de gran diámetro y de material aislante.

—Gracias a tu perspicacia, pienso que vamos al generador eléctrico —dijo Deborah al comenzar el descenso—. Ahora solo debemos cruzar los dedos para que duren las pilas de la linterna.

—¡Por Dios! Ni siquiera lo menciones.

Con el temor de quedarse sumidas en la oscuridad las dos empezaron a avanzar prácticamente corriendo. Al cabo de muchos metros, el túnel recobró su horizontalidad y se vol-

vió más húmedo. Había charcos de tanto en tanto y colgaban estalactitas del techo arqueado.

—Parece como si estuviéramos a medio camino de Boston
—dijo Deborah—. ¿No tendríamos que haber llegado ya?

—Esta central eléctrica está más lejos de lo esperado.

Al estar sin aliento, las dos guardaron silencio mientras
cada una lidiaba con la preocupación de lo que les esperaba al
final del túnel. Una puerta sólida y cerrada las obligaría a volver sobre sus pasos.

—Veo algo allá delante —dijo Deborah.

Pocos instantes después, se encontraron con algo inesperado: el pasillo y la tubería se separaban en una bifurcación.

Se detuvieron, confundidas. Deborah iluminó los dos túneles. Eran idénticos y los tres se cruzaban en aproximadamente un mismo ángulo de ciento veinte grados.

—No me lo esperaba —dijo nerviosamente Joanna.

Deborah alumbró la esquina del túnel en que estaban y el
nuevo túnel a la izquierda. Sobre los ladrillos había un pilar
de granito. Con la palma de la mano quitó una capa de moho
debajo de la cual había unas palabras grabadas.

—¡Muy bien! —dijo Deborah con renovado entusiasmo—. ¡Un misterio resuelto! El túnel de la izquierda condu-
ce a la granja y las viviendas, lo que quiere decir que el otro
debe ir al generador.

—Por supuesto —coincidió Joanna—. Ahora veo que la
tubería que va al generador es de mayor diámetro.

—Un momento —dijo Deborah parando a Joanna, que
había echado a andar hacia el generador—. Como aquí tenemos una opción, creo que debemos reflexionar un minuto
antes de seguir adelante. Suponiendo que podamos salir a la
superficie, pienso que...

—Ni siquiera sugieras que podremos salir —espetó Joanna.

—Muy bien, muy bien. Pensemos entonces si nos convie-
ne ir al generador o a la granja. Una vez fuera, nuestro problema será salir de la finca. Quizá estar en la granja es lo mejor. Probablemente tienen furgonetas de reparto o camiones
como los que vimos el otro día.

—Pensé que habíamos decidido escapar esta misma noche —dijo Joanna.

—Eso sería lo ideal, pero creo que debemos tener varias alternativas por si acaso.

—Aún pienso que si no lo hacemos esta noche, nos atraparán.

—¿Tienes alguna idea?

—Considerando la alta verja infranqueable que rodea el perímetro, pienso que la única posibilidad es por la entrada principal. Si conseguimos hacernos con un vehículo, en especial un camión, quizá podamos atravesarla aunque sea por la fuerza.

—Ya —dijo Deborah—, pero ¿dónde conseguiremos un vehículo con las llaves en el contacto?

—Supongo que en la granja, pero solo es una suposición.

—Pienso lo mismo. Tal vez lo mejor es ir primero a la granja.

Tomada esta nueva decisión, las dos se encaminaron a la granja. Avanzaron lo más rápido posible evitando los charcos, cada vez más frecuentes en esa parte del túnel. Al cabo de unos cien metros, el túnel volvía a bifurcarse. Otra señal grabada en el siguiente pilar les señaló que a la derecha estaba la granja y a la izquierda la zona de viviendas. Continuaron hacia la derecha.

—Al ver la señal de las viviendas, me acordé de Spencer Wingate —dijo Joanna—. Tal vez deberíamos pedirle ayuda.

Deborah se detuvo y Joanna hizo lo mismo. Con la linterna enfocada hacia el suelo, Deborah miró a su amiga. Los ojos de Joanna se perdían en la penumbra.

—¿Estás proponiendo que acudamos a Spencer Wingate?

—Así es —dijo Joanna—, vamos a su casa, que al menos ya conocemos, y le contamos lo que hemos descubierto. También le decimos que los de seguridad están tratando de atraparnos probablemente para sumarnos a su colección de ovarios.

Deborah dejó escapar una breve risotada.

—Ahora no es el momento más indicado para que empieces a cultivar el sentido del humor.

—De momento es la única manera con que puedo lidiar con la realidad.

—¿Esta propuesta de ponernos en manos de Wingate se basa en la discusión que oímos entre él y Saunders?

—En eso y en su reacción cuando le preguntaste sobre las nicaragüenses —dijo Joanna—. No creemos que Spencer sepa de verdad lo que está ocurriendo aquí. Si es un ser humano normal, se quedará tan horrorizado como nosotras.

—Es un gran signo de interrogación y representaría un grandísimo riesgo —dijo Deborah.

—Ya hemos corrido grandes riesgos por el mero hecho de estar aquí.

Deborah asintió con la cabeza y echó a andar en la oscuridad. Joanna tenía razón. Habían corrido más riesgos de los necesarios. Pero ¿se justificaba correr el riesgo irreversible de pedir ayuda a Spencer Wingate?

—Veamos qué pasa en la granja —dijo Deborah—. Tengamos la idea de Wingate en la recámara. Por el momento, la mejor idea es encontrar un camión con las llaves puestas, ¿no te parece?

—De acuerdo —dijo Joanna—, pero mantengamos abiertas todas las opciones.

Para alivio de las mujeres, el túnel entraba en el complejo de la granja del mismo modo que en el hospital. Penetraba en el recinto del sótano, donde la cañería de calefacción se ramificaba en múltiples direcciones antes de desaparecer por el techo. También al igual que en el hospital, un pasillo desembocaba en un montacargas. Pero no intentaron abrir sus puertas. En cambio, buscaron una escalera. La encontraron detrás del hueco del montacargas.

En la puerta de la escalera, hicieron una pausa. Deborah acercó una oreja y le informó a Joanna que solo se oía el zumbido distante de la maquinaria. Tras apagar la linterna, Deborah abrió lentamente la puerta. De inmediato, por el olor se hizo evidente que se encontraban en un granero. No se oía nada.

Deborah abrió la puerta como para sacar la cabeza y echar una mirada. Unas pocas bombillas que colgaban de la estructura de maderas y vigas daban una pobre iluminación. Numerosos compartimientos se alineaban contra una pared. A la izquierda había varias puertas cerradas. En el medio se veían pilas de cajas de cartón, fardos de heno y bolsas de pienso para animales.

—¿Y bien? —preguntó Joanna aún en las escaleras—. ¿Ves algo?

—Hay muchos animales en los compartimientos —dijo Deborah—, pero ni rastro de gente.

Deborah salió al granero de suelo de madera recubierta de heno. Unos pocos animales olieron su presencia y gruñeron, haciendo que otros se levantaran. Joanna se unió a Deborah y ambas estudiaron el terreno.

—Hasta aquí, todo bien —dijo Deborah—. Si hay un turno de noche, deben estar durmiendo.

—Qué hedor —comentó Joanna—. No me imagino cómo alguien puede trabajar en un sitio tan pestilente.

—Apuesto a que son los cerdos —dijo Deborah. Se topó con los ojos redondos y brillantes de una gran cerda rosa y blanca. La cerda parecía mirarla con gran interés.

—Alguien me dijo que los cerdos eran limpios —dijo Joanna.

—Son limpios si se los mantiene limpios, pero no les importa estar sucios y sus excrementos son una peste.

—¿Ves lo que yo veo en esa pared? —preguntó Joanna y señaló.

A Deborah se le iluminó la cara.

—¡Un teléfono!

Las dos se abalanzaron. Deborah llegó primero y cogió el auricular. Joanna la miró expectante. Deborah hizo una mueca.

—¡Está muerto! Han cortado la línea

—No me sorprende —dijo Joanna.

—Tampoco a mí.

—Busquemos los camiones —dijo Joanna.

Las dos bordearon las cajas y bolsas y se encaminaron a la puerta más próxima. Deborah la abrió e iluminó con la linterna.

—¡Dios santo! —exclamó.

—¿Qué pasa? —preguntó Joanna tratando de ver por encima del hombro de su amiga.

—Otro laboratorio —anunció Deborah. No había esperado encontrar allí un laboratorio y resultaba asombrosa la transición de un granero con animales a un recinto de alta tecnología. No era tan grande como el de la clínica, pero el equipamiento parecía casi del mismo nivel.

Deborah entró y Joanna la siguió. Deborah pasó el haz de luz de un equipo a otro y vio secuenciadores de ADN, un microscopio de escáner electrónico y sintetizadores de polipéptidos. Era el sueño hecho realidad de cualquier biólogo molecular.

—¿No tendríamos que estar buscando el camión? —la urgió Joanna.

—Un momento —dijo Deborah. Se acercó a una incubadora y miró las cápsulas de Petri que contenía. Eran iguales a las que había usado en el laboratorio y sospechó que allí también hacían transferencias de núcleos. Luego descubrió una gran ventana de cristal que separaba una habitación del resto del laboratorio. Deborah se volvió hacia ella. Joanna la siguió para no quedarse en la oscuridad.

—¡Deborah! ¡Estamos perdiendo tiempo!

—Lo sé, pero cada vez que pienso que tengo una idea de lo que hacen en la clínica Wingate, resulta que hacen más cosas. No esperaba ver aquí un laboratorio y por supuesto no tan bien equipado.

—Es hora de dejar todo esto en manos de profesionales —rogó Joanna—. Ya tenemos información suficiente para obtener una orden de registro. Lo único que necesitamos ahora es largarnos de aquí.

Deborah enfocó la linterna directamente en el cristal.

—Y hete aquí otra sorpresa. Esto parece una sala de autopsias totalmente operativa, como las que se usan para cadáveres humanos, pero con una camilla muy pequeña. ¿Qué demonios hace esto en un granero?

—¡Vámonos! —dijo Joanna con creciente irritación.

—Déjame ver esto. Solo será un instante. Hay un compartimiento refrigerado como en los depósitos de cadáveres.

Joanna elevó los ojos al techo mientras Deborah entraba en la sala de autopsias. Joanna miró por la ventana mientras Deborah se acercaba al compartimiento y abría la portezuela. Salvo por la luz proveniente de la linterna de Deborah, estaba sumida en la oscuridad. Volvió la vista a la puerta de entrada al laboratorio y por un momento pensó en ir a buscar un camión por sí misma, pero decidió que era idiota hacerlo sin una linterna.

Un murmullo de improperios de Joanna llegó a Deborah en la pequeña sala con el propósito de que esta se dejara de tonterías, pero Deborah abrió el compartimiento refrigerado y sacó una bandeja deslizante. Quedó demudada ante el espectáculo.

—¿Qué es? —preguntó Joanna.

—Ven aquí y míralo —contestó Deborah—. No encuentro manera de describírtelo.

Joanna tragó saliva presa de los nervios. Respiró hondo, se acercó a su amiga y se obligó a mirar.

—Puaj —masculló Joanna mientras hacía una mueca de asco.

Miraba a cinco recién nacidos con hinchados vasos umbilicales y vello grueso y negro. Las caras eran planas y los ojos diminutos. Las narices eran meras protuberancias apenas discernibles con los orificios nasales orientados verticalmente. Los miembros acababan en pies como paletas con dedos diminutos. Las cabezas estaban coronadas por una mata de pelo negro con pequeños mechones blancos.

—Una vez más, los clones de Paul Saunders —dijo Joanna.

—Me temo que sí, pero con algo nuevo. Creo que lo que hace aquí es clonar sus propias células con oocitos de cerdas y luego gestarlos en esos animales.

Joanna sostuvo a Deborah por un brazo. En ese momento necesitaba apoyo. Deborah había tenido razón acerca de la clínica Wingate. Este nuevo descubrimiento indicaba que Paul Saunders y su equipo operaban a años luz de cualquier principio ético razonable o imaginable. La vanidad intelectual y el supremo egoísmo necesarios para llevar a cabo algo semejante escapaban a la comprensión de Joanna.

Deborah empujó la bandeja dentro del compartimiento refrigerado y cerró la puerta.

—¡Vamos a buscar un camión!

Con la indignación ayudando a contrarrestar la conmoción de lo que acababan de ver, volvieron sobre sus pasos hasta el granero. Al salir del laboratorio, su presencia volvió a inquietar a los animales. Antes solo habían sido los cerdos próximos a la puerta, pero ahora hasta las vacas se sumaron al creciente nerviosismo.

Fueron de puerta en puerta hasta que encontraron un pasillo que llevaba a lo que supusieron era un garaje. Pero era otra cosa: un hangar, contenía un helicóptero turbojet Aerospatial.

—Sería nuestra escapatoria si supiéramos pilotarlo —dijo Deborah deteniéndose un momento a admirar el aparato.

—Vamos. Intuyo que debe de haber un garaje detrás de este edificio.

Joanna giró a la derecha y cuando traspusieron la siguiente puerta, vieron un tractor y un camión dumper. Se encaminaron al camión.

—Ojalá tenga las llaves puestas —rogó Deborah en voz alta mientras se subía al estribo y abría la puerta. Entró rápidamente en la cabina y buscó frenéticamente con los dedos mientras Joanna sostenía la linterna. Pasó una mano por la barra de la dirección, luego por el salpicadero. Encontró el contacto, pero sin llaves.

—¡Maldita sea! —dijo Deborah y golpeó el volante con la palma de la mano—. Podríamos hacerle un puente si supiéramos cómo. —Volvió la mirada hacia Joanna.

—No me mires —dijo esta—. No tengo la más remota idea.

—Vamos a esa oficina que vimos en el granero —dijo Deborah—. Quizá las llaves estén allí.

Volvieron al granero no sin echarle una mirada de vehemente deseo al helicóptero cuando pasaron por el hangar.

En el granero, los animales volvieron a excitarse.

—Deben de pensar que es la hora de la comida —comentó Deborah.

Cuando alcanzaron la puerta de la oficina, oyeron el ruido de un vehículo que aminoraba la marcha al lado del granero. Hasta vieron el resplandor de los faros a través de las ventanas cuando el coche giró antes de frenar.

—¡Oh, no! —susurró Deborah—. ¡Tenemos compañía!

—¡Volvamos a las escaleras!

Las dos se apresuraron hacia las escaleras, pero no lo lograron. Se abrió la puerta del granero y apareció una figura. Lo primero que hizo fue encender todas las luces cuando ellas estaban a pocos metros de su objetivo. Lo único que pudieron hacer fue esconderse detrás de las cajas y bolsas mientras el hombre hacía su ronda por el sitio. Pudieron oírlo hablar con los animales preguntando, entre otras cosas, quién era el culpable de todo ese alboroto.

—¿Intentamos llegar a las escaleras? —preguntó Deborah cuando el hombre estaba a una distancia considerable.

—Mejor quedémonos aquí.

Lentamente, Deborah se alzó hasta que tuvo una vista del granero. No podía ver al hombre, pero le oía hablándole a los animales. Luego, él se irguió de improviso y Deborah volvió a esconderse.

—Está más cerca de lo que pensaba —dijo.

—Mantengamos la calma.

—Nos podríamos cubrir con el heno suelto.

—Lo mejor es quedarnos quietas y en silencio —dijo Joanna.

—Si se acerca para ir a la oficina, nos descubrirá —dijo Deborah.

—Rodearemos las cajas. Eso es fácil y mientras está en el interior, huiremos por las escaleras.

Deborah asintió aunque no estaba segura de que saliera bien. Era una de esas cosas que suenan fáciles, pero luego son difíciles en la práctica.

De repente oyeron acercarse otro coche. Intercambiaron miradas de preocupación. Una persona ya era problema suficiente, pero dos podían representar un desastre.

El recién llegado entró dando un portazo. Las mujeres se sobrecogieron cuando llamó a gritos a Greg Lynch.

—¡Eh, baja la voz! —dijo Greg desde uno de los compartimientos—. Los animales ya están bastante nerviosos.

—Lo siento —dijo el recién llegado—, pero tenemos una emergencia.

—¿Sí?

—Buscamos a dos mujeres. Vinieron con nombres falsos, entraron en nuestros archivos informáticos, en la sala del servidor y en la de los óvulos. Ahora están en alguna parte de la finca.

—No he visto a nadie —dijo Greg—. Y el granero estaba cerrado con llave.

—¿Y qué haces tú aquí a estas horas de la noche?

—Tengo una cerda a punto de parir. Por el monitor oí que los animales estaban inquietos; pensé que acaso pariría, pero no es así.

—Si ves a esas mujeres avisa a seguridad. Estaban en el edificio central, pero lo hemos registrado todo. Entraron y no han vuelto a salir; por tanto, deben de estar escondidas en algún sitio.

—Buena suerte.

—Las pillaremos. Todos los de seguridad están a la búsqueda, incluidos los perros. Y, dicho sea de paso, hemos cortado las líneas telefónicas hasta que las cojamos. No queremos que hagan llamadas y nos causen más problemas.

—No me importa —dijo Greg—. Tengo mi móvil.

Después de que los hombres se despidiesen, las dos oyeron que se abría y se cerraba la puerta del granero.

—Todo va de mal en peor —susurró Deborah—. Están peinando la zona con perros.

—Detesto a los perros —dijo Joanna.

—Yo también —dijo Deborah—. Qué raro que no se les haya ocurrido buscar en el túnel.

—No lo sabemos.

—Ya —dijo Deborah—, pero tengo la sensación de que ese tipo que acaba de irse lo habría mencionado. Quizá la única entrada al túnel en el edificio central es a través del montacargas y no se imaginaron que seríamos capaces de llegar hasta allí.

—¿Nos animamos a bajar?

—Si tienen a los perros en acción, no creo que tengamos otra alternativa.

Quince minutos después, oyeron que Greg bostezaba y suspiraba. Luego habló como si estuviera lidiando con niños:

—Muy bien, chicos. Quiero que os calméis y no volváis a hacer barullo porque no pienso volver aquí esta noche.

Dicho eso, Greg empezó a silbar. Las mujeres notaron que el sonido aumentaba de volumen y Deborah echó un rápido vistazo.

—Viene a la oficina—susurró nerviosamente.

Haciendo lo que Joanna había dicho, se arrastraron rodeando las cajas para ir escondiéndose de Greg. Fue una maniobra delicada, como había pensado Deborah, ya que tuvieron que hacerlo sin mirar. El hombre se acercaba en su dirección.

Una vez oyeron cerrarse la puerta de la oficina, Deborah alzó un poco la cabeza.

—Todo bien —susurró cuando vio que la zona estaba despejada. Las dos salieron hacia la puerta de la escalera.

Cuando Joanna cerró la puerta a sus espaldas Deborah encendió la linterna. En silencio, bajaron las escaleras. Una vez abajo, hicieron un alto. Ambas estaban sin aliento debido a los nervios y el cansancio.

—Tenemos que decidir qué hacer —dijo Joanna en voz baja.

—Pensé que iríamos al generador eléctrico.

—Yo voto por ir a ver a Spencer Wingate. En la granja, el

camión no tenía las llaves puestas. Si hay un camión en la central eléctrica, no hay garantía de que tenga las llaves. De hecho, el sentido común nos dice que no las tendrá y cada vez que asomamos la cabeza corremos el riesgo de que nos atrapen. Creo que ha llegado la hora de apostar por Spencer Wingate.

Deborah se movió intranquila mientras se pensaba las palabras de Joanna. Detestaba tomar decisiones que no dejaban abierta ninguna otra opción. Si Spencer Wingate formaba parte del entramado, estarían perdidas. Tan simple como eso. No obstante, su situación se había vuelto desesperada en el momento en que habían escapado de la sala de óvulos y ahora se estaba volviendo insostenible.

—¡Muy bien! —dijo súbitamente Deborah—. Pongámonos en manos de Spencer Wingate y que sea lo que Dios quiera.

—¿Estás segura? No quiero sentir que te he obligado a hacerlo.

—De lo único que aún estoy segura es que sigo haciendo mi voluntad. —Deborah tendió una mano y Joanna se la estrechó fuertemente—. Adelante y hasta la victoria —añadió Deborah con una pícara sonrisa.

Volvieron a los túneles con el temor tácito de que en cualquier momento pudieran encontrarse con sus perseguidores. Pero llegaron al ramal que daba a la zona de viviendas sin incidentes, salvo que la linterna se debilitaba a cada paso.

A unos cien metros de la bifurcación encontraron otro desvío, pero no había ninguna marca indicadora.

—¡Demonios! —se quejó Deborah. Enfocó la débil luz de la linterna en ambos túneles—. ¿Se te ocurre algo?

—Yo diría a la izquierda. Sabemos que las viviendas comunales están entre las casas individuales y la granja, de modo que las viviendas deben de estar a la derecha.

Deborah volvió a mirar asombrada a Joanna.

—Estoy impresionada. ¿De dónde sacas tantos recursos mentales?

—De mi tradicional educación de Houston que tanto has despreciado y vituperado.

—Claro —dijo Deborah burlándose.

Tras caminar otros cinco minutos, se toparon con una serie de bifurcaciones.

—Supongo que cada túnel desemboca en una casa diferente —dijo Deborah.

—Opino lo mismo —dijo Joanna.

—¿Cuál crees que debemos intentar primero?

—Lo más sensato es ir uno por uno —contestó Joanna.

El primer sótano que vieron tras abrir una sencilla puerta no era el de Spencer, ya había sido remodelado. Ambas recordaban el cochambroso sótano de Spencer por haberlo acompañado hasta la bodega. Volvieron atrás y enfilaron el siguiente túnel. Este acababa en una puerta rústica.

—Parece más prometedor —dijo Deborah. Sacudió la linterna para darle más luz. Hacía rato que la sacudía de tanto en tanto.

Pasó la linterna a Joanna antes de darle un empujón a la puerta. Rozaba el suelo de granito. Trató de levantar la hoja y entonces se abrió casi sin ruido. Deborah volvió a coger la linterna e iluminó las vigas del sótano. La débil luz reveló también la puerta de la bodega con la cerradura aún abierta.

—Bingo —dijo—. Adelante.

Pasaron por el suelo enlodado rumbo al pie de la escalera. Deborah subió primero. Cuando llegaron arriba, vacilaron. Se veía un hilillo de luz por debajo de la puerta.

—Tendremos que improvisar —susurró Deborah.

—Ya. Ni siquiera sabemos si está despierto. ¿Tienes idea de qué hora es?

—No —dijo Deborah—, pero supongo que más de la una.

—Pues hay una luz. Supongamos que indica que aún está despierto. Tratemos de no asustarlo demasiado. Quizá tenga una alarma que puede activar.

—Bien —dijo Deborah.

Escuchó a través de la puerta antes de girar lentamente el picaporte. La abrió poco a poco y vio que estaban en la cocina.

—Oigo música clásica —dijo Joanna.

—Yo también.

Se aventuraron en la cocina a oscuras. La luz que habían visto por debajo de la puerta provenía del comedor. Avanzaron sigilosamente por el pasillo hacia la sala y la música. Con una vista del vestíbulo directamente enfrente, comprobaron que los soldaditos de plomo que Spencer había tirado al suelo la noche anterior habían sido devueltos cuidadosamente a su sitio.

Deborah iba delante, con Joanna pisándole los talones. Ambas se dirigieron a la sala que había a la izquierda del pasillo, donde esperaban ver a Spencer. Joanna miró a la derecha cuando pasaron otro pequeño pasillo en sombras que daba a un estudio. En la distancia vio a Spencer, sentado en su escritorio a la luz de una lámpara de lectura, inclinado sobre unos papeles.

Joanna tocó a Deborah en el hombro y señaló frenéticamente en dirección a Spencer.

Deborah miró a Joanna y le preguntó por gestos qué hacer.

Joanna se encogió de hombros. No tenía idea, pero pensó que lo mejor sería llamarlo. Se lo indicó tocándose la boca y luego señalando al hombre.

Deborah asintió con la cabeza. Se aclaró la garganta.

—¡Doctor Wingate! —llamó, pero sin fuerza y su voz se confundió con el coro de la *Novena sinfonía* de Beethoven que sonaba en la sala.

—¡Doctor Wingate! —dijo Joanna con más vigor para dominar el sonido de la música.

Spencer levantó la cabeza sorprendido y por un momento palideció. Se levantó tan rápido que la silla cayó a un lado con estrépito.

—No se asuste —dijo Deborah—. Solo queremos hablar con usted.

Wingate se recuperó en el acto. Sonrió aliviado cuando las reconoció, les indicó que se acercaran y se agachó para enderezar la silla caída.

Entraron en el estudio. La reacción de Spencer parecía esperanzadora. Su susto inicial se había convertido en sorpresa con una pizca de anticipado placer. Mientras se le acercaban, él se atusó los cabellos plateados y se ajustó la chaqueta de terciopelo. Pero cuando la luz iluminó a las mujeres, su expresión reflejó total confusión.

—¿Qué les ha pasado...? —Antes de que ellas pudieran contestar, añadió—: ¿Cómo han entrado aquí?

Joanna empezó a explicar lo de los túneles mientras Deborah se lanzaba a contarle los acontecimientos del día. Spencer alzó las manos.

—Un momento. Una a una. Pero primero, ¿necesitan algo? Tienen un aspecto deplorable.

Por primera vez desde que comenzara su calvario, las mujeres se echaron un vistazo. Su aspecto era penoso. Deborah se llevaba la peor parte con el minivestido rasgado y magulladuras en ambas piernas. Había perdido un aro y varias cuentas del collar. Tenía las manos ennegrecidas de la grasa del montacargas y el pelo hecho un guiñapo.

Joanna aún llevaba la bata de médico, que le había protegido la ropa hasta cierto punto. Pero ahora era un depósito de suciedad, en especial por haberse arrastrado por el suelo del granero. Briznas de heno le salían de los bolsillos.

Deborah y Joanna intercambiaron una mirada de complicidad. Su aspecto y el nerviosismo les provocó un ataque de risa del que tardaron un rato en recuperarse. Hasta Spencer rió.

—Ojalá supiera de qué se están riendo —comentó Spencer.

—De muchas cosas —atinó a decir Deborah—, pero probablemente se debe a la tensión.

—Reímos de alivio —dijo Joanna—. Esperábamos que usted estuviera aquí y no sabíamos cómo nos recibiría.

—Me alegro que hayan venido —dijo Spencer—. ¿Qué ha ocurrido? ¿Necesitan algo?

—Ahora que lo dice, yo podría cubrirme con una manta —dijo Deborah—. Me estoy congelando.

—¿Y un poco de café caliente? —ofreció Spencer—. Lo prepararé en un momento, bien cargado. También podría darles un jersey o una sudadera.

—Quisiéramos hablar con usted de inmediato —dijo Joanna—. Es bastante urgente. —Volvió a reírse nerviosamente.

—Esta manta ya es suficiente —dijo Deborah cogiendo una escocesa que había sobre el sofá y echándosela por los hombros.

—Pues bien, tomemos asiento —dijo Spencer. Señaló el sofá.

Las mujeres se sentaron. Él cogió la silla del escritorio y la acercó. Se sentó frente a ellas.

—¿Qué es lo urgente? —preguntó. Se inclinó hacia delante estudiando a una y otra.

Ambas se miraron.

—¿Quieres hablar tú o lo hago yo? —dijo Deborah.

—Me da lo mismo —contestó Joanna—. Realmente carece de importancia.

—A mí tampoco me importa.

—Tú conoces mejor los aspectos biológicos —añadió Joanna.

—Sí, pero tú puedes explicar mejor lo relacionado con los archivos del ordenador.

—Un momento, un momento —dijo Spencer levantando las manos—. No importa quién hable, pero empiecen.

Deborah se señaló a sí misma y Joanna asintió.

—Muy bien —dijo y miró a Spencer a los ojos—. ¿Recuerda que anoche le pregunté por las nicaragüenses embarazadas?

—Pues sí —dijo Spencer y lanzó una risita—. Acaso no recuerde otras cosas de anoche, pero sí me acuerdo de eso.

—Pues creemos saber por qué están embarazadas —dijo Deborah—. Pensamos que es para producir óvulos.

A Spencer se le nubló la cara.

—¿Embarazadas para producir óvulos? Creo que debe explicarse.

Deborah respiró hondo y se lanzó a explicarlo. Añadió que la clínica Wingate obtenía óvulos por medios carentes de ética e incluso delictivos. Explicó que la clínica extirpaba ovarios completos sin el consentimiento de las pacientes que pensaban estar donando unos pocos óvulos. Por último, dijo que al menos dos mujeres habían sido asesinadas porque sus dos ovarios estaban siendo usados y a ellas no se les había vuelto a ver.

Durante la intervención de Deborah, a Spencer se le había ido abriendo la boca. Cuando ella terminó de hablar, él se recostó en la silla, evidentemente horrorizado por lo que acababa de escuchar.

—¿Cómo han descubierto todo esto? —preguntó con voz enronquecida. Se le había secado la garganta. Antes de que le pudieran contestar, añadió—: Tengo que tomar un trago. ¿Puedo ofrecerles una copa?

Tanto Joanna como Deborah rehusaron con un gesto.

Spencer se puso de pie; tenía las rodillas flojas. Se acercó al mueble bar y se sirvió un whisky. Bebió un sorbo antes de regresar a la silla. Las mujeres le miraban con atención y notaron el temblor de la mano que sostenía el vaso.

—Lamentamos tener que decirle todo esto —dijo Joanna—. Como fundador de una clínica de fertilidad que ayuda a parejas estériles, me imagino que esto supone un gran disgusto para usted.

—¿Disgusto? —dijo Spencer—. ¡Esta clínica representa la culminación del trabajo de toda mi vida!

—Por desgracia, hay otras cosas que debe saber —dijo Deborah, y pasó a explicar las clonaciones y cómo eran explotadas otras mujeres. Luego le habló de los niños monstruosos que se gestaban en cerdas de la granja que ella y Joanna acaban de descubrir. Después de esta última información, Deborah guardó silencio.

Las dos miraron a Spencer. Era evidente que estaba trastornado, se pasaba una y otra vez los dedos por los cabellos y no podía mirarlas a la cara. Se acabó de un trago el whisky y frunció el entrecejo.

—Les agradezco que hayan venido a verme —atinó a decir—. Gracias.

—Nuestros motivos no son puramente altruistas —dijo Joanna—. Necesitamos su ayuda.

Spencer la miró.

—¿Qué puedo hacer?

—Para empezar, sacarnos de aquí —dijo Joanna—. Los de seguridad nos están buscando desde que entramos en la sala de óvulos. Tienen una idea aproximada de lo que sabemos.

—¿Quieren que las saque de aquí? —dijo Spencer.

—Exacto —dijo Joanna—. No podríamos pasar por la entrada.

—Muy bien —dijo Spencer—. Iremos en mi coche.

—¿Comprende hasta qué punto es una situación muy peligrosa? —preguntó Deborah—. No podemos dejar que nos vean. Estoy segura de que no tendrían escrúpulos ni siquiera con usted si sospechasen de algo.

—Supongo que tiene razón —dijo Spencer—. Para asegurarnos que no habrá problemas, se podrían esconder en el maletero de mi coche. No será cómodo, pero solo duraría cinco o diez minutos.

Joanna miró a Deborah, que asintió con la cabeza.

—Siempre he querido viajar en un Bentley. Supongo que el maletero será muy amplio.

Joanna alzó los ojos. No podía comprender cómo Deborah podía hacer bromas incluso en aquella situación.

—No tengo inconveniente. De hecho, en las actuales circunstancias probablemente me sentiré más segura viajando allí.

—¿Cuándo quieren hacerlo? —preguntó Spencer—. Lo antes posible, imagino. A veces salgo en coche a horas intempestivas, pero después de las dos levantaría sospechas.

—Ahora mismo —dijo Joanna.

—Estoy lista —añadió Deborah.

—Vamos allá —dijo Spencer, y se palmeó los muslos al ponerse en pie. Llevó a las mujeres a la cocina, donde recogió las llaves antes de entrar en el garaje. Fue a la parte trasera del Bentley y abrió el maletero.

Las dos se sorprendieron del pequeño espacio que ofrecía.

—Se debe al sitio que ocupa el techo plegado del convertible —explicó Spencer.

Deborah se rascó la cabeza.

—Supongo que tendremos que reducirnos.

Joanna asintió.

—Tú eres más grande; entra primero.

—Muchas gracias —dijo Deborah. Entró de cabeza y se colocó al fondo. Joanna la siguió torciendo el cuerpo para que cupiera junto al de Deborah. Spencer cerró con cuidado la tapa para asegurarse de que no había problemas con brazos o rodillas y luego volvió a levantarla.

—Es más cómodo que el pulmón de acero —comentó Deborah.

—¿Qué pulmón de acero? —preguntó Spencer.

—Es otra historia. Acabemos de una vez con la que tenemos entre manos.

—De acuerdo, vamos —dijo Spencer—. Que no cunda el pánico. Pararé y ustedes saldrán cuando no haya peligro. ¿De acuerdo?

—¡Adelante! —exclamó con entusiasmo Deborah, imaginando ver la luz tras el largo túnel que habían atravesado.

La tapa del maletero se cerró con un ruido sordo y un elegante clic. Una vez más, las dos quedaron sumidas en la oscuridad. Lo siguiente que oyeron fue que se alzaba la puerta del garaje y luego el motor que se ponía en marcha.

—Tendríamos que haber recurrido a Spencer —dijo Deborah—. Nos hubiésemos ahorrado unas cuantas molestias.

El coche salió marcha atrás del garaje, giró en redondo y luego avanzó.

—Qué modo más ignominioso de irnos de este sitio —dijo Joanna.

—Al menos nos vamos.

—Me da pena este pobre médico —dijo Joanna al cabo de un momento.

—Lo que le contamos lo ha dejado destrozado.

Guardaron silencio los siguientes minutos hasta que intentaron adivinar dónde estaban. Al cabo de un rato, el coche se detuvo con el motor en marcha.

—Debemos de estar en la entrada —dijo Deborah.

—¡Silencio!

La tapa del maletero estaba tan bien aislada que no oyeron nada hasta que el motor volvió a acelerar, pero incluso entonces sonaba más como vibración que como ruido. Después de andar una corta distancia, sintieron que avanzaban sobre grava. Poco después, el coche volvió a detenerse, y el motor se apagó.

—Ya nos hemos alejado lo suficiente de la entrada —dijo Joanna.

—Ya —dijo Deborah—. Al menos ya estamos fuera y es hora de que viajemos con mayores comodidades.

Oyeron el bienvenido sonido de la llave en la cerradura del maletero seguido de la tapa que se alzaba. Ambas miraron hacia arriba y se quedaron paralizadas al ver los siniestros rostros del jefe de seguridad de la clínica Wingate y su ayudante.

Epílogo

11 de mayo de 2001, 9.35 h

Spencer contempló por la ventana del despacho el amplio jardín. Más allá estaban las torres de la iglesia de Bookford y un puñado de chimeneas que se alzaban por encima de los árboles frondosos. Era una vista encantadora y en cierta manera le ayudaba a calmar sus emociones disparadas. No podía recordar la última vez que había estado tan exhausto. Para empeorar las cosas, hacía veinticuatro que no dormía y aún se recuperaba de la reciente borrachera.

Spencer se aclaró la garganta.

—Lo que más me preocupa no es lo que saben esas mujeres, sino cómo lo descubrieron. —Se dio la vuelta y miró a Paul Saunders y Sheila Donaldson, que estaban sentados en sillones enfrente al escritorio—. Quiero decir, me di un susto de muerte cuando esas dos mujeres aparecieron en mi propia casa, en especial, cuando ustedes dos tenían un pequeño ejército tras sus pasos. Si eso no es indicio de incompetencia, no sé qué es. Pero aún más importante, si esas dos pudieron averiguar en un día todo lo que ustedes hacían aquí, entonces cualquiera puede hacerlo.

—Spencer, cálmese —dijo Paul—. Todo está bajo control.

—¡Bajo control! —repitió sarcásticamente Spencer—. Si esto está bajo control, no quiero ni imaginarme lo que será cuando no lo esté. —Volvió a su sillón y se sentó pesadamente.

—Estamos de acuerdo —dijo Paul con calma—. Sabemos que debemos averiguar exactamente cómo descubrieron esas mujeres lo que descubrieron.

—Saben lo de gestar embriones humanos en cerdos —dijo Spencer—. Me lo dijeron anoche. Por todos los santos, ¿qué demonios es eso?

—Lo hacemos para no depender más de las nicaragüenses —explicó Paul—. Tan pronto perfeccionemos esa técnica, se convertirá en una gran fuente de nuevos óvulos, aparte de los cultivos de oogonias.

—Pues bien, ¿cómo diablos se enteraron ellas de eso? —rugió Spencer.

—Lo averiguaremos —dijo Paul—; confíe en mí.

—¿Cómo puede estar tan seguro? —exigió saber Spencer—. Kurt Hermann y sus esbirros las interrogan desde las tres de la mañana en la casa de guardias y hace menos de cinco minutos usted mismo ha admitido que no les han sacado nada.

—No es así —dijo Sheila—. Hasta ahora yo he llevado a cabo el interrogatorio, no Kurt, y no es verdad que no hayamos averiguado nada.

—¿Ha hablado usted con ellas? —preguntó Spencer.

—Por supuesto. Di órdenes de que se me llamase en el momento en que las atraparan. Como intentamos decirle, estamos tan preocupados como usted y queremos saber qué métodos han empleado. De momento hemos averiguado que su tarjeta les proporcionó acceso tanto a la sala del servidor como a la de óvulos.

—Oh, ya veo —dijo Spencer fulminando con la mirada a sus dos subordinados—. De modo que yo tengo la culpa de todo este desastre, ¿es eso?

—Nada de eso, doctor Wingate —dijo Paul.

—Pues no es mucha información después de seis horas —dijo Spencer.

—Son dos mujeres muy inteligentes —explicó Sheila—. Saben que la información que tienen es importante. No son incautas, pero estoy siendo paciente.

—Usamos la técnica del policía bueno y el malo —dijo Paul.

—Exactamente —prosiguió Sheila—. Yo hago de policía bueno. Kurt, obviamente, es el policía malo. Estoy segura que obtendremos todo lo que queremos saber para el mediodía como mucho.

—Una vez tengamos esa información —dijo Paul—, haremos los cambios operativos apropiados. Ya los hemos empezado en todo lo relacionado con la seguridad informática. A partir de ahora, el acceso al servidor se limitará únicamente a Randy Porter.

—Debemos considerar todo este desafortunado incidente como una experiencia de la que aprender —dijo Sheila.

—¡Exactamente! —exclamó Paul—. Y debemos considerarlo como un estímulo más para trasladar al extranjero toda la clínica, laboratorios de investigación y todo lo demás, tal como hablamos anoche. Dicho sea de paso, Spencer, ¿qué opina usted de los planes que le contamos sobre el Centro de Bahamas?

—Parecen prometedores —admitió Spencer con desgana.

—¿Y sobre la idea de irnos al extranjero? —preguntó Paul.

—Debo admitir que me gusta. Me gusta la idea de tener menos regulaciones de las que tenemos aquí, aunque hasta la fecha no nos han molestado demasiado. —Spencer sacudió la cabeza—. Volvamos al asunto de las mujeres. ¿Qué les pasará después del interrogatorio?

—No lo sé —contestó Paul.

—¿Qué quiere decir? —repuso Spencer volviendo a sentirse enfurecido.

—No quiero saberlo —contestó Paul—. Dejo esa clase de problemas en manos de Kurt Hermann. Para eso le pagamos.

—Deja el problema en manos de Kurt pero se queda con los ovarios —dijo Spencer con sorna—. ¿Es eso lo que me está diciendo?

—Eso de los ovarios fue un error que cometimos en el pasado —señaló Sheila—. No hay duda de que no tendríamos que haberlo hecho. Lo sabemos ahora y no se repetirá. A guisa de justificación, sucedió cuando luchábamos contra una crítica escasez de óvulos.

—Una escasez que ya no padecemos —añadió Paul—. Con la conexión nicaragüense, además del progreso que hemos realizado con los cultivos de oogonias, ahora disponemos de una cantidad casi ilimitada de óvulos. Diablos, es probable que pudiéramos abastecer las necesidades de clonación de todo el país.

—¿Están tratando de decirme que este episodio les ha dejado tan tranquilos? —preguntó Spencer.

Sheila y Paul intercambiaron miradas.

—Lo consideramos un hecho muy grave —dijo ella—. Se trata de una experiencia aleccionadora. Pero se lo ha controlado igual que controlamos el incidente de la anestesia. Incluso si esta experiencia con las dos entrometidas hubiera aparejado otras complicaciones, también habríamos podido controlarla.

—Escuche, Spencer —dijo Paul. Se inclinó, se frotó las manos y las estiró en gesto conciliador—. Tal como le dije anoche durante nuestra conversación, en todo lo referente a investigación estamos sentados sobre una mina de oro. Con lo que estamos aprendiendo de nuestro trabajo de clonación en términos de generar células madre, seremos los líderes de la biotecnología del siglo XXI. La clonación y las células madre revolucionarán la medicina y nosotros estaremos en la vanguardia.

—Lo pinta de color rosa —comentó Spencer.

—Así es exactamente como lo describo —dijo Paul—. De color rosa, ¡muy rosa!

La puerta se abrió con un sonoro clic. Spencer, Paul y Sheila giraron las cabezas. La interrupción los desconcertó. Era la secretaria.

—¿Qué pasa, Gladis? —preguntó Spencer—. Dije que no nos molestaran.

—Es el señor Hermann —dijo Gladis—. Necesita hablar con el señor Saunders. Dice que se trata de una emergencia.

Paul se puso en pie. Una expresión de incertidumbre le nubló la cara. Se excusó y siguió a la consternada secretaria.

Una sola mirada a Kurt bastó para perder la serenidad y compostura de que había intentado hacer gala.

—Tenemos problemas —farfulló Kurt.

—¿Por qué está sin aliento?

—He venido corriendo desde la casa de guardia.

Paul le hizo un gesto a Kurt para que entrara en su despacho. Paul cerró la puerta.

—¿Y bien?

—Hay un fiscal del estado en la casa de guardia —espetó Kurt escupiendo las palabras.

—¡Un fiscal! —exclamó Paul—. ¿Qué hace aquí?

—Tiene una orden de registro y él y varios funcionarios están registrando la casa de guardia. Además, exigen que se les permita entrar en la propiedad.

—¿Cómo demonios han conseguido una orden de registro? —Paul estaba estupefacto.

—Al parecer se debe a la denuncia de un médico llamado Carlton Williams.

—Nunca he oído hablar de él.

—Su padre es alguien importante y con contactos en el departamento de Justicia. El problema es que Carlton Williams sabe que esas mujeres estuvieron aquí anoche y que no han regresado a su casa.

—¡Mierda! —exclamó Paul—. ¿Dónde están ahora las mujeres?

—Todavía están en el sótano.

—¿Las ha encontrado el fiscal?

—No lo sé. Vine aquí tan pronto como pude. Amenazan con traer un equipo de la policía judicial si no cooperamos.

—Que amenacen todo lo que quieran —dijo Paul recuperando un poco la compostura—. Al menos no se presentaron con la policía judicial. Eso nos da un mínimo de media hora. Activemos el código rojo. Vaya a ver a Randy Porter. Que copie todo en disquetes y borre los discos duros. Usted vaya al hangar y prepare el helicóptero. Iré con el doctor Wingate y la doctora Donaldson en cuanto destruyamos los documentos de la oficina y la sala de óvulos. ¿Entendido?

—Entendido —replicó Kurt. Hizo el saludo militar antes de marcharse a toda prisa. Paul lo miró hasta que desapareció. Entonces respiró hondo dos veces para reforzar su creciente autodominio. Cuando se sintió en condiciones, volvió al despacho de Spencer. Sheila y Spencer le miraron expectantes.

—Pues bien —dijo Paul—. Al parecer tendremos que marcharnos al extranjero antes de lo esperado...